中公文庫

わざと忌み家を建てて棲む

三津田信三

中央公論新社

目次

わざと忌み家を建てて棲む

お願い

本書で取り扱った「家」について、どんな情報でも結構ですので（特に図面や写真や映像など）お持ちの方は、中央公論新社の編集部までご連絡をいただければ幸いです。

序章

一

「幽霊屋敷《ゆうれいやしき》って、その一軒だけで充分に怖いですよね。それが複数ある場合は、どうなんでしょう？　恐ろしさも倍加すると、先生は思われますか」

河漢社《かかんしゃ》の編集者である三間坂秋蔵《みまさかしゅうぞう》から、意味深長《しんちょう》な問いかけを受けたとき、これは何かあるぞと僕は身構えた。もっとも用心を覚えると同時に、得も言われぬ期待感もあったことは、正直に記しておきたい。

なにしろ相手は、あの三間坂秋蔵なのだから……。

河漢社とは某《ぼう》分野の専門書で有名な出版社で、ホラーやミステリどころか文芸物とは完全に無縁《むえん》である。そんな版元《はんもと》の編集者が、なぜホラーミステリ作家の僕と会っているかというと、彼が拙作《せっさく》の愛読者であり、かつ無類の怪談《かいだん》好きだったからだ。

三間坂との出会いについては、『どこの家にも怖いものはいる』（中央公論新社／中公文庫）に書いてあるので繰《く》り返《かえ》さないが、本書を読むにあたり知らなくても別に問題はない。僕と同様、彼も怪談には目がないと分かっていれば事足りる。

「複数あるってことは、隣近所すべてが幽霊屋敷だとか」

ともすれば湧き上がる興奮《こうふん》を抑えながら、僕が有り得ないような例を挙《あ》げると、

「それじゃゴーストタウンですね」

三間坂が人懐《ひとなつ》っこい笑みを浮かべた。

「同タイトルの西部劇ホラーがあるけど、特に観《み》る必要はないよ」

「分かりました」

さらに笑いながら応じる彼を見て、僕は続けた。

「ゴーストタウンという言葉は本来、何らかの事情で住人たちが去ってしまい、誰《だれ》も住まなくなった町を指すから、正確には違うけど、かといって他に適当な表現もないか」

「呪《のろ》われた町は？」

「うん、それが無難《ぶなん》かな。で、そんな町の話があるのか」

「いいえ、町ではありません。あくまでも一軒の幽霊屋敷なんです」

そう答える彼の笑顔には、にやっとした邪悪《じゃあく》さが含《ふく》まれている。もちろん本物の邪《よこしま》さではなくて、言わば同好の士に向けたメッセージと解するべきだろう。

「どうやら本腰を入れて聞く話のようだから、ビールの追加を頼んどこう」

二人がいるのは、横浜《よこはま》の某所にあるビアバーだった。世界各国のビールが飲めるのが売りで、二人から四人用のボックス席が多く、打ち合わせには最適の店である。ちょっと人目を憚《はばか》るような怪談を語り合うのにも、ここほど良い環境《かんきょう》はない。

もっとも晩秋《ばんしゅう》のこの日は、いつもの〈頭三会《とうさんかい》〉ではなかった。『どこの家にも怖いものはい

る』の、ちょっと遅めの打ち上げをしていた。だからといって他社の編集者である三間坂秋蔵が、本書の編集に携《たずさ》わったわけではない。むしろ彼は著者の一人と言えるかもしれない。本人は否定するだろうが、彼がいなければ本書は刊行できなかったと思う。

ちなみに〈頭三会〉とは、僕と彼の名字の頭に「三」の漢字が入っていることから命名した、二人だけで行なう怪談会の名称である。酒を飲みながら互《たが》いに怖い話を語るだけの、なんとも緩《ゆる》い会合で、数ヵ月に一度の割合で開いていた。それが今回は、本書の打ち上げに変わった。とはいうものの会話の内容は、いつもと同じだった。ただ本書のテーマに合わせたのか、急に彼が幽霊屋敷の話を振ってきたのである。

それぞれの好みのビールが来て、改めて乾杯《かんぱい》したあと、僕は話を戻した。

「一軒の屋敷なのに複数ってことは、カリフォルニア州のウィンチェスター館のように、増改築を繰り返してるとか、かな」

「あっ、その家って……」

「スティーヴン・キングが脚本《きゃくほん》を書いた、テレビドラマ『ローズ・レッド』のモデルになった実在の屋敷だよ」

「確かその家の女主人が、何十年間も建設工事を続けたために、どんどん屋敷は大きくなっていったんですよね」

「サラの夫だったウィリアム・ワート・ウィンチェスターの父親は、ライフル銃《じゅう》などを製造する武器の工場を持っていた。ウィンチェスター銃って、聞いたことないかな」

「……あるような、ないような」

「僕は子供《こども》のころ西部劇が好きだったから、この銃の知識も早くからあって、のちにウィンチェスター館の存在を知ったときは、ちょっと驚いた」

「その銃は館と、何か関係があるんですか」

やっぱり三間坂は鋭《するど》いなと感心しながら、僕は答えた。

「銃を作ったのは父親だが、それを全米に広めたのは息子《むすこ》だった。その銃のせいで、大勢の人が殺される羽目になった。そんな死者たちの呪いが、ウィンチェスター館にはかかっている。これから逃《のが》れるためには、隠し部屋や秘密の通路が必要になる。という風にサラは考えたと噂《うわさ》されたけど、本当のところは分からない」

「増築を繰り返す理由としては、相当クレージーとしか……」

「言えないよな。ただ、建築物を完成しない、させないという状態は、昔から一種の悪魔除《あくまよ》けになっていたのも事実なんだ」

「どういうことです？」

怪訝《けげん》そうな表情ながらも、興味津々《きょうみしんしん》の顔である。

「神ではない人間が、完璧なものを作れるわけがない。そんなことができるのは悪魔だけだ。そういう考え方は古くからある。だから神殿《しんでん》などの柱を建てるとき、わざと十本目だけ他とは違う様式にしたりした。日光東照宮の陽明門《ようめいもん》に、逆柱《さかばしら》があるのは知ってるかな」

「いいえ。でも逆柱って、絶対にやってはいけないんでしょ」

「その家にとって、かなり不吉だと昔から言われている。住む者に災《わざわ》いを齎《もたら》すと、今でも信じられてるんじゃないかな」

「それを敢えてしたわけですか」

「陽明門の逆柱は、完成と同時に崩壊《ほうかい》がはじまる――という故事《こじ》に基《もと》づいている。洋の東西を問わず、やっぱり人間は似《に》た考え方をするらしい」

「ウィンチェスター館のサラも、それと同じだと？」

「彼女がそこまで、哲学《てつがく》的に考えたかどうかは分からないけど、館の増築を止めてしまうと不吉な出来事が起こるのではないか……という強迫観念に駆《か》られていたのは、ほぼ間違いないんじゃないかと思う」

「なるほど」

そこで三間坂はにっこり微笑《ほほえ》むと、

「お話は非常に面白《おもしろ》かったんですが、残念ながら違います」

あっさりと否定したあとで、なんとも気になる台詞《せりふ》を呟《つぶや》いた。

「サラの行為は、言わば魔除けですよね。ウィンチェスター館が呪われないようにと、彼女が考え出した方法と言えます。しかし私がお話ししたいのは、その逆と言いますか……」

「シャーリイ・ジャクスンの『丘の屋敷』のように？」

「そうですね。あれに近い――いや、あれ以上かもしれません」

幽霊屋敷小説の傑作《けっさく》『丘の屋敷』は、これまで『山荘綺談《きだん》』や『たたり』という邦題《ほうだい》で刊行されてきた。しかし原題が『THE HAUNTING OF HILL HOUSE』であることを考えると、新しいタイトルが最も相応《ふさわ》しいように思える。だが今は、それどころではない。

「丘の屋敷よりも凄《すご》いっていうのか」

「あの小説の場合、建築的に変なところって、何かありましたか」

気負い込んで尋ねたのに、さらっと彼に躱《かわ》された。とはいえ別に腹は立たない。こういうやり取りそのものを、きっと僕は楽しんでいたからだろう。

「建物の角という角が、わざと歪《ゆが》めて作られている点かな。そのため丘の屋敷に長く暮《く》らすほどに、人体への影響が心配されることになる」

「では、やっぱり近いというか、それ以上だと思います」

そこで三間坂は、いかにも同好の士だけに分かる笑みを浮かべつつ、

「私はあの作品の中で、非常に好きな登場人物の台詞があるんです」

「ひょっとして、女性の使用人の？」

「あっ、さすがです」

「いやいや怪奇《かいき》好きなら、あれには痺《しび》れるよ」

呪われた丘の屋敷に赴《おもむ》くのは、心霊学研究者と霊感のある女性二人と屋敷の所有者の甥《おい》である。女性の一人エレーナが本編の主人公なのだが、彼女は感じの悪い管理人に出迎えられたあと、彼の妻にことごとく無視される態度を取られた挙句、こう言われる。

「夕食の用意がすんだら、わたしはお屋敷におりません」「日が暮れはじめたら、ここにはおりません。暗くなる前に帰るからです」「わたしどもは六マイルほど先の町に住んでいます」「ですから、助けをお呼びになっても、近くには誰もおりません」「夜に何を叫《さけ》んでも、わたしどもには聞こえません」「誰にもです。町からここまでの間に住んでる者は誰もいません。あの町から少しでもこちらへ近づこうとする者は、誰もいないのです」「夜になってしまったら」

「暗くなってしまったら誰もおりませんから」（渡辺庸子訳）

うろ覚えながらも管理人夫人の台詞を、僕は一通り口にした。

「ぐっときますね」

「自作の幽霊屋敷物で、この台詞を使いたいくらいだよ」

「それは駄目《だめ》でしょう」

「もちろんやらないけど、それほど魅力《みりょく》的だってことだ」

「私もそう思います。とはいえ丘の屋敷は、所詮は小説ですよね」

「ほうっ、言うなぁ」

これは面白くなってきたぞ、と僕はわくわくしながら、

「だったら実際にモデルがあった、幽霊屋敷物の傑作はどうだ」

「ウエイクフィールドの『赤い館』ですか」

渋《しぶ》いところを突《つ》いてきたなと、とっさに嬉《うれ》しくなりつつ応《こた》えた。

「もっと有名な作品」

「何でしょう？」

「ヘンリー・ジェイムズ『ねじの回転』だよ」

「えっ、あれが……」

「といっても現実の事件とは、かなり内容が違う。そのうえ正確に言えば、そうだったのではないか……と言われているだけで、実は何の証拠《しょうこ》もない」

「いえ、でも凄い話です。ぜひ教えて下さい」

すでに彼の身体《からだ》は、やや乗り出し気味になっている。

「イギリスはハンプシャー州のアールズフォード近郊に、火事で焼失《しょうしつ》した中世の屋敷の代わりに、十六世紀のはじめに建てられたとみられる、ヒントン・アンプナーがある。同世紀末にはステュクリー卿《きょう》の所有になっていたが、彼の死後は子孫《しそん》が受け継いだ。その一人がメアリーで、彼女はのちにストール卿となる男と結婚する。しかしメアリーが死ぬと、ストール卿は義《ぎ》妹《まい》と通じて、様々な騒動《そうどう》の末に赤《あか》ん坊《ぼう》が生まれ、その子が密《ひそ》かに殺されたらしいと伝わっている。やがてストール卿が死亡すると、茶色い服を着た幽霊が、屋敷の馬丁《ばてい》によって目撃《もくげき》される。それから数年間は使用人たちしか住んでいなかったんだが、一七六五年にリケッツ家に貸し出される。その女主人がメアリー・リケッツで、彼女が様々な怪現象に悩《なや》まされ、ついには家を出て行く決心をするまでの経緯《けいい》が、本人の手記として残されているんだ。ちなみに屋敷は、とても人間の住める代物《しろもの》ではないと見做《みな》され、それから取り壊されてしまった。現存しているのは、キッチンガーデンと厩舎《きゅうしゃ》の一部くらいらしい」

「まだお話の途中ですけど、こうしてお聞きする限り、よくあるイギリスの幽霊屋敷っぽい感じがするのですが……」

ちょっと困惑《こんわく》した顔の三間坂に、おもむろに僕は頷《うなず》きながら、

「言いたいことは、よく分かるよ」

「他の幽霊屋敷とは違った、何か特筆すべきものが、ヒントン・アンプナーにはあるんですね」

「今の視点で見ると、何も特別じゃない」

そう返しつつも、すぐに僕は前言を撤回《てっかい》していた。

「いや、そうでもないか。いつの時代でも、この手の話には胡散臭《うさんくさ》さが、たっぷりと付き纏《まと》うからな。有名なボーリー牧師館や『アミティヴィルの恐怖』の家など、とっくに嘘《うそ》だと分かっている事例でも、繰り返し取り上げられて『実話』だと紹介《しょうかい》される始末だからな」

「でも、ヒントン・アンプナーは例外だと？」

「一つは問題の手記が、長年に亘《わた》って発表されなかったことだ。メアリーが奇っ怪な体験をしたのは、主に一七七一年だった。しかし、それが『ザ・ジェントルマンズ・マガジン』に掲載《けいさい》されたのは、一八七一年になってからなんだ」

「百年後じゃないですか」

「二つ目は彼女だけでなく、のちに知事や海軍卿や国王の義弟《ぎてい》になる人物が、同じく怪現象を体験している点にある。こういった本人以外の体験者の存在は、もちろん他の幽霊屋敷談にも見られるけど、これほど質と量が揃《そろ》っている事例は希《まれ》だろう」

「客観的な視点ですね」

「三つ目は彼女が名家の出で、非常に常識人だったことだ。それは手記の記述内容にも、よく表れていた。当時の――というよりこの手の体験談では、とかく大仰《おおぎょう》に語られる場合が多い。特に当時は、その傾向《けいこう》が酷《ひど》かった。ところが、メアリーの手記は違った。かなり現実的だった。彼女は手記の一七七二年の七月の頁《ページ》に、こう書いている。『あらゆる手段を使って調べた結果、誰かの悪ふざけだという証拠は何も見つけられなかった。それどころか、物音は生きた人間の力を超えるものだと確信した』と」

「物音というのは、ポルターガイストですね」

「うん。もっともヒントン・アンプナーでさえ、捏《でっ》ち上《あ》げとは無縁でいられなかった。建物を取り壊した際、廊下《ろうか》の床下から箱が出てきて、その中に小さな頭蓋骨《ずがいこつ》が入っていたという。猿《さる》の骨のように見えたが、赤ん坊のものではないかと考えられたらしい。そんな話が残っているけど、実際に頭蓋骨が発見されたという証拠はまったくない。箱が見つかったのは本当かもしれないが、あとは捏ち上げだろうと、今では見做されている」

「そういう騒動があっても、メアリーの手記の信憑性《しんぴょうせい》は少しも揺《ゆ》らがなかった。周囲が軽率な行動を取れば取るほど、むしろ高まったんじゃないでしょうか」

「僕もそう思う。このヒントン・アンプナーの話が、カンタベリーの大主教であるE・W・ベンスンから、ヘンリー・ジェイムズに伝えられたのではないか、と一部の学者たちの間では考えられている」

「あれ、ベンスンって……」

「やっぱり引っかかったか。この大主教の息子が、怪奇作家のE・F・ベンスンだよ」

「あぁ以前、先生に教えていただいた作家ですね。『芋虫《いもむし》』って作品が、とにかく気色悪かったのを覚えています」

「ただし断っておいたように、確たる証拠は何もない。学術的には何ら証明されていない、ただの仮説に過ぎない。それでもヒントン・アンプナーで起きたとされる、ほんの少数の人しか知らないはずの怪現象と似た状況が、『ねじの回転』で描かれているのは事実なんだ」

「だったら——」

「とはいえ真似《まね》したと断言できるほど、それが特異な出来事とは思えないのが難点かな。幽霊屋敷に起こる怪異《かいい》として、作家が普通に想像できるレベルだからな」

「そう聞いて、なぜか残念に思えるのは、怪異好きの病気でしょうか」

「だろうな」

三間坂の自虐《じぎゃく》的な呆《ぼ》けを、僕はあっさり片づけると、

「それよりも注目すべきなのは、メアリーの手記の記述も『ねじの回転』の文体も、どちらも抑制されているところだろう」

「怪現象に対して、ですか」

「世界で最も恐ろしい小説と評された『ねじの回転』も、現代の読者から見れば、大した事件も起きない退屈な代物と見做される懼《おそ》れが多分にある。だが、それは同時に、本作で描かれる怪異に現実性がある証左《しょうさ》とも言える。だからこそ本書は、一級の心理小説としても読めるわけだ」

「ヒントン・アンプナーの事件を調べたうえで、再読したいと思います」

自分好みの課題を与えられた学生のように、三間坂は紅潮《こうちょう》している。それが色白の顔に映《は》え、男なのにどこか艶《つや》っぽいのには参った。しかし顔を赤らめているだけで済まないのが、この三間坂秋蔵という青年だった。

「これでヒントン・アンプナーか、もしくは『ねじの回転』の屋敷が、一軒なのに複数の家屋からできている事実があれば、もっと面白かったんですけどね」

「無理を言うな」

「小説や映画でなら、そのような例があるんじゃないですか」

「そうだなぁ……小説だと、大下宇陀児《おおしたうだる》と水谷準《みずたにじゅん》と島田一男《しまだかずお》の合作『狂人館《きょうじんかん》』、谷崎潤一郎《たにざきじゅんいちろう》賞を受賞した黒井千次《くろいせんじ》『群棲《ぐんせい》』、有吉佐和子《ありよしさわこ》の短篇『三婆《さんばば》』が、今ふっと浮かんだけど」

「どれも知らないです」

そう断りながらも彼の両の瞳《ひとみ》は、好奇心《こうきしん》に輝《かがや》いている。怪異好きである前に、やはり本好きだからだろう。

「合作『狂人館』は、奇妙な造りを持ったビルこそ登場するものの、内容はミステリというより風俗小説に近い。そもそもビルの奇っ怪な構造が、そこで起きる事件に絡《から》んでいない点が、なんとも残念でいただけない」

「合作は難しいですからね」

ここから話題は、小酒井不木《こさかいふぼく》の提唱《ていしょう》で戦前に作られた作家の合作組合「耽綺社《たんきしゃ》」へと移るのだが、あまりにも本書と関係ないので割愛する。

「話を戻そう。黒井の『群棲』は、東京近郊の住宅地の袋小路に四軒の家が建っているが、元々は一軒だけの土地だった。それを当家の主人が敷地を四つに分けて、他の三家に分譲《ぶんじょう》した。すると家はバラバラで互いに他人なのに、土地の繋《つな》がりのようなものが妙に残ってしまった。そんな四家族を描いた作品なんだ」

「ホラーやミステリとは、どうも違うようですね」

とたんに三間坂の興味が半減したように見えたのが、なんとも可笑《おか》しい。

「うん。でも設定は、その両方で充分に使えるかもしれない。有吉の『三婆』は、ある成金の男が戦時中にも拘《かかわ》らず、目黒の数千坪《つぼ》の土地に広大な庭を造園し、そこに六つの茶室を建てる。本宅と別荘は他にあるので、完全に趣味《しゅみ》というか、道楽のための普請《ふしん》だな。しかし彼は、敗戦と共に死んでしまう。その後、本妻、小姑《こじゅうと》、妾《めかけ》の三人が、三つの茶室に入ることになる。茶室といっても、下手《へた》な住居より広い。そして残った三つを賃貸《ちんたい》にする。同じ敷地内で暮らすとはいえ、茶室と茶室の間には築山《つきやま》や池などがあり、完全にプライバシーは守られている。でも一方で、遺産《いさん》や家賃を巡《めぐ》る争いが、三人の間で絶えず起こり続ける。こちらもホラーやミステリに、すぐに流用できる設定かもしれない」

「私もそう思います」

同意しつつも、その口調がおざなりだったので、僕は笑いそうになりながら、

「けど、三間坂君が提示するつもりの事例とは、かなり違うんだろ」

肝心《かんじん》の幽霊屋敷の話題へと、会話を持っていこうとしたところで、とある新作映画の情報をふと思い出した。

「あっ、待てよ。そう言えば新作のアメリカ映画で、ちょっと気になる作品があったな。タイトルは『Abattoir』で、食肉処理場という意味がある。内容紹介を読むと、殺人事件のあった家屋のパーツをいくつも集めて、それで一軒の屋敷を建てる話のようなんだけど……」

そんな説明をしている途中で、僕は戸惑《とまど》った。彼の顔色が、ここで明らかに変わったからだ。それも悪いほうに。

「えっ、まさか……君が言わんとしている家も、そういう物件なのか」

こっくりと三間坂は頷いたあと、恐る恐るといった調子で、

「……それで映画は、どんな出来なんでしょう？」

本稿を書いている時点で、ようやく予告編が観られるようになったが、その印象では普通のホラー映画だった。それなりに派手な演出《えんしゅつ》を施《ほどこ》した、海外の幽霊屋敷物という作りである。

しかし三間坂とこの話をしていたときは、先に記した情報しかまだなかった。

「どうかな。昨今の海外ホラー映画の傾向から考えて、雰囲気《ふんいき》を重視した幽霊屋敷物というよりは、殺人場面を再現したような遊園地のお化け屋敷物って感じじゃないだろうか。もちろん実際の食肉処理場が、そんな所だと言ってるわけではない。そういう誤解をする人など、まずいないと思うけど」

「それなら大丈夫そうです」

とたんに彼が、ほっとした表情を浮かべた。

「つまり何か。そういう忌《い》まわしい継《つ》ぎ接《は》ぎの家が、現実にあるってことなのか」

その問いかけに、再び彼が首を縦《たて》に振ったので、僕は思わず確信した。

「ということは君の実家の蔵《くら》から、その驚くべき家に関する資料が見つかった。そういう話になるのかな」

「お察しの通りです」

二

三間坂秋蔵の実家は、かなりの旧家《きゅうか》である。敷地には大きな蔵があり、所謂《いわゆる》お宝が仕舞《しま》われているらしいのだが、彼も僕もそこに興味はない。二人が大いに惹《ひ》かれたのは、彼の祖父の膨大《ぼうだい》な蔵書だった。

三間坂によると祖父の萬造《まんぞう》は、昔から怪しげなものに首を突っ込むのが大好きで、肝試《きもだめ》しや百物語の会をはじめ、全国の幽霊屋敷の探索《たんさく》、狐狗狸《こっくり》さんや降霊術の実践《じっせん》、果ては心霊写真や心霊動画の撮影まで試みたことがあるという。

「猟奇者《りょうき》という言葉が、一番当て嵌《あ　は》まるかと思います。もっとも世間からみれば、あまり近づきたくない、ただの変人でしょうけど」

祖父の話をするとき、困《こま》った人だと嘆《なげ》きながらも親愛の情が感じられるのは、同じ猟奇者の血が三間坂にも流れているからだろう。

よって萬造の蔵書には、古今東西《ここんとうざい》の怪奇な書物が収められていた。古典から現代までの怪奇小説、悪魔や魔術に関する研究書、心霊学を扱った学術雑誌など、その種類は多岐に亘っており、とにかく愛好家を狂喜《きょうき》させる充実振りらしい。とはいえ多くの書籍は、国会図書館や国内外の古書店を利用すれば、なんとか読むことが可能で、また入手できるかもしれない。それよりも貴重《きちょう》だったのは、萬造が独自に集めた奇っ怪な「記録」にあった。

そもそもの切っ掛けは、三間坂が祖父の蔵書を見ていたとき、『The spiritualism of Haunted Houses』という洋書に挟《はさ》まれていた紙片《しへん》の束を発見して、それを読んだことにはじまる。萬造が蒐集《しゅうしゅう》した本の中には、新聞紙の切り抜きやメモや手紙といったものが、よく入っているらしい。ほとんどは本と関連のある内容だが、たまに何の脈絡《みゃくらく》もない代物があるという。洋書から出てきた紙片が、まさにそうだった。

ある日本人の少年の語りを速記したものを、綺麗《きれい》に清書した原稿だったのだが、問題はその内容にあった。時代は昭和十二、三年ごろ、場所は東京を除《のぞ》く関東のどこかの村で、語り手の少年が「割《わ》れ女《おんな》」と呼ばれる異形《いぎょう》の存在に、なんと追いかけられた体験談だったのである。

この記録を発見する前に、実は彼が伯母《おば》から入手した一人の主婦の日記があって……という詳細を記したのが先の『どこの家にも怖いものはいる』なのだが、本書とは関係ないので読者が知る必要はない。これらが引金となって、三間坂が祖父の蔵書の検《あらた》めを熱心にはじめたことだけ分かってもらえれば充分である。

「すると、もう出るわ出るわ、の状態になりました」

三間坂が大量に見つけたのは、古惚《ふるぼ》けたノート、使い込まれた日記帳、手紙や葉書の束、新聞記事が貼《は》られたルーズリーフなどだった。もちろんノートや日記帳も、一冊や二冊では済まない量で、何十冊と出てきたらしい。その全部に共通するのが、何らかの怪異に関して綴《つづ》られた「記録」の類《たぐい》だという事実である。

この蔵のことを我々《われわれ》が、いつしか「魔物蔵《まものぐら》」「魔蔵《まくら》」「魔っ蔵」などと呼ぶようになったのは、無理もないと読者も思われるだろう。

そうやって蒐集しながらも特に纏《まと》められもせずに、書棚のあちこちに突っ込まれ、また紐《ひも》で一括《ひとくく》りに縛られ、あるいは反故《ほご》と共に箱に仕舞われ……といった「記録」を、三間坂は週末などを利用して、せっせと掘《ほ》り起こし続けた。その一部が我々の〈頭三会〉で披露《ひろう》されたのは言うまでもない。

ただし今回は、それだけでは済まない予感を覚えた。とんでもない怪異譚《たん》に出会《でくわ》してしまうのではないか。問題の話を知ることで、こちらにまで障《さわ》りが出そうな……そんな懼《おそ》れが、ふっと心に芽生《めば》えた。だからといって聞き耳を持たなかったわけではない。むしろ逆に食いついたのは、怪談好きの性《さが》だろう。

「それで今回は、どんな話なんだ？」

不安を抱きつつも期待を込めて尋《たず》ねると、意外にも三間坂は戸惑った顔で、

「はじまりは、川谷妻華《かわたにつまはる》という女性が持ち込んだ手紙でした」

彼に漢字の説明を受けてから、僕は尋ねた。

「君の実家に？」

「はい。そのとき家には、たまたま伯母がいました」

「あの伯母さんか」

僕の意味ありげな口調に、彼は苦笑しつつ頷いた。

「その手の体験が本人には一切ないのに、なぜか怪異に絡む話が彼女の下に集まってしまう、という例の伯母です」

「すると、その手紙も……」

「非常に奇妙な内容を持っていました。八真嶺《やまみね》という資産家宛《あて》の書簡《しょかん》で、差出人《さしだしにん》は大工の棟梁《とうりょう》でした」

「資産家と大工か」

その組み合わせに、僕の想像力は大いに刺激《しげき》された。

「私は手紙に目を通した伯母から聞いただけなので、色々と抜け落ちがあるかもしれません。

それでも手紙の内容には、大いに驚きました」

「何が書かれていたんだ？」

「そのとき差出人の大工の棟梁は、まったく別々の家屋を一つに繋げて建て直すように、という異様な注文を、どうやら八真嶺から受けていたらしいのです。手紙は依頼主《いらいぬし》の細かい指示に対する質問というか、半ば抗議書《こうぎしょ》のような内容だったそうです。複数ある家屋や部屋は、その規模《きぼ》も建築様式もバラバラで、はっきりと記されていたわけではありませんが、どれもが曰《いわ》くのある物件のようだったと、伯母は言ってました」

「曰くというのは？」

「何らかの事件が起きた家……ということらしいです」

「確かに凄いな」

「手紙は二通あったそうですが、どちらも注文を受けている側の大工が書いたものなので、肝心の八真嶺の依頼内容が、どうにも把握《はあく》し辛《づら》くて、伯母もよく分からなかったみたいです。普請に当たって大工側が覚えた問題点を、言わば一方的に記した代物だったようで。八真嶺から大工に宛てた手紙があれば、まだ分かり易《やす》かったかもしれませんが、川谷が所有しているのは、その二通だけらしいのです」

「かなり特殊な注文なので、打ち合わせは面談のうえ綿密に行なわれた。でも実際に普請するとなると、色々な問題が出てきた。そこで大工は手紙を書いた。けど八真嶺は返事を電話で済ませたか、返事は書いたけど残っていないか。または川谷妻華が、依頼者側の手紙を入手できなかったか。いずれかじゃないか」

取り敢えず無難な推理をしてから、問題の建物と同じくらい気になった訪問者《ほうもんしゃ》について、僕は尋ねた。

「その川谷妻華という人物は、いったい何者なんだ？」

「八真嶺家と縁のある者だと、相手は言ったそうです」

「だから大工からの手紙を持っていたのか。けど、それと君の実家に何の関係が？」

「川谷は大工の二通の手紙を、母親の遺品の中から見つけたそうです。そのとき一緒に出てきたのが、八真嶺宛の祖父の書簡でした」

「つまり君のお祖父《じい》さんも、その奇っ怪な普請に嚙《か》んでいたのか」

「いえ、それが違うんです。どうやら祖父は、その異様な建物の情報を逸早《いちはや》く察して、八真嶺に照会する手紙を出していたようなのです」

「さすがだな。で、お祖父さんの手紙は？」

「川谷は持ってきておらず、伯母も私も読めていません」

そこで三間坂は纏《まと》めるように、

「いずれにしろ伯母から、この話を聞いた時点では、大工が書いた二通の手紙しか、この件に関する手掛かりはありませんでした。何らかの事件が起きた家の各部位を、恐らく八真嶺が金に飽《あ》かして集め、それを一軒の家に建て直そうとした……という恐るべき事実しか分かっていなかったわけです」

「それにしても、筋金入りの猟奇者だな」

「いかに金を積んだにしても、よく実現できたなと思います」

「うん。でも考えてみれば、一種の人助けとも言えるな」

「ええっ、そうですか」

「事件が起きた家ということは、人死にのあった懼《おそ》れがある。それが自殺であれ、また他殺であれ、残った家族がそこで暮らし続けるのは、さすがにきつい。かといって売ろうにも、すぐに買い手はつかない。仮にいても足元を見られて、安く買い叩《たた》かれるのが落ちだ。だとすれば金に物を言わせた八真嶺に、強引にでも買われたほうが増しだったかもしれない」

「なるほど」

「もっとも当の八真嶺が、それこそ相手の弱みに付け込んで、かなりの安値に値切った可能性も大いにあるけど」

「そういった事情が、それらの手紙だけでは、少しも分からないんです。ただ、そんな仕事を頼まれるだけでも、大工側はややこしかったと思います」

「まるで二笑亭《にしょうてい》だな」

「何です、それは？」

僕は漢字の説明をしてから、

「精神病を患っていた渡辺金蔵《きんぞう》が、昭和二年から六年にかけて、深川《ふかがわ》区に建てた怪建築だよ。合作『狂人館』に登場するビルは、この二笑亭をモデルにしている。渡辺には建築の知識がろくになかった。それなのに設計図を引かず、ほとんど口頭で指示したうえ、突然の変更など当たり前だった。そのため大工が難儀《なんぎ》したらしい」

「確かに似てますね」

「それでも大工は、施主の希望通りに建てようとした。その結果、人が住むには不便な、なんとも卦体《けたい》な家が出来上がったそうだ」

「現存してるんですか」

「いや、昭和十三年に解体《かいたい》されている」

「その二笑亭を建てた大工よりも、こっちの大工のほうが、より苦労したかもしれませんね」

「どうして？」

「施主の他にもう一人、どうやら普請に口出ししていた者がいたようなんです」

「八真嶺夫人とか」

「いえ、名前と手紙の内容から、女性の可能性は高そうですが、恐らく彼の奥さんではないでしょう」

三間坂は仕事で使っているノートに、「嬬花」という名前を記した。「じゅか」とでも読むのだろうか。

「大工の手紙からは、八真嶺の注文だけでも手間なのに、この嬬花の要望のせいで、現場は余計に混乱《こんらん》している。そんなぼやきが聞こえてきそうだったと、伯母は言っています。ただし大工も施主に遠慮《えんりょ》したのか、はっきりとは書いていないようなんです。それでも嬬花の口出しがなければと、大工が苦々しく感じていたのは、恐らく間違いなさそうです」

「八真嶺の愛人じゃないよな」

「別荘を建てるのとは、訳が違いますからね」

「八真嶺が贔屓《ひいき》にしている、または彼に取り入っている霊能者の類とか」

「あっ、有り得ますね。そんな家を建てようとするくらいですから、彼の周りにそういった連中がいても、別に不思議じゃありません」

「それで肝心の家は、幽霊屋敷の複合体は、無事に建てられたのか」

「大工の二通の手紙だけでは、本当に建て直すことができたのかどうか、そこまでは分からないそうです。でも、もし実現できていれば、その『記録』が残っている可能性があります。そして万一そんな代物があれば、祖父が絶対に放っておくはずがない」

「いいお祖父ちゃんだな」

僕の実感の籠《こも》った口調に、三間坂は嬉しそうな笑みを返した。その顔を目にしたとたん、僕は合点《がてん》がいった。

「そうか。だから川谷妻華は、君の実家を訪《たず》ねたのか。お祖父さんの趣味を、恐らく彼女は知っていたんだ」

「八真嶺宛の祖父の手紙で、その可能性に思い当たったようです」

「川谷妻華は、何歳くらい？」

「伯母によると、第一印象は五十前後だったのに、話していると四十前にも、また六十過ぎにも思えて、かなり混乱したらしいです」

「容姿は？」

「それが、ほとんど覚えていないことに、伯母自身も驚いてました。和服だったような気もするが、絶対とは言い切れない……って」

「まさか」

「いえ、本当なんです。そのため顔も、朧《おぼろ》には記憶《きおく》してるんですが、とても説明できない状態でした。ただ微《かす》かに残ってる、彼女に対するイメージのようなものがあって……」

「どんな？」

「それが、洋梨《ようなし》らしいんです」

「えっ、相手の体形が？」

「そうとしか思えませんが、そのイメージが何を意味してるかも、実は分からないようで」

「ジョージ・R・R・マーティンに『洋梨形の男』という傑作ホラー短篇集があるけど。何にしろ気味が悪いな」

「伯母も同じことを言ってました。自分の目の前にいたのは確かに人間なのに、相手が話している間、なぜか違うものと一緒にいるように思えたって……」

「まるで『聊斎志異《りょうさいしい》』の『画皮《がひ》』みたいだな」

「どんな話ですか」

　すかさず食いつくところが、やはり彼らしい。

「ある男が若くて美しい女に助けを求められ、自宅の一室に住まわせることにした。妻には反対されたが、彼は少しも耳を貸さない。ある日のこと、外出先で道士《どうし》に呼び止められ、身体に邪気が見えると忠告された。無視して帰宅したが、扉《とびら》が閉まっていて入れない。ふと窓から書斎を覗《のぞ》くと、青い顔をした鬼《おに》が、寝台の上に人間の皮を広げて、絵筆で絵を描いている。しかも鬼が、その皮を着物のように纏《まと》うと、彼が助けた女に変化した……という話で、タイトルの『画皮』の意味が分かる瞬間《しゅんかん》が、なかなか面白い」

うですから」


「なんか『悪魔のいけにえ』のレザーフェイスのようですね」

「あっちの人間の皮の面に比《くら》べて、『画皮』はかなり精巧《せいこう》そうだけどな」

「でも、伯母が訴《うった》えたかった違和感は、まさに『画皮』の内容に近いような気がします。今度この話を伯母に会ったときにしたら、まず間違いなく『そう、そんな感じだったの』と言いそうですから」

なんとも無気味な人物だが、それ以上にその女の目的が気になった。

「川谷妻華の用事は、いったい何だったんだ?」

「八真嶺が建てた家に関する資料があれば、どんな内容でも良いので見せて欲しい、と頼まれたそうです。場合によっては、すべて買い取りたいと」

「その理由の説明はあったのかな」

「いいえ。八真嶺家に関わることなので、とにかく興味がある……としか言わなかったみたいですね。伯母の印象では、まるで自分の過去を調べるために、その問題の家を訪ねたがっているみたいだった……と」

「まさか、現存してるのか」

驚いて尋ねたが、それは三間坂にも分からないらしい。

「どうでしょう?」

「さすがに残ってはいないだろ」

「そうですよね。もし現存していたら、先生のアンテナに引っかからないわけありません」

褒《ほ》められているのに、なぜか別に嬉しくない微妙な気分で、僕は先を促した。

「それで？」

「連絡先を訊《き》こうとしたら、『またお訪ねいたします』と応える。いきなり来られても迷惑《めいわく》だと思った伯母は、『一ヵ月後の日曜にしましょう』と提案しました。そのとき私も同席させようと考えたわけです。ところが川谷は、『私は大丈夫ですが、そちらが無理ではありませんか』と、妙な答え方をしたそうです。『どういう意味ですか』と伯母が尋ねても、『そのときになれば分かるでしょう』としか言わない。急に相手が怖くなった伯母は、困り果てて祖母に相談しました。すると『お祖父さんの手紙を、こちらにも見せてもらえるなら』という条件で、三間坂家に何か関連の資料が残っていないか、この一ヵ月の間に調べることになったのです」

「つまり今の時点では、八真嶺家について川谷妻華に尋ねることも、まったくできないわけか」

「はい。特に珍《めずら》しい名字でもないので、この名前だけを手掛かりに調べるのは、ちょっと無理でしょう」

ちなみに「八真嶺」は仮名である。わざと珍しい漢字の組み合わせを使っていることをお断りしておきたい。

「それで例の蔵の中を検める役目が、君に回ってきたわけだ」

三間坂はうんざりしつつも、どこか喜んでいる様子で、

「週末になると実家に帰って、蔵中をひっくり返しました。とはいえ何を探せば良いのか分かりません。ノートや原稿の類であろうことは推測できますが、カセットテープなど他の媒体《ばいたい》も無視できない。手紙もそうです。それに蔵には開けていない――というか開けられない金庫が、

複数あるのです。もう大変でした」

「しかし見事に、君は見つけたわけだ」

確信を持ってそう言うと、彼は得意そうな顔をした。だがすぐに、その眉間《みけん》に皺《しわ》が寄った。

肝心の「記録」が一筋縄《ひとすじなわ》ではいかない内容だったからだろうか。

「何冊も目を通した日記帳や大学ノートの中で、それらしき二冊を発掘《はっくつ》したときは、もう飛び上がるほど喜びました」

「おめでとう」

「その家が何と命名されたのか、それも分かりました」

思わず食いつく僕に、三間坂が応えた。

「烏合《うごう》の衆《しゅう》の『烏合』に、邸宅《ていたく》の『邸』と書いて、〈烏合邸〉です」

「ぴったりだな」

烏合とは烏《からす》の集まりを表す言葉だが、その集散がばらばらで纏《まと》まりがないことから、ただ寄り集まっただけで何の規律もない群衆や軍勢を、烏合の衆という。烏合邸の成り立ちを考えれば、これほど相応しい命名もないだろう。

「これは面白くなってきたな」

期待を込めた僕の感想に、彼は調子を合わせることなく、

「ところが、日記帳と大学ノートを読み進めるにつれ、なんとも厄介《やっかい》な代物に関わってしまったと、少し後悔《こうかい》するようになりまして……」

「どうして？」

「てっきり詳細な経緯が記されてると思ったのに、実はそうでもないどころか、あのー、かっか何とかっていう状態で――」

「隔靴搔痒《かっかそうよう》？」

「あっ、それです。なんとなく状況は理解できるのに、肝心なところは不明という」

「日記帳と大学ノートから、充分な情報を得られないのなら、別を当たるしかないだろう」

「いえ、うちの蔵から見つけたのは、まだ日記とノートだけです」

「川谷妻華が持ってきた、二通の手紙があるじゃないか。それらの封筒《ふうとう》の住所から、八真嶺と大工の住まいを突き止められるだろ。本人たちは物故《ぶっこ》しているにしても、そこに連絡を取れば二人の親族がいるはずだ。烏合邸に関する話を聞けるんじゃないか」

「伯母は封筒を見ていないそうです。裸《はだか》のまま便箋《びんせん》を渡されたので、もしかすると封筒は残っていないのかもしれません。肝心の手紙も相手に返していますしね」

「川谷妻華に連絡……はできないのか」

「それこそ住所も電話番号も、何も分かっていません。念のため私がネットで調べましたが、その名前では何も見つかりませんでした」

「偽名《ぎめい》の可能性もあるか」

「伯母の話を聞く限り、それは有り得ますね」

「日記帳と大学ノートにも、具体的な地名は出てこないのか」

「まったくありません。むしろ意図的に記さなかったことが判明しただけです」

「それじゃ烏合邸が、どこに建てられたのか……」

「今のところ不明です」

「大工の棟梁の名前は？」

「石部金吉《いしべかねきち》とありました」

三間坂は仕事で使っているノートに、大工の名前を漢字で記してから、意味ありげな視線を向けてきた。

「大工の石部……」

とっさに僕が呟くと、ぱっと彼は顔を明るくさせて、

「やっぱり引っかかりましたか」

「ということは、僕が知ってる名前か。一向に思い出せんけど」

「ヒントは、割れ女です」

僕は少し考えてから、

「……ひょっとして、あの少年の祖父かな」

しかしながら三間坂は、頷きながらも困った顔をしている。

「確かに名字は同じですが、それだけで他に証拠はありません」

「仮に同じ人物だったら、石部家は怪異を呼び寄せてしまう家系なのかもしれない」

「もしそうなら面白いのですが、時代を考えると違う気もします」

「あの子の祖父なら、現役だったのは昭和十年代か、それ以前になるんじゃないか」

「ええ、そうなります。ただ日記とノートには、年代を特定できる記述がないんです。それでも戦前でないことは、まず間違いありません。かといって平成でもないでしょう。あくまでも

推測ですが、昭和の後半って感じがします」

「昭和三十年ごろから、たった一週間しかなかった六十四年までの間か。この件に関して調べる必要が出てきた場合、もう少し時代を絞《しぼ》っておきたいところだな」

「私も日記とノートには、まだざっとしか目を通していません。きっと先生が読まれれば、何か発見があるはずです」

「それぞれの筆者は、八真嶺なんだろ」

「ところが、実は違うんです。日記帳は六歳くらいの独り息子《ひと》を持った母親のもので、大学ノートは幡杜明楽《はたもりあきら》という名前の、作家を志望する若い男が書いています」

「その言い方からすると、八真嶺とは何の関係もない、第三者のように聞こえるけど」

「どうやら八真嶺は、その家に住む人を募集《ぼしゅう》したようなんです」

「新聞広告でも打ったのか」

僕は呆《あき》れてしまったが、わざわざ烏合邸のような「集合住宅」を建てたことを考えると、それくらい意外でもないかもしれない。

「どうやって募集をかけたのか、今のところ分かりません」

「最初から自分で住む気は、少しもなかったってことか」

「八真嶺にとって、烏合邸は実験室のような存在だった……みたいです」

「そんな家を建てた目的が、それなのか」

「記録を読む限りでは……」

それ以外の証拠が今のところはない。しかし、二つの記録の記述内容が正しいのではないかという気に、すでに三間坂も僕もなっていたと思う。

「つまりマッドサイエンティストである彼自身が、被験者《ひけんしゃ》になるわけにはいかない。何か不測の事態が起きても、あまり問題になりそうもない人物を選んで、そこで暮らさせた。どんな形でも良いので、記録をつけることを条件に」

「本当にそのようです。だからこそ日記帳と大学ノートでは、肝心の記録に差があり過ぎて、ちょっと戸惑いました」

「子供を持つシングルマザーらしき女性と作家志望の青年では、まぁ違いが出て当たり前だろうけど」

「日記帳だけしか発見できなければ、お手上げだったかもしれません」

「……待てよ」

そこで僕は、またしても引っかかりを覚えた。

「小さな子供がいる母親の日記って……」

「前に伯母から手に入れた、例の大佐木《おおさき》夫人の日記と似てますよね」

先述した『どこの家にも怖いものはいる』の、そもそものはじまりとなった「記録」である。

「なんか気持ち悪いな」

「むしろ願ったり叶《かな》ったりの展開ではありませんか」

怪談好きとしては、三間坂の言うことも理解できたが、胸騒《むなさわ》ぎを覚えたのも事実だった。

「ただの偶然《ぐうぜん》に過ぎないけど、こういう暗合はのちに効いてきそうで、あまり良い気持ちはしないよ」

「とにかくここまできたら、そのノートを読んでいただくのが一番です」

「川谷妻華よりも先に？」

びっくりして訊き返すと、彼が力強く頷いた。

「それは不味《まず》くないか」

「しかし日記とノートの発見を伝えようにも、先方の連絡先が分かりません」

「あっ、そうか」

「仮に分かっていたとしても、やっぱり先生に目を通していただき、先にご意見を伺《うかが》ってからのほうが、良いように思えます」

「相手が胡散臭いから？」

「はい。祖母も伯母も、私と同意見でした。いかがでしょう？」

「まさか今、ここに持ってきてるとか」

身を乗り出したいような、逆に引きたいような複雑な気持ちで尋ねる僕に、

「いえ、ありません」

はっきり否定しつつも、彼は迷っている口調で、

「あの日記帳と大学ノートをお見せして、ご意見をお聞きしたいと思う反面、これに先生を巻き込むべきではないのではないか……という気も正直しております」

「なぜ？」

「あの二冊だけでは、決して済まないような予感を覚えるからです」

「まだ他にも似た『記録』があるってことか」

「はい。あの二冊に目を通してしまったら、すべてを知りたくなる。そんな気がしてならないんです」

「現に君が、そうなんだな」

僕の指摘に、しばらく躊躇《ためら》ったあとで三間坂は、こくんと首を縦に振った。

「だったら付き合うよ」

「しかし――」

「同じ怪談好きじゃないか」

このとき僕は単行本のまま放置していた『シェルター　終末《しゅうまつ》の殺人』の文庫版用に元原稿の全面改稿を終え、いくつかの雑誌に約束している怪奇短篇やエッセイの締め切りを控《ひか》えているくらいだった。文庫版『幽女《ゆうじょ》の如《ごと》き怨《うら》むもの』のゲラが出校するのはまだ先である。

「今なら時間があるから」

「でも、前のような事態になる可能性も……」

彼が言いたかったのは、『どこの家にも怖いものはいる』に記した問題のことだったが、僕に躊躇《ちゅうちょ》はなかった。

「あのときも結局、大事には至《いた》らなかっただろ。今回も注意して臨めばいい。それとも前回よりも、もっと危険な予感でもあるのか」

「いえ、そんな気配はないのですが……」

と言いつつ気にしている風だったので、僕は一つの提案をした。

「取り敢えず問題の日記帳と大学ノートを読ませてもらい、その後のことは二人で改めて検討する。それでどうだろう？」

「……そうですね。先生のご意見を伺いたいとは、私も思っていますので」

「よし、決まりだ」

　こうして数日後、三間坂秋蔵から送られてきた鍵《かぎ》つきの古びた日記帳――ただし鍵は壊れていた――と、天地と小口が毛羽立った汚《きたな》らしい大学ノートを、僕は読むことになるのだが、この行為に後悔を覚えるのは、実は少しのちになってからである。

　よって読者の皆《みな》さんには、この時点で注意を喚起《かんき》しておきたい。

　まだ充分に引き返せるところに、あなたはいます。ここで本書を閉じるか、取り敢えず日記帳の女性の記述だけに目を通して様子を見るか、一気に幡杜明楽の体験まで読み進めるか、どうか自らの意思で選んで欲しい。

　自分は一軒家に住んでいるわけではないから別に心配はない。

　そう判断した方がいるかもしれないが、この物件には恐らく通用しないでしょう――とだけ申し添えておく。

　ちなみに本書に登場する氏名は、先の「八真嶺」同様、すべて仮名であることを改めてお断りしておきたい。

黒い部屋　ある母と子の日記

七月一日

これまで日記など、一度もつけたことがありません。小学生のとき夏休みの宿題で出た、絵日記は別ですけど。

「何でも好きに書いてください。毎日でなくても構いません」

そう言われましたが、本当に困《こま》ってしまいます。この日記の問題をよく考えていなかったことが、今は悔《く》やまれてなりません。

日記帳は鍵《かぎ》のかかる立派なものです。子供《こども》のころ学校の近くの文房具屋さんに、これと似《に》た品物がありました。それを憧《あこが》れの目で見ていたことを、ふっと思い出しました。でも、その日記帳に、こんな文章を書くなんて。あのころの私には、少しも想像できなかったでしょう。

すみません。よけいな感傷《かんしょう》でした。

それにしても大きな家で、びっくりしました。こんな家を見るのは、本当にはじめてです。

私たちが入ったのは、団地の一室だったらしい部屋です。ここは「黒い部屋」と呼ばれています。これまでにもお子さん連れのお母さんを、何人も案内されたそうですが、一組として合格しなかったと聞きました。

私と息子《むすこ》は、どうして合格したのでしょう。他のお母さんやお子さんたちになくて、私たちにあるものなど何もないと思うのですが。

「部屋に選ばれたのです」

そんな説明を受けましたが、あれはどういう意味だったのでしょう。

大した荷物もないのに、今日は引っ越しで疲れました。この続きは、また明日にしたいと思います。

七月二日
昨日の夜中、変な臭《にお》いで目が覚めました。ただ自分がどこで寝ているのか、すぐには分かりませんでした。呆然《ぼうぜん》としているうちに、それは消えてしまいました。

鼻の内側にへばりつくような、なんとも不快《ふかい》な臭いです。

気をつけるように注意された、この部屋で起きるかもしれない変な現象でしょうか。私には判断《はんだん》できませんので、念のため書いておきます。

今日は引っ越し荷物の片づけをしました。私たちが持ってきた荷より、こちらでご用意してくださった品物のほうが多かったです。息子はカラーテレビに大喜び。その様子を見ておりますと、幼稚園《ようちえん》を辞《や》めさせてでも、ここに住む決心をして正解《せいかい》だった。そういう気持ちに、ようやくなりました。

とにかく一ヵ月間、お約束した通りに暮《く》らしたいと思います。それで支障《ししょう》がなければ、その後もしばらくご厄介《やっかい》になるかもしれません。息子と再出発するために、どうしても元手が必要だからです。面談のとき、ここまでの事情はお話ししませんでした。お許しください。そちらのご期待に応《こた》えられればよいのですが。

ただ、蚊《か》の多さには困っております。夏ですから窓は開けるものの、網戸《あみど》は閉めています。そのうえ蚊取り線香を焚《た》いているのに、私も息子もよく刺《さ》されます。ちょっと異常なくらい、しょっちゅう刺されるのです。一部屋に最低でも二つは、蚊取り線香が必要でしょうか。

明日の朝から、ご紹介いただいた町の商店で、私は働きます。今夜は、早めに寝ることにいたします。

七月三日
今朝は早起きして、朝食の準備をしつつ、自分と息子のお弁当を作りました。これが週に一度の休みを除《のぞ》いた六日間の、ここでの日課となります。

朝食をとりながら、息子に五つの約束をさせました。

一つ、家の近くで遊ぶこと。遠くには行かないこと。

二つ、他の家には入らないこと。

三つ、他の家の住人を見たら挨拶《あいさつ》すること。ただし誘《さそ》われても家には上がらないこと。

四つ、もし誰《だれ》かが訪《たず》ねてきたら、部屋に入って隠れること。

五つ、テレビばかり観《み》ないこと。

他の家に住人はいないと、事前に聞かされております。ただ、いつ誰が入るか分からず、特に紹介されないとも言われました。また、ここは町から離れていて、近くに民家もありません。訪ねてくる人もいないと教わりましたが、物好きな人がいないとも限りません。

そこで三つ目と四つ目の注意を、息子にしておきました。

町までの通勤用にご用意いただいたミニバイクは、非常に重宝《ちょうほう》しております。仕事の内容も簡単な事務で、しかも残業がありません。これまで様々な職場で働きましたが、ここほど恵《めぐ》まれたところはないでしょう。ありがとうございます。

私が働くことを許可していただく代わりに、息子が一日どのように過ごしたか、それを聞き出して記録するお約束でしたが、特に何もなかったようです。周囲の森や野原で、ずっと遊んでいたらしいのです。

一日中テレビを観ているのではないか。

それればかり心配していたので、元気に外を駆《か》け回っていたと分かり、ほっとしました。ただ少し変なことを言っていました。

「部屋の中にいると、頭がギュッてなる」

だから外で遊んだようなのです。どんな感じなのか詳しく尋《たず》ねると、またしても奇妙《きみょう》な表現をしました。

「まるで髪《かみ》の毛《け》が生えてきて、ギィギュッて伸《の》びてるみたい」

そのときは何とも思いませんでした。我《わ》が子《こ》ながら妙なことを言うな、くらいでした。でも、こうして日記に書いていると、ちょっと気になりました。

誰かに髪の毛をつかまれて、引っ張られている。

そんな息子の様子が、ふいに浮かんだからです。もちろん部屋には、息子しかおりません。これも変な現象の一つでしょうか。

ちょっと息子が心配ですが、実害はないようです。しばらく様子を見たいと思います。

七月四日

私が出かけるとき、息子は見送ってくれます。働き出して二日目ですが、ここが本当に私たちの家のような気がしています。

普通の家でないことは、もちろん承知《しょうち》しております。長く住めても一年だという約束も覚えています。それでも息子が小学生となり、私の出勤にあわせて学校までバイクで送る毎日を、今朝はふと想像してしまいました。

それで思い出したのですが、玄関の扉《とびら》の鍵の具合が悪くて困っています。開けるのも掛けるのも大変です。息子には合鍵を渡してありますが、どうも使っていないようで困りました。ここに泥棒《どろぼう》が入るとは思えませんが、万一ということもありますから。現金は部屋に置かないようにするべきでしょうか。

息子は家の周りの森を探険《たんけん》したそうです。遠くに行かない約束は守ったようですが、妙なことを言っておりました。

「森の奥へ行くほど、空気が変わる」

だから、もっと奥へ入ってもよいかと訊《き》くのです。どう違うのかを尋ねると、

「もっと冷たくなる」

ぶるっと身体《からだ》を震《ふる》わせながら、そんな風に答えました。

まるで家とその周辺の空気が汚《よご》れていて、ここから離れると綺麗《きれい》になる。または森の奥へ入

るほどに、ここではない別の世界に近づいている。

二つの異なる考えが、私の頭に浮かびました。どちらもあり得ないと思うのですが。それとも一方が正しいのでしょうか。

息子はお弁当を、森の中の小山で食べました。山といっても、こんもり盛り上がった丘です。樹木《じゅもく》が生《お》い茂《しげ》っているので下から見えませんが、藪《やぶ》を抜けると小山に出るそうです。息子はそこを「砦山《とりでやま》」と名づけました。

砦山は禿山《はげやま》です。山肌《やまはだ》をぐるっと一周しながら登ったといいます。まっすぐ進むと傾斜《けいしゃ》がきついため、そんな登り方をしたのでしょう。まだまだ幼児のつもりでいたのに、思わぬところで息子の成長を垣間《かいま》見《み》た気がいたします。

山頂からの見晴らしは、素晴らしいようです。大人《おとな》なら七、八分で行けそうな場所ですが、息子にとっては大冒険《だいぼうけん》でした。

砦山から見下ろす家は、全体の格好《かっこう》が面白《おもしろ》く、飽《あ》きずに眺《なが》められたそうです。外国のお話に出てくるお化けの棲《す》むお城《しろ》のように映ったといいます。ただ、そうやって楽しめたのも、最初のうちだけでした。

「家がこっちを見上げてる」

しばらくすると息子は、そんな風に感じ出しました。家の中に誰かいて、砦山を見つめていたわけでは当然ありません。家そのものが息子のことを、じっと見上げていたのです。それで気持ち悪くなったので目を背《そむ》け、あとは町のほうを眺めていたそうです。

七月五日

今日は雨でした。天気予報では晴れなのに、一日しとしと降っていました。あちこちで雨漏《あまも》りがします。今後も雨の日は、ちょっと大変そうです。

息子は部屋の中で遊びました。一日中テレビをつけていたというので、私は怒りました。目が悪くなることを心配したからです。

「だって変な音がするから」

ところが息子の言い訳を聞いて、ドキッとしました。どんな音なのか尋ねて、さらに驚きました。

「ボクッ、ボクッ、ていう感じ」

同じような物音を、実は私も耳にしていたのです。ただし私の場合は、たいてい別の部屋から聞こえてきました。

キッチン兼《けん》ダイニングルームで夕食を作っているときは、奥の居間から。居間でテレビを観ているときは、隣の寝室から。寝室で蒲団《ふとん》に入っているときは、表のキッチンから、その不思議な音が響くのです。

四六時中というわけではありません。そういう音が鳴ることを忘れていると、突然《とつぜん》ふっと耳につく。そんな感じでしょうか。

しかし息子は、そのとき自分がいる室内で、これを聞くといいます。急に真後ろで、ボクッと鳴るそうです。

「あれが嫌《いや》だからテレビをつけた」

ほとんど番組は観ていないと分かりました。今後も同じ物音が聞こえたら、テレビをつけてもよいと言っておきました。

七月六日

どうしても気になるのは、臭いと物音です。

臭気《しゅうき》は生ゴミが原因かと考えましたが、どうやら違います。夏のことですから、ゴミの処理には注意しております。それに生ゴミ特有の臭いではなく、あれは何かが焦《こ》げている臭気だと思うのです。

例えばビニールが焼けているような臭い。

物音についても、まったく原因が分かりません。少なくとも室内に、そういう音を出しそうなものはないです。

いったい何の物音なのか。その正体が分かりそうなのに、実際は見当もつかない。この状態が正直かなり怖いです。

相変わらず蚊に悩まされていますが、とにかく虫が多くて困ります。どこから入ってくるのでしょう。虫よけの薬がたくさん必要です。

七月七日

ここに引っ越してきて、今日で一週間になります。

決して弱音は吐《は》かないつもりでしたが、少し迷《まよ》いが生じているでしょうか。

何かいるかも。

私と息子の他に、何かいそうな感じを覚えるのです。誰かではなく何かです。おそらく同じ感覚に、息子も囚《とら》われている気がしてなりません。

そのうち「いるかも」が「いる」になったら、どうしましょう。

いえ、なんとか頑張《がんば》ります。とりあえずの目標は一ヵ月です。それを達成しないと、ここに来た意味がありません。

雨が降り出したみたいです。

七月八日
今朝、外に出ると足跡《あしあと》がありました。雨がやんだのは夜半でしょうか。それから今朝までの間に、誰かが歩いたことになります。女性のものでしょうか。

でも、その足跡というのが、非常におかしいのです。

この大きな家の周りを回っている。ぐるっと一周しているのです。

しかも綺麗に歩いていて、少しもはみ出していないのが、とても不思議でした。

その人は、いったいどこから歩き出したのでしょう。そして一周し終わったあと、いったいどこへ消えたのでしょうか。

そんな歩き方をした人は、そもそも誰だったのですか。

いいえ。あまり考えないようにします。

七月九日
今日は仕事がお休みなので、朝から息子と町へ出ました。二人で出かけるのは、ここに来てはじめてです。

息子によると、晴れている日中は、暑くて家の中にいられないそうです。それで外出することにしましたが、思い切って出かけて正解だったと思います。

お弁当を持って公園に行きました。同じ年頃の男の子と遊べて、息子はご機嫌《きげん》でした。その姿を見ていると、自分で思っている以上に、私は子供に犠牲《ぎせい》を強いているのではないか、と改めて感じました。

男の子のお母さんに住まいを訊かれ、とても困りました。とっさに誤魔化《ごまか》しましたが、変に思われたかもしれません。

地元の人たちは、この家の存在を知っているのでしょうか。

すみません。私が気にすることではありませんね。ただ、しゃべらないほうがよいだろうと判断して、何も言いませんでした。

家に帰って玄関を開けるとき、部屋の中に誰かいるような気がしました。もちろん誰もいなかったのですが、人の気配を覚えたのは、これがはじめてです。

七月十日
息子が表で遊んでいると、おばあさんが来たそうです。町外れに住んでいるらしいので、ひょっとするとこの家に一番近い民家の人かもしれません。毎朝その家の前を、私はバイクで通り過ぎます。ここに住人が入ったことが、それで分かったのでしょうか。誰と暮らしているのか訊かれ、私のことを話したようです。なぜここに住んでいるのかも尋ねられたらしいですが、あの子に答えられるわけがありません。

「暗くなるまで、いっしょに遊んでくれた」

息子は満足そうな様子でした。彼にとっては好ましい訪問者《ほうもんしゃ》だったでしょう。しかし、またおばあさんが訪ねてきたら、息子にどう応対させればよいのか。私が家にいる休日に来られたら、どんな話をするべきなのか。

このまま大事にならないように、もう祈るばかりです。

寝る前にトイレへ行くと、浴室《よくしつ》からゴンッと音が響きました。息子は寝室で、とっくに休んでおります。

トイレから出て、そっと浴室を覗《のぞ》きました。

誰もいません。

寝室を確かめると、息子が寝ています。でも、ゴンッという物音が聞こえたのは、確かに浴室からでした。

七月十一日
今朝、この家に最も近い民家の側を通ったとき、バイクの速度を落としました。そして表札を見たのですが、「三枝木《さえき》」とありました。
息子が会ったおばあさんは、三枝木家の人ではないでしょうか。また訪ねてきたら、いっしょに遊んでもよいけど、私たちの話はしないようにと言い聞かせました。何を訊かれても「知らない」と答えるようにと。

夜、息子を寝かしつけてから、居間で日記を書いていたときです。キッチン兼ダイニングルームから、シクシクと泣き声がしたように思えました。具合でも悪くて息子が起きてきたのだと、慌《あわ》てて覗きましたが、あの子はおりません。するとと今度は、シクシクと寝室で泣き声がします。しかも先ほどより、はっきりと聞こえるのです。日記を持ったまま寝室に入ると、息子が寝ておりました。スウスウと寝息を立てて、それも熟睡《じゅくすい》しているようなのです。

そんな息子の呼吸《こきゅう》に合わせるように、今度は居間からシクシクと泣き声が響いてきました。もちろん息子は、私の目の前で眠っております。

居間とキッチンの明かりはつけたままでしたが、消しに行くこともできずに、こうして私は日記をつけています。

七月十二日

昨夜、私が蒲団に入ったあと。

居間から聞こえた泣き声は、しばらくするとキッチンに移りました。それが居間に戻り、またキッチンへ行き、そして居間へ。その繰《く》り返《かえ》しでした。

私は右の耳を枕《まくら》につけ、左の耳を掌《てのひら》で塞《ふさ》ぎました。そうしているうちに聞こえなくなり、ようやく眠れました。

たようです。

絶叫《ぜっきょう》が聞こえたので飛び起きると、もう朝でした。どうやらその叫び声で、私は起こされ

朝食の用意をしてから、息子を起こそうとして、思わず声が出ました。

顔と手足が黒く汚れているのです。

枕と蒲団を検《あらた》めましたが、どちらも綺麗な状態です。どこにも汚れはついていません。いったい何のせいで、こんなに黒くなったのでしょう。

訳が分からないままパジャマを脱《ぬ》がせて、さらに驚きました。息子の胸《むね》や尻《しり》も、同じように黒くなっているではありませんか。

しかも汚れから、焦げたような臭いがします。

息子に熱はなく、普通に元気なようです。それでも心配でしたが、私は仕事に行かなければなりません。

こんな日に限って、残業を頼まれました。手当がつくので、むしろうれしいのですが、早く帰りたい一心でした。それなのに武島《たけしま》さんが、話しかけてこようとします。二人切りになったときに、無駄《むだ》話に誘いたそうにするのです。

ようやく残業を終えて、急いで帰宅して、びっくりしました。部屋が暗いのです。

まだ息子が帰っていない。

もう生きた心地がせずに、慌てて部屋に駆け込みました。すると薄暗い居間に、ぽつんと息子が座っているではないですか。

「どうして電気をつけないの」

　ほっとしながらも怒ると、おかしな返事をするのです。

「お母さんが帰ってくるまで、明るかったよ」

　でも部屋へ入る前に、外から見たとき、確かに明かりはついていませんでした。しかし息子が嘘《うそ》をついているとも思えません。

「どんな風に明るかったの」

　そう尋ねたところ、なんとも妙な表現をしました。

「ゆらゆら、ゆれてるみたいだった」

　七月十三日
　今朝は私の顔と手足が、黒く汚れていました。
　もちろん洗ってから仕事に行ったのですが、武島さんにジロジロと見られました。六十過ぎのおばさんです。
　そう言えばいつのころからか、彼女には盗《ぬす》み見《み》られている気がします。親切な人だと思っていたのに、実は違うのでしょうか。昨日の残業のときといい、彼女には注意する必要があるかもしれません。

　七月十四日
　息子が再び砦山に登りました。二度と行かないと思っていたので、びっくりしました。やはり子供というか、男の子だからでしょうか。

それでも家は、できるだけ見下ろさなかった。でも、そのうち気になってきた。怖いもの見たさの気持ちに負けて、ひょいと目を向けた。そんな風に息子は言い訳しましたが、そのとき見たものが、どうにも変なのです。

「家の真ん中が暗くなってて、そこに大きな白っぽい丸いものがあって、その中に黒っぽい丸いのもあって、それが見えたり消えたりしてた」

一生懸命に説明する息子の言葉を、なんとか理解しようとしました。ただデタラメを口にしているわけではない。私にはそう思えてなりませんでした。何度もあの子の言葉を聞いているうちに、ふっと頭の中に、とんでもない光景が浮かんだのです。

家の中心に暗闇があって、そこに巨大な目玉が見えている。それがパチパチと瞬《まばた》きしながら、じっと息子を見上げている。

こうして書いていて、まさかと思いました。その目玉とは、もしかすると仕事先の武島さんのものではないでしょうか。

いいえ、どうかしています。ちょっと疲れているのかもしれません。もう休みます。

七月十五日
相変わらず武島さんには、チラチラと盗み見られています。お昼休みには声をかけられそうになったので、慌ててトイレに逃《に》げました。
あの人に関わってはいけない。
最近は特に、そう強く感じられてなりません。もっと注意したいです。

息子が森に行こうとしたとき、家のほうから呼ばれた気がしたそうです。もちろん家には誰もおりません。そのはずです。

あの子が怖がっていないのが、本当に何よりの救いです。母親が言うのも何ですが、年齢の割《わり》に、息子は非常にしっかりしております。

七月十六日
ようやくお休みです。お弁当を作って、息子と町の公園に行きました。本当は遊園地にでも連れて行きたいのですが、当分は我慢《がまん》させるしかありません。

公園には一週間前に遊んだ男の子がまたいて、息子はすっかり仲良しになりました。笑いながら元気に駆け回る息子を見ているだけで、私も久し振りにほっこりした気持ちになれました。この子を生んで、本当によかったです。

ただ困ったのは、男の子のお母さんとの会話でした。この前のやり取りで、あまり突っ込んだ話はできないと分かってもらえたようです。それでお互《たが》い当たり障《さわ》りのない話題を選んだのですが、ちょっと気詰《きづ》まりでした。

そのとき私は深い考えもなしに、この家が建っている辺りについて、彼女に尋ねました。切り拓いて住宅地にできるのではないか、と訊いてみたのです。

すると彼女は眉をひそめながら、こう答えました。

「あの辺の土地は昔から悪いので、地元民なら絶対に家なんか建てませんよ」

そういう場所に、私と息子は暮らしています。

七月十七日
郵便《ゆうびん》受けに手紙があるのを、息子が見つけました。いつから入っていたのでしょう。私宛ての郵便などあるわけがないので、まったく覗いていませんでした。

差《さ》し出《だ》し人《にん》は、三枝木さんです。息子が会ったおばあさんに違いありません。

「あなたとお子さんが住んでおられる家について、実はお話ししたいことがあります。仕事の帰りにでも、一度うちにお寄りください」

そう書かれています。でも仕事が終わったら、なるべく早く息子に会いたい。三枝木家にお邪魔《じゃま》するのは、次の休日にするつもりです。

息子がまた変な体験をしました。

あの子が森へ行くと、家から何かがついて来た。森の中を歩いているとき、それは後ろにずっといたらしい。このままでは追いつかれると思い、息子は砦山に登った。すると背後の何かも、あとに続こうとした。でも、どうやら登れないらしい。あの子がほっとしていると、それは山の下をぐるぐると回りはじめた。見えたわけではないけど、そんな感じが絶えずあった。砦山から下りるに下りられず、息子は泣きそうになった。そのとき家から、誰かを呼ぶような声が聞こえた。そのとたん、山の下の気配が消えた。

息子が怖がっていないと思ったのは、私の勘違《かんちが》いでしょうか。私に心配をかけまいと、あの子は必死に我慢しているのでしょうか。

七月十八日
夢を見ました。

この家で私と息子と娘の三人が暮らしている夢です。息子が兄で、娘が妹です。それなのに息子のことを、私は赤《あか》ん坊《ぼう》のように扱っています。娘には「お姉ちゃんなんだから」と怒っているのです。

息子と違って、娘は可愛《かわい》くありません。頭がジャガイモのようにデコボコしています。触るとボコボコへこみます。まるでブリキの玩具《おもちゃ》をへこましているようです。性格も強情で、悪いことをしても謝らない。息子とは大違いです。

私たち三人の他に、もう一人いたようなのですが、よく分かりません。それとも私が忘れているだけでしょうか。

七月十九日
職場でお花をもらいました。あまりものですが、やっぱりうれしいです。

この家は自然に囲まれているのに、全然そんな気がしません。見渡せば緑が目に入りますが、それが信用できない。

自分で書いていて、よく意味が分かりません。でも、嘘ではないのです。夏らしく生い茂った樹々の緑にあふれているのに、それが偽物のように感じられるのは、どうしてでしょう。これほど妙な感覚に襲《おそ》われるのは、本当に生まれてはじめてです。

帰宅してお花を活《い》けました。花瓶《かびん》がないのでジュースの缶です。それでもダイニングが、ぱっと明るくなりました。植物の力は偉大《いだい》ですね。明日の帰りに商店街で、安物でよいので花瓶を買いましょう。そうすれば、もっと映えるはずです。

ところが、夕食を作っているうちに、お花がすべて枯《か》れました。三十分も経《た》っていないのに。この部屋のせいですか。家のせいですか。それとも土地のせいでしょうか。

七月二十日
夢を見ました。

息子が見る間に枯れていく夢です。髪の毛が抜け、両目がくぼみ、頬《ほお》がこけて、首がしわだらけになり、両の手足が棒のごとく細まったかと思うと、肌がひび割れ、それがパラパラとはがれ落ちて、ミイラのようになったところで、全身が崩壊《ほうかい》してしまうのです。あとには何も残りません。

いいえ、あの子の影だけが生きていました。ダイニングの床の上に貼《は》りついていたのが、ペラペラと起き上がり、フラフラと動き回るのです。部屋から部屋へとさ迷います。その様子が痛々しくて、私は目をそらしました。

あんなに恐ろしい夢は、これまで見たことがありません。

七月二十一日
この家に入居者があったそうですね。二軒隣に男の人が入ったと、息子から聞きました。小父《おじ》さんではなく、まだ若い男性ということでした。

どんな人かも分からないのに、少し心強いです。私たちの他に誰かいると思えるからでしょうか。しかも若い男の人なのです。何かのとき頼りになるかもしれません。

挨拶に行くべきか迷いましたが、夜は失礼かと思いやめました。

ただ息子の話を聞いていて、ちょっと気になることがありました。男の人が息子を見て、ものすごく嫌な顔をしたというのです。

「こんなとこに住んでるのかって顔で、ジロジロ見られた」

お互い様ではないですか。それとも彼が入った家は立派なのに、うちは元団地の部屋だからでしょうか。

心強くて頼りになると喜ぶのは、まだ早過ぎるのかもしれません。

七月二十二日

息子によると二軒隣の男性は、ほとんど外に出てこないらしいです。こんな家に住むくらいですから、きっと変人なのでしょう。

だけど息子は男の人に、ものすごく興味《きょうみ》を持っているようです。無理もありません。私が仕事をしている朝から夕方まで、まったくひとりなのですから。

「お母さんが挨拶するまで、できるだけ男の人には近づかないようにしてね」

息子には、そう注意しました。どんな人か分からないうちは、やはり不安です。ここに住もうとしている時点で、もう駄目《だめ》かもしれませんからね。

自分たちのことを棚にあげて、と言われるでしょうが、私たちは別です。ちゃんと理由があるからです。

でも向こうは、まだ若い男の人です。その気になれば、仕事も探せるのではありませんか。私たちには関係のないことでした。それに男性にも、何か事情があるかもしれません。お会いしてお話しするまで、勝手な決めつけはいけませんね。

七月二十三日

今日はお休みです。

午前中に、二軒隣の男性を訪ねました。二十二、三でしょうか。痩《や》せていて神経質そうな、とても頼りにならない感じの人です。正直がっかりしました。

驚いたのは、こちらの挨拶に対して、向こうが見せた態度です。

「近所付き合いをする気はないので、放《ほう》っておいて欲しい」

開いた口が塞がらないとは、このことでしょう。そもそも引っ越しの挨拶は、向こうからするのが礼儀《れいぎ》です。こちらから出向いているのに、まったく信じられない言い草です。

私は息子を連れて、すぐに町へ出かけました。別々に住んでいるとはいえ、あんな人といっしょに、この家にいたくない気持ちでいっぱいでした。

三枝木さんの家の前を通ったとき、玄関に忌中《きちゅう》紙が貼られているのを見ました。御不幸《ごふこう》があったようですが、あのおばあさんでしょうか。それを確かめるためにも、弔問《ちょうもん》に伺《うかが》ったほうがよいと思いました。

でも、なぜか行くのが怖いです。そのうち折《おり》を見て、と考えております。

いつもの町の公園で、息子を遊ばせました。仲良くなった男の子は、残念ながらいませんでした。それでも子供ですから、すぐに別の子と親しくなったようです。

新しいお友だちのお母さんと、私も少しお話ししました。前の人とは違って、どこかよそよそしい感じです。ほとんど話もはずみません。

それなのに、いきなり住まいを訊かれ、ちょっと驚きました。もちろん誤魔化したのですが、よそよそしさが増したように思えました。

息子が小学校に入る前に、地元の友だちができればと願うばかりです。

七月二十四日
職場の武島さんに失礼なことを言われました。

この家に入居してから、あと一週間で一ヵ月になります。きっと彼女は、それを妬《ねた》んでいるのでしょう。その前に私たちを、ここから追い出したいに違いありません。

こっちはお見通しです。ここまで頑張ったのに、むざむざ追い払われたりはしません。息子のためにも、私は負けません。

ここが私たちの家なのですから。

七月二十五日
今朝、職場に行って聞きました。
昨日の夜、武島さんが家に帰らなかったというのです。寄り道が考えられるところは、すべて家の人が連絡《れんらく》して、また捜《さが》したそうです。でも、どこにも彼女は顔を出していません。つまりお店からまっすぐ、家に帰ったことになります。

交通事故にあったのかと、警察にも問い合わせたみたいですが、該当者《がいとうしゃ》はいませんでした。病院も当たったらしいのですが、結果は同じでした。

武島さんは突然、消えてしまったのです。

七月二十六日
武島さんが出てこなくなり、私の仕事が増えました。残業しなければなりません。手当がもらえるので、別によいのですが。帰宅が遅くなると、息子が心配です。

昨夜、寝ているとき、ふっと目が覚めました。

たった今まで何かがいて、じっと私たちを窺《うかが》ったあと、すっと壁《かべ》に消えたように思えてなりませんでした。居間と接しているほうではない側の壁です。

気のせいにしては、変に実感がありました。妙にずんぐりした人という印象が残っています。しかし人間なら、壁に消えるはずがありません。そもそもあれは人だったのでしょうか。でも、なんとも生々しい気配が残っていたのです。私たちの枕元へ立って、こちらを見下ろしていたような。いったい何がいたのでしょう。

七月二十七日
今日、職場に警察が来ました。

武島さんの失踪《しっそう》について、みんなに話を聞くためです。私も別室に呼ばれました。また仕事が遅れると、正直うんざりでした。

でも、彼女の盗み見や失礼な言い草を訴える機会かもしれない。そう思い直したのです。武島さんが戻ってきたら、また同じ被害《ひがい》にあうのは分かっています。その前に警察から注意をしてもらえれば、これは助かります。

ところが、警察はまったく取り上げてくれません。むしろ逆です。

「武島さんとトラブルがあったのですか」

まるで私が彼女をどうかしたかのような、信じられない言い方をするのです。

「被害を受けていたのは、こちらですよ」

何度も説明したのですが、あからさまに疑《うたが》いの目を向けられました。話を聞くという感じではなく、完全に事情聴取を受けた気分です。

しかも、今日で終わりませんでした。場合によっては明日、警察署まで行かなければならない羽目になってしまったのです。

七月二十八日

今日は一日、びくびくしておりました。いつ何時、警察から呼び出されるか知れません。おかげで仕事が少しも手につかず、大変でした。ただでさえ昨日の遅れがあるのに。

それが驚いたことに、あっさり私への疑いが晴れたようなのです。

「みんなの証言《しょうげん》があったからよ」

心配そうな顔をした富丘《とみおか》さんに、そう言われました。

警察は私と武島さんの仲が悪かったか、最近トラブルはなかったか、という質問を改めて全員にしたらしいのです。その結果、そんな事実は少しもなかったことが判明しました。すべて私の考え過ぎだと見なされたようなのです。

そういう風に受け取られたのは、非常に心外でした。武島さんが私を敵視していたのは、本当のことなのですから。

ただ、ここで蒸《む》し返してはいけない。さすがに私もそれは分かります。だから武島さんの件《くだり》には触れずに、富丘さんにお礼を述べました。

「警察には変な誤解をされたみたいだけど、二人の間に何もないことは、私たちが一番よく知ってるからね」

彼女は笑っていましたが、そこで急に思い出したように、

「そう言えば武島さん、このままでは危ないとか何とか、前にあなたのことを言ってた覚えがあるけど、あれってどういう意味だったのかしら」

いきなり好奇心《こうきしん》満々の口調で、私を見つめ出したのです。

「心当たりある？」

「いいえ」

もちろん私は、きっぱり否定《ひてい》しました。

「そういう言葉をかけられたことはありませんし、何か危ない目にあいそうな心配も、まったく思い当たりません」

「ならいいのよ」

富丘さんは納得した様子でした。しかし、いったん火のついた好奇心は、なかなか消えないのではないでしょうか。

でも、武島さんに続いて富丘さんまでいなくなったら、やっぱり不自然ですよね。

七月二十九日
うっかりしておりました。

息子はかなり前から、遊び場に困っていたらしいのです。私に言うと心配すると思い、どうやら黙《だま》っていたようです。

この部屋にいると、変な臭いや気配を感じる。あの髪の毛を引っ張られる感覚も、相変わらずある。それに晴れていると、たまらなく暑い。森や砦山に行こうとすると、この家から何かがついて来る気がする。

私と二人でいるときは平気なのに。もっとも私は森へ入ったことがないので、あくまでも部屋にいるときだけですが。

それで仕方なく息子は、この家の周りで遊んでいたようです。ただし時折、ふっと視線を感じる。二軒隣の男性ではありません。無人のはずの他の家の中から、じっと何かに見られているみたいだと言うのです。

この家の周囲を歩き回った息子は、ついに別の遊び場所を見つけました。この家と三枝木家の中間辺りで、坂道沿いに茂った背の高い雑草の向こうにある、なかなか広めの野原です。

そこにはコブのような、盛り土の小山がたくさんあって、よくある野原とはかなり違います。息子がしゃがむと、ちょうど隠れられそうな高さに、土が盛り上がっているのです。あの子はそこを「プチプチ野原」と名づけました。割れ物を包むエアーキャップを「プチプチ」って言いますよね。その野原は、まるで巨大なプチプチを広げたように見えたらしいのです。もちろんプチプチの数は、実際のものより少ないみたいですけど。

息子は前方に空想上の敵を思い描き、小山に隠れながら野原を奥へと進みました。そうしながら時々、顔を出して前方を確かめます。すると何度目かのとき、先の小山の陰から、ヒョイと何かが覗いたのです。

あの子も最初は見間違いだと思いました。そこで同じように進んでいくと、またしても前方の小山の陰から、ヒョイと顔を出す何かが確かにいます。小さいながらも顔のようなものが、はっきりと目に入ったのです。

とっさに怖くなった息子は、その場でかたまりました。小山の陰に隠れるようにして、しゃがみます。でも、前がまったく見えないのも怖い。そこで向こう側を覗くように、ソッと顔を出しました。

すると、それが近づいてくるのが見えました。ヒョイ、ヒョイ、ヒョイと顔を出しながら、こちらに迫ってくるのです。

「心臓《しんぞう》がとまるかと思った」

息子のおおげさな表現を、私はとても笑えませんでした。もっとも話の続きを聞いたとたん、私の顔に笑みが浮かびました。

こうして息子は、タダシくんと出会ったのです。彼の家は、三枝木家の近くのようです。その野原はタダシくんの、前からの遊び場だったわけです。息子は完全に侵入者《しんにゅうしゃ》のため、最初はお互いに打ち解けられなかったようです。けど、やっぱり子供ですね。そのうち夢中になって遊び出したらしいのです。

あの子に新しい遊び場ばかりか、また友だちができて、本当に私はうれしいです。

七月三十日

今日はお休みです。

この家に引っ越してから、明日でちょうど一ヵ月になります。ようやくお約束の一ヵ月を迎えられるのです。

はじめのうちは、どうなることかと不安でした。何より息子を心配しました。前のアパートでも、ひとりで留守番《るすばん》をさせていました。ただ、幼稚園がありました。近くにお友だちもいて、それほど淋《さび》しくはなかったはずです。

でも、この家では完全にひとりになってしまう。私が働きに出なければよいのですが、そうもいきません。こんなチャンスは、この先そうそうないでしょう。家賃も食費も水道光熱費もかからず、おまけに報酬《ほうしゅう》もいただける。こういうときだからこそ働いて、せっせと貯金《ちょきん》をするべきだと思いました。

おかげで息子には苦労をかけています。しかし、あの子は立派にやっております。

お昼は町で外食しました。一日だけ早いお祝《いわ》いです。息子に好きなものを選ばせました。あの子が好物をうれしそうに食べる様子を見ているだけで、もう私はお腹がいっぱいです。

昼食のあと、いつもの公園に行きました。

ところが、せっかく仲良くなった男の子たちが、二人ともいません。この公園のお友だちも大切にしたいのに。がっかりする息子を見て、私も非常に残念でした。

なんとか気を取り直して、また新しい出会いがあるかもしれないと、私は前向きに考えることにしました。あの子にもそう言ったのですが、よく見ると子供の数が異様に少ないのです。それも息子と同年齢くらいの子が、まったくいません。目につくのは、もっと幼《おさな》い子か、赤ちゃんばかりで。これまでの公園とは、明らかに違います。

お母さんたちの態度も変でした。私と息子が近づくと、すうっと離れていくのです。なんだか嫌な感じです。

はじめは戸惑《とまど》いましたが、すぐに分かりました。私たちの達成を妬んでいるのでしょう。あの家に住んで、明日で一ヵ月になることを、彼女たちは許せないに違いない。

私は怒りませんでした。寛大《かんだい》な心で、愛想のよい笑みを浮かべたのです。そして息子を充分に遊ばせてから、公園をあとにしました。

この子にはプチプチ野原という新しい遊び場があります。そこにはタダシくんという新しい友だちもいます。こんな町の公園まで、わざわざ来る必要はありません。

そして私たちは、この家のこの部屋で、これからも暮らしていくのです。

ずっと。

七月三十一日

ついに一ヵ月です。この部屋で暮らしはじめて、一ヵ月目を迎えることができました。

お祝いは昨日、息子と二人でやりましたので、特にしませんでした。ここで一ヵ月を過ごせるかどうか、その大切さをあの子も理解していたと思います。

確かに変な出来事が色々と起こりました。でも一つずつ取り上げると、どれも小さなことばかりです。こんな部屋には住めない、というレベルではありません。

ここまで書いて、もしかするとご期待にそえなかったのではないかと、少し心配になっております。

しかし考えてみると、私たちが何かするわけではありません。この部屋で起きる現象を、ちゃんと日記に書きさえすればよいのです。

今夜もお風呂《ふろ》で、変なことがありました。排水口にお湯が流れているとき、ボゴボゴッと音がしますが、それに交じって声が聞こえたのです。

ただ何を言っているか、そこまでは分かりませんでした。けれど、あれは人の声だったと思います。怒鳴っているような、叫んでいるような、ワァワァと響いている感じです。お風呂の中だったからでしょうか。

八月一日

今日はお電話をしてしまい、本当にすみませんでした。

でも、お蔭様《かげさま》で安心できました。お約束の報酬をいただけること。この部屋に引き続き住めること。ご紹介いただいた仕事を続けられること。こちらがご説明した書き方で、今後も日記をつけて問題ないこと。これらを確認できただけで、ほっとしております。

今日の夕方、息子がタダシくんを、この家に連れてきたそうです。

「ものすごくびっくりしてた」

タダシくんの反応が、あの子にはうれしかったのでしょう。

「けど部屋には、なかなか入らなかった」

この家があまりにも大きくて立派で、きっと尻込みしたのでしょう。ひょっとするとタダシくんは、この建物全部が私たちの家だと勘違いしたのかもしれません。

「部屋で遊ぼうとしても、ちっとも座らないから、ゲームもできなかった」

結局すぐタダシくんが「帰る」と言ったので、またプチプチ野原に戻ったらしいです。

息子には残念だったでしょうが、私はよかったと思いました。室内でゲームをするより、やっぱり子供には外で元気に遊んで欲しいからです。

お風呂に入っているとき、息子の頭に小さなハゲを見つけました。タダシくんにやられたのかと、一瞬ドキッとしました。ケンカを疑ったのです。それとなく探ったところ、どうやら違うようでした。

だとしたら、あの髪の毛が引っ張られる感じと、これは関係あるのでしょうか。もしそうなら困ります。いくら外で遊ぶといっても、この部屋にあの子がひとりでいる時間は、どうしてもできてしまいます。

私たちは、ここの住人です。そろそろ認めたらどうでしょう。

八月三日

昨日は日記を書き忘れました。すみません。

息子はプチプチ野原で遊んだあと、またタダシくんを家に誘ったそうです。ひとりだと嫌だけど、友だちがいれば平気だからでしょう。

ところがタダシくんは、「行かない」と言いました。あの子が「どうして」と訊くと、妙な答えをしたらしいのです。

「だって、あそこは××いから」

あの子には「怖いから」とも、「黒いから」とも聞こえたといいます。タダシくんが口にしたのは一言なので、どちらかのはずです。でも息子は、その言葉から「怖い」と「黒い」と、二つの意味を理解したというのです。

おかしいですよね。

それにしても友だちの家を、「怖い」などと言うでしょうか。いくら子供でも失礼ではありませんか。そもそもタダシくんは、この家の成り立ちを知りません。「怖い」と感じる理由がないのです。

でも「黒い」は、もっとあり得ないと分かります。確かにここは「黒い部屋」ですが、それをタダシくんが知るわけありません。

どちらを口にしても、あまりにも変なのです。しかし息子にいくら確かめても、「怖い」と

「黒い」が同時に聞こえたと、あくまでも言い張ります。

怖いと黒い。

確かに同じかもしれません。

八月五日
また日記を書き忘れました。
左隣の家の窓から、おばさんが自分を見ていたと、息子が言っております。新しい住人かと思ったのですが、明かりはついていません。誰かが住んでいる気配も、まったくありません。どんな人だったかを尋ねているうちに、まさかと私は驚きました。あの子の見た顔と服装が、いなくなった職場の武島さんに、気味悪いほどそっくりだったからです。
けど、そんなことあるわけがない。

八月六日
今日は休みです。

息子は朝食のあと、すぐにプチプチ野原へ出かけました。

あの子を見送ってから、私は左隣の家を訪ねてみました。でも、やっぱり誰も入っていないようです。

ところが、なんと右隣の家の窓から、誰かがこちらを覗いているではありませんか。いつの間に入居したのでしょう。しっかり者の息子らしくありませんが、どうやら左右を間違えていたようです。

私は一礼すると、慌ててご挨拶に伺いました。黒い部屋から出て左隣に行き、そこで右隣の家の窓を見たのですから、当然そこは私たちの部屋です。

でも、そこは私たちの部屋でした。

だったら窓から覗いていたのは、いったい誰なのでしょう。

私は部屋に戻りました。玄関を入ると、すぐキッチン兼ダイニングルームですが、誰もいません。左手の扉を開けた居間も、右手の襖《ふすま》を開けた寝室も、同じです。お風呂とトイレにもいません。居間と寝室の押入《おしいれ》も確かめましたが、そもそも人間の入れる隙間《すきま》がないのです。

そこまで捜したとき、いったい自分が何を目にしたのか、ものすごく気になってたまらなくなりました。

窓の向こうに見えたのは、まっ黒な顔だったからです。目も鼻も口もない、黒々とした人影でした。

八月八日

プチプチ野原に、タダシくんが来なくなったそうです。

おおよその家の場所は聞いていたので、息子は訪ねました。こういう積極性は、我が子ながら感心します。

ただ、インターホンを押しても応答がありません。留守かと思ったら、カーテンが動いたといいます。まるで外の様子を覗くみたいに、カーテンがゆれたのです。もしかして息子は、居留守を使われたのでしょうか。タダシくんのお母さんの差し金ですか。だったら許せません。

八月十日

息子は昨日もプチプチ野原で遊びました。けれどいくら待っても、やっぱりタダシくんは来ませんでした。

今日もお昼から行くと、野原の奥で遊んだといいます。せっかく新しい友だちができたのに、またひとりになったあの子を想うと、なんだか不憫《ふびん》でなりません。

それでも夕方まで、ひとりで遊べたのは、子供ならではかもしれません。

もう帰ろうと息子が思ったときでした。坂道に近いある小山の上から、小さな黒い頭が覗いているのが目に入りました。

タダシくんが来てくれた。

そう思って喜んだあの子は、とっさに声をかけました。でも、返事がありません。距離があるので聞こえなかったのだろうと、今度は大声を出しました。それなのに、まったく反応がないのです。

にもかかわらず小さな黒い頭らしきものは、小山の陰から陰へと移動して、野原の奥へとやって来ます。息子のいるほうへと、どんどん近づいてくるのです。

よく見ると、確かに子供の頭のようでしたが、その上だけしか小山からは出ていません。あれが本当にタダシくんで、あの子を覗きながら進んでいるのなら、少なくとも両目まで出すはずでしょう。今の状態では、ただ頭のてっぺんをあげているだけで、まったく何の役にも立っていないはずです。

あれって何？

急に怖くなった息子は、それを避《さ》けるようにして、野原から逃げ出そうとしました。まっすぐ奥へと進んでくる相手をかわし、野原の端《はし》を回りこみながら、坂道を目指したのです。ところが、そんなあの子の動きに気づいたのか、それも向きを変えるではありませんか。息子が逃げるほうへ、それが先回りしようとするのです。

どうして分かるのか。

必死にあの子は考えました。親ばかでしょうが、すぐに理解できたことを、母親としてほめたいです。

小山から顔を出しているから。

それが今どこにいるのか、確かめるためには、小山越しに覗くしかありません。しかし、その行為が息子の居場所を、わざわざ相手に教えていたわけです。

あの子は四つんばいになると、小山の陰に隠れながら、次の小山を目指しました。そんなことをすれば、もちろんそれの動きは少しも分かりません。もしかすると相手から逃げるどころか、逆に近づいている危険もあります。けれど同じことが、それにも言えます。息子がどこにいるのか知ることができない以上、向こうも動きようがないわけです。

それなのに、どうも変です。それの気配が、どんどん濃《こ》くなる。遠くから近くへと、そこまで迫っているのが、肌で感じられる。相手は明らかに、あの子に接近できているのです。息子は四つんばいのまま、必死に逃げました。こうなったら追いつかれる前に、坂道にたどり着くしかありません。

そのときでした。ふいに異様な気配を覚えたあの子は、とっさに顔をあげました。すると上空に、信じられないものが見えたのです。

先が丸くなった黒い棒のようなものが、ニュウッと夕焼け空に伸び上がって、こっちを見下ろしている。それはまるで、まっ黒で巨大なアイスキャンデーの棒が、クネクネとうごめいているような眺めだったといいます。

息子は立ち上がると、一度もふり返ることなく、坂道を目指して走り出しました。目の前の小山がものすごく邪魔でしたが、できるだけ速度を落とさないようにして、とにかく一目散《いちもくさん》に逃げたようです。

なんとか坂道に出て、そのまま走って逃げながら、ちらっと後ろをふり向くと、黒いそれの頭が雑草の中に、ちょうど引っ込むところでした。

「あれって妖怪《ようかい》なの」

そう訊かれましたが、もちろん分かりません。

あの野原では二度と遊ばないように、と言い聞かせるのが精一杯でした。

八月十一日

夜、火事があったようです。

近所という距離ではありませんが、砦山に登るとよく見えました。
全焼ではなさそうです。きっと消防車のせいでしょう。それでも夜空に映えて、ものすごく
綺麗でした。
美しい眺め。
この家も巨大な目玉で、火事を見物しておりました。

八月十三日
三枝木さんのおばあさんに、ようやくお会いすることができました。

八月十四日
娘が言うことを聞かないので、厳《きび》しく怒りました。
なぜか息子の髪の毛が少なくなっています。

八月十五日
娘が手に負えません。
息子は本当によい子です。

八月十九日
今日は休みですか。

つまり私は働いているわけですね。息子をひとりにしてしまうのに、仕事なんかできるわけありません。

台風の影響でしょう。雨が激しい。

きちんと窓を閉めているのに、部屋の中が水浸《みずびた》しです。こんなに雨漏りがしたでしょうか。

そう言えば雨が降ると、やたらと濡れていましたね。

八月　日
すべての家と部屋に、ようやく住人が入りました。
この大きな家も、にぎやかになることでしょう。
息子も喜んでおります。

八月　日
地震がありました。

ものすごく大きな、恐ろしいほどゆれる地震です。

それなのにニュースになっていません。

とんでもない叫び声が、この大きな家のあちこちで響きわたっているのに、まったく報道されていません。

テレビには砂嵐《すなあらし》が映っています。

　月　日
住人が増え過ぎていませんか。
できれば私たちは、親子三人だけで暮らしたいです。

　月　日
ひどい臭いです。
まっ黒。
ここはどこ?

　月　日
誰かが来ました。
お役人のようですが、何の用か分かりません。
なぜ息子を?

　月　日
私しかいない。
ひとりだけ。
私って、ずーっとひとりだったの。

月　日

なんだ、いるんじゃない。

月　日

やっぱり違います。
あれは、

白い屋敷　作家志望者の手記

この「仕事」を受けたのは、実家を飛び出したものの行く当てがなかったからだが、一番の理由は誰《だれ》にも邪魔《じゃま》されずに小説を書く為《ため》である。あの家では絶対に無理だが、この「家」でなら可能かもしれない。

執筆《しっぴつ》の環境《かんきょう》だけではない。今の自分には衣食住の問題も大きく絡《から》む。ここなら生活の心配を一切せずに、恐《おそ》らく無心に創作《そうさく》に打ち込める。一日でも住めば報酬《ほうしゅう》が発生し、おまけに前《まえ》以《も》って「準備金」まで貰《もら》えるのだ。これほど好条件の「仕事」は、そうあるものではない。正に千載一遇《せんざいいちぐう》の好機である。

尤《もっと》も不安がなかった訳ではない。世に変わり者は大勢いるとはいえ、態々《わざわざ》こんな「家」を建てたうえに、そこに他人を住まわせて、その日常を記録する仕事を与えるなど、どう考えても正気の沙汰《さた》ではないからだ。

こういう記述は不味《まず》いか。これを読むのは依頼主《いらいぬし》である。しかし彼は、何でも感じるところを正直に書いて欲しいと言った。この場所が特定できる情報を記すのは駄目《だめ》だが、あとは自由だとはっきりと口にした。ならばこのまま進めても問題ないだろう。

報酬も魅力《みりょく》だった。この「家」で一週間を過ごせたら、サラリーマンの平均月収と同額《どうがく》の手当てが貰える。それが一ヵ月になると、報酬は三倍になる。

仮に作家デビューできても、すぐに食べていける訳ではない。応募《おうぼ》するのは百枚の短篇の新人賞だから、余計にそう覚悟《かくご》しておく必要がある。依頼主の話では、ここに長く住む分には何の問題もないという。寧《むし》ろ歓迎《かんげい》すると言われた。だったらデビュー後も売れるまでは、この「家」に住むべきかもしれない。

烏合邸《うごうてい》。

だが、これが果たして「家」と呼べるだろうか。

様式も規模《きぼ》も異なる家屋の部位を集めて、無理矢理それを一軒の家にしている為、兎《と》に角《かく》外見が不格好《ぶかっこう》である。にも拘《かかわ》らず安くない費用が投じられていると分かるだけに、何の関係もない第三者でも、妙に複雑な気持ちになってしまう。こんな烏合の邸宅を作った狂気《きょうき》の理由を知れば尚更《なおさら》である。

曰《いわ》くのある家や部屋を一軒に纏《まと》めて建て直し、そこで人間が暮《く》らすとどうなるか。

問題の曰くとは、殺人事件が起きた一戸建て住宅、自殺者が出た屋敷の離れ、不審死《ふしんし》があったアパートの部屋、収容者が亡くなった座敷牢《ざしきろう》など、兎に角その建築物が人死にに関係していることらしい。推測の域を出ないのは、そんな風に仄《ほの》めかす癖《くせ》に、肝心《かんじん》の詳細については、依頼主が少しも説明しないからだ。

「具体的に何があったのか、ここで暮らす者が知ってしまったら、今後の生活に影響が出ないとも限らないからね」

この台詞《せりふ》から、彼の真意を忖度《そんたく》してみよう。

例えば事前に、「君が住む部屋では、老人の首吊《くび》りがあった」と教えられた場合、実際は何ら目撃《もくげき》していないにも拘らず、居住者は「老人の幽霊《ゆうれい》」を見てしまう懼《おそ》れがある。そう彼は危惧《きぐ》したのではないか。全く情報を与えていないのに、「首を吊った老人」を目にしたと報告があれば、それは「本物」だと見做《みな》せる。そういう考えなのではないか。

酔狂《すいきょう》にも程がある。だが、唯《ただ》の物好きにはできない芸当でもある。そういう意味では感心するが、金の無駄《むだ》使いであることは間違いない。

別に依頼主を批判《ひはん》する気は毛頭ない。この「家」に入って、こうして客間の文机《ふづくえ》の上にノートを広げて、いざ万年筆を手に取って書き出したところ、こういう文面になったに過ぎない。

最初にこの「家」全体について描写しておく。烏合邸は複数の家屋の寄せ集めだが、寝起きするように指示されたのは、そのうちの一つ〈白い屋敷〉である。

巨大な「家」を初めて見たとき、余りの異形《いぎょう》さに我《わ》が目を疑《うたが》った。只管《ひたすら》もう目を見張るばかりだった。次いで「家」を一周してみて浮かんだのは、「烏合町一丁目」という表現である。小さな規模の町内丸々が一軒の家になっている。その途方も無さに兎に角度肝《どぎも》を抜かれた。

今、改めて烏合邸を回りつつ覚えたのは、「家の怪物《かいぶつ》」という表現である。何もなかったに違いない人里離れた広い野原に、一体何軒の家が集められて建て直されたのか、抑々《そもそも》それが一向に分からない。周囲を歩きながら数えてみたが、ぐるっと回り切る頃にはもう軒数が分からなくなっている。そこでもう一周したが、最初とは数が違っていた。更に一周するものの、またもや家屋の軒数が異なる。要は見る度《たび》に家屋の境目《さかいめ》の判断が狂《くる》うのだ。一度目に「ここからここまでが同じ家」と決めても、二度目に検《あらた》めると区分が変わってしまう。三度目も同様である。しかも一軒や二軒の差《さ》ではない。七、八軒の継《つ》ぎ接《は》ぎに映ることもあれば、十数軒の集合体に思えるときもあり、少しも安定しない。まるで「家」そのものが増減しているかの様である。とはいえ勿論《もちろん》「家」の大きさ自体は全く変化していない。正に「化物」である。

造形の奇怪《きかい》さだけ取り上げれば、ひょっとすると勝てる建築物が世界の何処《どこ》かにあるかもしれない。しかし、この化物の様な集合体が発する「狂気」に敵《かな》う家は、恐らく皆無《かいむ》だろう。極《きわ》めて無骨ながらも一応は家の格好をしているのに、とても人間の住居には映らない。では何かと言えば、それを上手《うま》く説明できないもどかしさを覚える。無理に表現すれば、ここは「住む」所ではなく「棲《す》む」場ではないか。

そんな怪物家屋の中でも、外観《がいかん》を目にした限りでは、この〈白い屋敷〉は大きい方だろう。何故《なにゆえ》そんな風に呼ばれるのかは知らない。全てを教えて貰った訳ではないが、他の住居にも色の名称がついている。それに意味があるのかないのか。現時点では何の判断もできない。〈白い屋敷〉の印象は、田舎《いなか》の旧家《きゅうか》だろうか。しかし、こう記すと素封家《そほうか》の様な誤解《ごかい》を与えるかもしれない。だが実際は違う。決して貧乏《びんぼう》ではないが、かといって金持ちまではいかない。地方の中流階級といった感じだ。

東向きの玄関戸を開けると、先《ま》ず広い三和土《たたき》が現れる。正面には大きな沓脱石《くつぬぎ》と式台《しきだい》、右は一面の塗《ぬ》り壁《かべ》で、左に目隠し壁がある。三和土を左手に進み、目隠し壁を越えると土間《どま》に変わる。土間は右に曲がっており、その空間が台所となる。三和土と土間は、ちょうど「L」の字を描く格好で繋《つな》がっている。そこには昔ながらの立派な竈《かまど》がある。この光景が最初に目に入った為、田舎の旧家を連想したのだろう。

式台を上がった正面の部屋は、中央に囲炉裏《いろり》を切った八畳《じょう》の座敷で、その奥に同じ八畳間が見える。奥座敷の更に奥は三畳間と納戸《なんど》が並ぶ。玄関の三和土の右壁の向こうは、客間らしき八畳間である。囲炉裏の座敷と奥座敷の右手には廊下《ろうか》が通っている。硝子《ガラス》戸が嵌《は》まった廊下の右側は、きっと移築される前には庭に面していたのだろう。廊下の突《つ》き当《あ》たりは厠《かわや》になっている。その手前の階段を上がると左手に廊下が延び、六畳間が二部屋続いている。廊下の突き当たりは行き止まりで何もない。

これだけの家屋を移築するのに、どれ程の費用が掛かるのか見当もつかない。抑々《そもそも》完全に移すことが可能なのかどうか。元の家を知らないので何とも言えない。ただ〈白い屋敷〉のみを目にした場合、ここに最初から建てられていたと嘘《うそ》を吐《つ》かれても、きっと信じたと思う。それくらい見事にここの土地に馴染《なじ》んでいる。

ところが、〈白い屋敷〉の左右の家屋までが視界に入った途端《とたん》、この幻想は一気に崩《くず》れる。この屋敷とは全く雰囲気《ふんいき》の合わない二軒の家と、物凄《ものすご》く強引に合体させられているからだ。正に継ぎ接ぎである。かといって鵺《ぬえ》やキマイラが連想される様な格好の良さは微塵《みじん》もない。もっと泥臭《どろくさ》い融合《ゆうごう》なのだ。譬《たと》えるなら古いSFホラー映画に登場する、別々の怪物を一体に組み合わせて創《つく》り出した化物だろうか。そんな代物《しろもの》を想起させられる程、家同士の融合は歪《いびつ》に映る。

更に下がって烏合邸の全体を目にしつつ、その周囲を回りながら歩き出すと、その継ぎ接ぎ感と歪さが一層増大する。長く眺《なが》めていると、次第に頭が可怪《おか》しくなっていく気分を味わえる。それが恐ろしいだけでなく、また甘美に感じられるのが、どうにも曲者《くせもの》である。慌《あわ》てて〈白い屋敷〉に戻れば、まるで理想的な田舎の実家に帰省した様で、ほっとできる。ここには昔ながらの生活があると思える雰囲気が、矢張《やは》り漂《ただよ》っているからだろう。

尤《もっと》も異なる部分もあった。台所の土間の隅《すみ》に設置されたシャワールームと冷蔵庫《れいぞうこ》である。竈の上には炊飯器《すいはんき》とガスレンジも用意されている。元の住人の生活まで踏襲《とうしゅう》する必要がないのは、勿論《もちろん》こちらとしても有《あ》り難《がた》い。

誰か来た様な気がしたので客間から顔を出す。

だが玄関戸は閉まったままである。三和土にも土間にも人の気配はない。

日が暮れてきたので、米を洗って炊飯器をセットする。冷蔵庫とその横の籠《かご》の中には、一週間分の食料が備蓄《びちく》されている。それがなくなる頃に地元のスーパーから、次の一週間分を配達してくれる手筈《てはず》になっていた。簡単な料理ならできるので、特に不自由しない自信はある。別にインスタント食品でも構わないが、優れた小説を書く為には、やはり己の健康管理も大切である。

夕食後、客間の文机を囲炉裏の座敷に移動させる。その右隅に藁舟《わらぶね》を置き、徐《おもむろ》に原稿用紙を広げてみる。

短篇の題名は「七艚小舟《しちそうこぶね》」とした。元は八丈島《はちじょうじま》に伝わる精霊流《しょうろうなが》しに近い儀礼《ぎれい》だが、地元の漁師《りょうし》町でも子供《こども》の頃に見た覚えがある。それを題材にして未《いま》だ故郷《こきょう》に蔓延《はびこ》る封建的な家の問題を描きたいと、前々から構想を練《ね》っていた。

暴力的な父親と、その血を濃《こ》く受け継いだ長兄、祖母と母親の陰惨《いんさん》な確執、跡取《あとと》りである父親を溺愛《できあい》する祖母、同じく長男を猫可愛《ねこかわい》がりする母親、出戻った実家で人間関係を掻《か》き乱《みだ》す叔《お》母《ば》、皆から唯一《ゆいいつ》愛される甥《おい》、そんな家族の中で孤立《こりつ》する次男の視点から、地方に伝わる七艚小舟という習俗を通して、この一家の悲劇的な運命を綴《つづ》る。言わば半自伝小説である。

故郷の漁村では十数年前まで、何か不可解な出来事があると、誰もが巫女《みこ》にお伺《うかが》いを立てた。

祖母の知り合いの女性は、お地蔵《じぞう》様が出て来る夢を何度も見た。そのうち起きている昼間にも、お地蔵様を目にするようになった。そこで巫女に拝《おが》んで貰ったところ、「水子だ」とお告げがあった。女性には確かに流産の経験がある為、七艚小舟を作ることにした。

先ず藁舟を拵《こしら》え、そこに米や団子《だんご》などを積み込む。巫女を通じて水子の希望を訊《き》くと、「金の指輪が欲しい」と言う。こういう場合は本物を用意するのではなく、例えば裁縫《さいほう》の指貫《ゆびぬき》で代用したりする。それから七体の藁人形を乗せる。そのうち一体は船頭《せんどう》である。

七艚小舟が出来上がると枕元《まくらもと》に置き、巫女に毎日拝んで貰う。軈《やが》て舟を出す日が遣《や》って来るのだが、何時《いつ》になるかは巫女にも分からない。その日が来て、漸《ようや》く悟《さと》れるらしい。すると巫女は舟に紐《ひも》を結び付け、家の中を曳《ひ》き回す。それから庭に出ると家の不浄《ふじょう》を清め、浜へと向かう。そこで舟に蠟燭《ろうそく》と線香を立て、火を点《とも》して沖へと流す。

水子は一人の為、人形は船頭を含《ふく》めて二体で足りると思うのだが、如何《いか》なる場合でも七艚小舟には七体の藁人形を乗せる。この人数に意味があるのかどうか。子供のとき祖母に訊いた覚えがあるが、芳《かんば》しい返答はなかった。昔から七体と決まっている為、それに何の疑問も抱かずに守っているらしい。

海で亡くなった人の死霊が、七人一組になって現れる怪異を、因《ちな》みに「七人みさき」と呼ぶ。両者に見られる「七」という人数は、単なる偶然《ぐうぜん》なのか。尤《もっと》も七人みさきに出会《でくわ》した者は、高熱を発して死んでしまう。精霊流しの如《ごと》き七艚小舟とは違い、明らかに人間に祟《たた》る現象である。つまり全く逆なのだ。

ただ、そう遣って憑《つ》かれた者が亡くなると、七人みさきの中の一人が成仏《じょうぶつ》できて、新たに死んだ者がそこに加わるともいう。つまり絶《た》えず七体で彷徨《さまよ》うところは同じだが、亡霊の顔触れは変わる訳だ。これも死者の弔《とむら》いの一種と見做せなくもない。

原稿用紙に向かう心算《つもり》が、こうしてノートを開いている。こんな文章など心底どうでも良い筈《はず》なのに、どうにも可笑《おか》しなことだ。報酬を受け取るからには、ちゃんと「仕事」する。そういう訳か。意外に真面目《まじめ》な性格だったのだと我ながら驚いている。

初日から書き過ぎたかもしれない。

シャワーを浴びたあと、寝る準備をする。客間の押入《おしいれ》から蒲団《ふとん》を出して、囲炉裏の座敷の奥に敷く。玄関とは反対側だ。土間に頭を、廊下に足を向けて寝る格好である。

全ての襖《ふすま》と障子《しょうじ》と窓は開けておいた。窓には網戸《あみど》が嵌まっているが、どうしても蚊《か》が入って来るので、蚊取り線香を焚《た》く。

枕元に置いた持参のスタンドライトを点してから、客間と座敷の電気を消す。蒲団の頭の部分だけが明るく、あとは本当に真の闇《やみ》に包まれる。ここまで暗くなるとは、ちょっと想像もできなかった。野外に街灯《がいとう》などが一切ない為、当然と言えばそうなのだが、これは驚きである。

枕元にノートを広げ、ここまで書いた。もう休むことにする。


寝ようとしたが、なかなか眠れない。それなりに疲れている筈なのだが、枕が替わった所為《せい》だろうか。

いや、ここは正直に書こう。何となく気味が悪いのだ。深々《しんしん》として物音一つしないのが、先ず無気味である。これ程の静寂《せいじゃく》に包まれるとは、全く考えもしなかった。正に闃然《げきぜん》としている。潮騒《しおさい》が耳につく漁師町で育った為か、怖いくらいの静けさは寧《むし》ろ神経に障《さわ》るらしい。それに加えて空間の問題をすっかり失念していた。

だだっ広い家に、たった独《ひと》りで寝る。

この状況にこれ程の不安を覚えるとは、完全に誤算だった。襖や障子を閉めれば少しは増しになるかもしれない。だが今度はきっと暑くて眠れないだろう。

とはいえ現状が寝易《ねやす》い訳では決してない。確かに風は通って涼《すず》しいが、心地好さとは程遠い感覚がある。爽《さわ》やかな涼風《りょうふう》が吹いている訳ではなく、冷気を含んだ湿った空気の揺《ゆ》らぎが、単に屋内で起きているに過ぎないからだ。お蔭《かげ》で夏の夜の暑さは和らいでいる。しかし、べったりと肌《はだ》に纏《まと》いつく様な、冷たいのに熱を持った感触の未知の気体に、まるで全身を嬲《なぶ》られている気持ち悪さがある。

こんな状態で果たして眠れるのか。


目が覚めた。何時の間にか寝入っていたらしい。

それなのに起きてしまったのは、妙な物音が聞こえたからだ。いや、そう記すだけの確信はないか。ただ急に目覚めた訳が、何かある筈《はず》である。

ざぁっ、という擦《こす》る様な音だった気がする。それが寝ている座敷の何処かで響いた。土間側の方か。あれは何かが畳《たたみ》と擦れた物音ではないか。一回だけではなく、何度か耳にしたように思えるが、それも曖昧《あいまい》である。余り自信がない。

座敷中に目を凝《こ》らすが、枕元のスタンドライトだけでは、全く何も見えない。目の前に明かりがあるが故に、逆に周囲の闇の濃さが増している。かといって立ち上がり、態々《わざわざ》電灯を点すのも億劫《おっくう》である。そのうち睡魔《すいま》に襲《おそ》われ、再び寝入ることができるだろう。それまで音がした。

確かに聞こえた。ざっざっ、と畳の上で何かが擦れる物音だ。囲炉裏の反対側ではないか。だとしたら先程とは方向が違うかもしれない。

野生動物か。

烏合邸の周囲は森である。野生の小動物くらい棲息《せいそく》しているだろう。寝る前に一応の戸締りはしたが、こんなに古い家なのだから、何処かに隙間《すきま》があっても可怪しくない。引《ひ》っ掻《か》かれないかな。

就寝中に寄って来られて、身体《からだ》に触られるのは勘弁《かんべん》である。

仕方なく蒲団から起き上がると電気を点け、素早《すばや》く周囲を見回す。しかし、目につくものは何もない。玄関の沓脱石と式台の間、座敷と土間の境目も確かめるが、隠れている小動物などはいない。

空耳か。

余りにも静かな為、有り得ない物音が聞こえたのかもしれない。仮に動物が入り込んでいるなら、蒲団から起き上がったときか、または電気を点した瞬間に、慌てて逃《に》げ出す気配を感じた筈《はず》である。

再び寝直すことにした。


朝早くに目が覚める。

ここでは夜型の生活をする心算《つもり》なので、こんなに早く目覚めては困《こま》る。今夜から明け方までを執筆に当て、手記は日中に書くようにしたい。その為にもあと三、四時間は眠りたいのだが、嫌になるくらい頭がすっきりしている。完全なる覚醒である。

諦《あきら》めて起きると、蒲団を畳んで客間の押入に仕舞《しま》う。洗面を済ませるが、朝食を摂《と》りたい気分ではない。

辺りをぶらついてみるか。

生まれてこの方、朝の散歩などした覚えがないが、実は一つ気になることがあった。二軒隣の〈黒い部屋〉に住んでいる親子である。ここに来たのは創作の為であり、その他の如何《いか》なるものにも関わる心算《つもり》はない。特に願い下げなのが、烏合邸の他の住人との交流である。

幸い今のところ入居者は、その親子しかいない。昨日の夕方、この家の周囲を見て回っていたとき、息子とは顔を合わせている。小学一年生くらいだろうか。年齢の割《わり》に大人《おとな》びた雰囲気があったが、とはいえ子供である。こんな小さな子を独り残して、どうやら母親は働きに出ているらしい。何か事情があるなら止《や》むを得ないと思うが、心配ではないのか。

いや、それ以前の問題か。抑々《そもそも》こんな家に親子で住もうとする段階で、可成《かな》り可怪しい。しかも親子が入ったのは、選《よ》りに選って〈黒い部屋〉なのだから。

あの親子は頭が変なのか。

全く関わる気はなかったが、流石《さすが》に引っ掛かっていた。どうしても好奇心《こうきしん》を抑えることができなかった。

玄関から外へ出る。

既に夏の眩《まぶ》しい日差しが強く照り付けている。今日も暑くなりそうである。

ぶらぶらと烏合邸を左手へ回って行くと、すぐに〈黒い部屋〉の前に出る。台所では母親が朝食の準備をしており、奥に二つある部屋の片方では、未だ子供の寝ている姿が見える。

これだけ目にすれば、何処にでもある朝の風景だろう。恐らく今、この時、同じ様にしている母親と子供は、日本中にいると思われる。

だが、この親子は違う。そうではない。全く異質の存在なのだ。その事実に震撼《しんかん》する程、恐ろしい二人である。

母親と目が合った。

一瞬どきっとして、咄嗟《とっさ》に視線を逸《そ》らしそうになる。何も見ていませんよ、という態度を取りたくなった。

しかし、そんな心配は矢張り無用だった。全てを受け入れたうえで住んでいる可能性も、少しは残っていたからだ。でも、そうではなかった。

母親にはこちらが見えていない。

この推測は恐らく当たっているだろう。その証拠《しょうこ》に目が合ったにも拘らず、彼女は何ら気にすることなく料理を作り続けている。自分たちが暮らす部屋の前に誰かが佇《たたず》み、じろじろと無遠慮に室内を眺めている事実に、全く気づいていない。

なぜなら親子にとって〈黒い部屋〉は、ここに移築された曰《いわ》くのある建造物とはいえ、見た目は普通の団地の一室に過ぎないからだ。本人たちに確かめた訳ではないが、先ず間違いない。

それが二人の「現実」なのだ。

けれど実際は大きく違う。殆《ほとん》どの者には、とても人が住めたものではない、そういう物件にしか映らない。

火事で焼けた黒々とした部屋。

それが〈黒い部屋〉の正体だと思う。誰が見てもそう考えるだろう。全焼ではなく半分以上が焼け残っている為、余計に生々しさが感じられ、見ているだけで気味が悪い。

天井《てんじょう》は残っているが、壁は所々で崩れており、窓の硝子も一部はない。よって部屋の前に立つだけで、室内の粗方《あらかた》が目に入ってしまう。

ところが、恐らく親子にとっては違うのだ。二人には煤《すす》けた天井も、焼けて穴が開いた壁も、黒く汚《よご》れた板間や畳も、きっと普通の状態に映っているのだろう。だからこそ住める。こんな酷《ひど》い状態の部屋に、親子で暮らせている。

「〈黒い部屋〉の入居者は、なかなか決まらなかった」

依頼主が烏合邸の住人について触れたとき、そう話していた。

当然だろう。曰《いわ》くがあると説明されただけの家なら、未だ住もうという者もいる。そこに高額の報酬が絡めば余計である。だが、火事で焼けたままの部屋で暮らすのは、ちょっと難しい。浮浪者なら有り得るかもしれないが、それは依頼主側で断るのではないか。〈黒い部屋〉を前にして、ここが元の団地の一室に映って見えるだけでなく、そのまま平気で暮らせる者がいる。

そんな特異な人間が存在することを、どうして依頼主は知っていたのか。態々《わざわざ》この烏合邸を建てた程の人物なのだから、恐らく怪異な出来事についても造詣《ぞうけい》が深いと思われる。だが、それにしても酔狂の極みではないか。実際にそういう該当者《がいとうしゃ》が現れるまで、この「仕事」に応募して来た人々を諦めることなく、只管《ひたすら》〈黒い部屋〉に案内し続けたのだから。

尤《もっと》もこの部屋の住人を真っ先に決めたのは、正解だったと思う。ここさえ埋《う》めることができれば、あとの困難さなど物の数ではない。そう依頼主は考えたのだろう。

一抹《いちまつ》の痛ましさを感じつつ、そっと〈黒い部屋〉の前から離れる。

朝食を摂りながら熟々《つらつら》と改めて考えてみた。

依頼主がこの「仕事」に求める「人材」とは如何《いか》なるものか。

烏合邸に住まわせ、そこで体験した普通ではない出来事を記録に残させる。この要望を見る限り、所謂《いわゆる》「幽霊が見える人」を欲している様に思える。だが、どうやら違うらしい。家屋に対する一切の情報を事前に与えなかったことからも、相手の望みは飽くまでも客観的な記述ではないだろうか。それには「幽霊が見える」と公言する者より、そんな体験が一つもない人の方が良いと判断したのかもしれない。

ただし「幽霊などいる訳がない」と断言する者では、下手《へた》をすると怪異な現象が起きているのに、それを認めずに記録しない懼《おそ》れがある。最も相応《ふさわ》しいのは中立というか、「幽霊がいるのかいないのか、特に考えたこともない」くらいの人かもしれない。

だが、そうなると今度は「幽霊」とは何か、という根本的な問題が出てくる。一応は引き受けた「仕事」の手前、ここに来る前に少し勉強してみた。

我が国で最古の幽霊譚《たん》とされる話が、『日本国現報善悪霊異記』に登場するという。通常は『日本霊異記』と略して呼ばれる、あの有名な書物である。平安時代の初期に記された日本最古の説話集で、上中下の《の》三巻から成る。その上巻の第十二話と下巻の第二十七話に、大晦日《おおみそか》に死者の霊が現れる話が載っている。尤も幽霊ではなく「霊」と表記される。「霊」とは「魂《たましい》」を表す。『万葉集』に人魂を詠《よ》んだ歌があることからも、古代には既に「霊魂」の概念《がいねん》が存在したことが分かる。因みに『日本霊異記』の二つの話が、どちらも大晦日なのは、この日が魂《たま》祭《まつり》の日だからである。そういう特別な日でないと、この世に霊は戻って来られないと考えられた訳だ。

ただし平安時代も後期になると、宗教者の口寄せによって「霊」と交流できる風潮《ふうちょう》が強まり出し、「生霊《いきだま》」や「死霊」の存在が認められる。「霊」から「幽霊」へ移り変わる端緒《たんしょ》が、この辺りにあったのかもしれない。だが、それ以上に面白《おもしろ》いのは、こういった平安時代の幽霊観が、鎌倉時代になると「鬼《おに》」へと変わる点だ。これには能楽《のうがく》の影響が大いにあるのだが、般若《はんにゃ》などの面によって「幽霊」が可視化《かしか》されることになった事実だけを、ここでは指摘するに留《とど》めておく。

鬼とは人間が化す例も見られるが、「妖怪《ようかい》」の様に最初から「そこにいる」存在だった。そして妖怪は自然の脅威など人間が制御《せいぎょ》できない現象を説明する為に、言わば「生み出された」存在であった。

その結果、死んだ人間の祟りだと見做せる怪異は幽霊の所為であり、そういう障りを起こす死者が特定できない場合は妖怪の仕業《しわざ》と考えられる様になる。ただし人々が暮らす生活空間の差により違いがあった。

仮に同じ様な怪異が発生しても、周囲が自然に囲まれた村では妖怪が、人間関係が希薄故に愛憎《あいぞう》や怨恨《えんこん》が発生し易い町では幽霊が、それぞれ原因とされる傾向《けいこう》が強かった。時代が下り田舎の都市化が進むと幽霊が、また所によって都市の田舎化が起こると妖怪が、まるで居場所を入れ替わる様に現れ出した。これは人々が臨機応変《りんきおうへん》に、その場の状況に鑑《かんが》みて幽霊と妖怪を使い分けた証左《しょうさ》だろう。

しかし両者の運命は、明治時代に大きく分かれる。文明開化による近代化で、妖怪の撲滅《ぼくめつ》が始まるからだ。ただ非常に興味深いのは、狐《きつね》に関してだけは「人間を化かす力がある」と、可成り長い間それなりに認められていた「事実」である。

京都《きょうと》で医師を務めた中山三柳《なかやまさんりゅう》が、隠居《いんきょ》後に醍醐《だいご》の里に籠《こも》って書き溜《た》めた『醍醐随筆《ずいひつ》』（一六七二）には、憑き物などは思い込みだと記したうえで、態々《わざわざ》「狐狸《こり》が憑くという事には別に一理あると思う」と書かれている。日本人にとって狐が特別な存在だった例証の一つだろう。

だが、その狐も含めた妖怪は、軈《やが》て世の移り変わりと共に、ほぼ完全に消え去ってしまう。それに対して幽霊は「生き残り」、今日に至《いた》っている。

つまり一口に「幽霊」と言っても、時代と場所によっては可成り別個の存在だったことが分かる。そこに個人の解釈《かいしゃく》が加われば、更に別のものになるかもしれない。

そんな幽霊観を踏《ふ》まえたうえで、果たして依頼主が期待する「幽霊」とは如何《いか》なるものか、それが物凄《ものすご》く気になった。


話を〈黒い部屋〉の親子に戻そう。以上の簡単な幽霊史に鑑みても、あの二人が可成り特殊な存在であることは間違いない。

あそこが普通の部屋に映り、そこに問題なく住めるという異様な条件を満たしている。依頼主が求める完璧な「人材」だが、ここで疑問は浮かばなかったのだろうか。

この親子は本当に「幽霊が見える人」なのか……と。

なぜなら親子が目にしているのは、世間の多くの人が持つ幽霊の概念から、相当懸け離れていると思われるからだ。

家の幽霊。

あの二人に見えて、かつ今「実体験」しているのは、火事で半ば焼失した団地の一室の亡霊であり、そこに住んでいるという幻覚である。世に「幽霊事件」が本当に起きるにしても、これは非常に珍《めずら》しい例ではないのか。

ここで問題となるのは、所謂「人間の幽霊」も、あの母親と息子には見えるのかという点である。もしそうなら二人は「幽霊が見える人」であり、依頼者が求める「人材」と矛盾《むじゅん》しないのだろうか。どうにも気になってしまう。ただややこしいのは、抑々《そもそも》「家の幽霊」を体感できない者は、あの部屋の被験者《ひけんしゃ》になれないという条件が、その一方にあることだろう。

烏合邸の住人と関わる心算《つもり》は相変わらず毛頭ないが、これは小説のネタに充分なるかもしれない。無論それは幽霊の出現する恐怖小説ではなく、怪異は起きるものの厳然《げんぜん》たる心理小説になる筈《はず》である。

ここでの「仕事」が終わったあと、依頼主に話を聞いてみるのも一考かもしれない。

手記を書いたあと、二階へ上がる。

手前の部屋の窓から臨む烏合邸の眺めは、非常に珍妙《ちんみょう》かつ奇々怪々《ききかいかい》である。幾《いく》つもの家屋や部屋を無理矢理に繋げ、一軒の巨大な「家」を作り上げているにも拘らず、何故かバラバラに映るからか。かといって個々の物件として捉《とら》え様とすると、今度は大きな一つの建造物に見えてくるから不思議だ。

まるで烏合邸そのものが、固定された見方を嫌っているかの様ではないか。

曰《いわ》くのある建築物の寄せ集めでありながら、同時に呪力が結集された一つの塊《かたまり》でもある。

そんな矛盾を孕《はら》んでいる。そんな歪さが感じられる。

この「家」を舞台《ぶたい》に、ここに住む人々の生活と関係を描く。

先程の心理小説とは別の構想が、何時しか頭の中に浮かんでいる。ここの建物にも、ここで暮らす人にも、一切の興味は抱かない筈だったのに。

心境の変化があったということか。いや、とてもそうは思えない。


昼前に町へ出掛けることにした。

〈黒い部屋〉の母親と違い、バイクも自転車もないので徒歩《とほ》である。執筆に専念すると運動不足になりそうだから、今のうちに歩くのも悪くない。

烏合邸の敷地を出ると、緩《ゆる》い下り坂が暫《しばら》く続く。右手は昼でも薄暗い雑木林だが、左手には高く茂《しげ》った雑草越しに野原が見える。あと何年かしたら、この辺りも新興《しんこう》住宅地になるかもしれない。そう考えながら野原を眺めていて、可成りの凹凸《おうとつ》があることに遅蒔《おそま》きながら気づく。

いや違う。凹があるのではなく凸だけが突出しているのだ。

ぼこぼこと瘤《こぶ》のような小山が、至る所で盛り上がっている。実は何かの作業場なのだろうか。だが重機が一つも見当たらない。とすると自然の産物か。それにしては人工的な盛り土に映らなくもない。

ゆっくりと野原の横を通り過ぎながら、ふと脳裏に浮かんだ言葉があった。

恰《あたか》も墓場の様な……。

盛り土の群れは、確かに土饅頭《どまんじゅう》に似ている。ここは町外れの為、墓地に相応しそうな立地かもしれない。本当に昔は寺があって、今は何処かへ移転しているのだろうか。けれど、それなら墓地も移すか。

しかも墓石が一基もなく、全て土饅頭というのは、どれほど昔の寺でも不自然だろう。ひょっとして古墳《こふん》とか。

そう思う側《そば》から、余計に有り得ないと我ながら失笑する。余り価値がない古墳にしても、こんな風に放置はしない筈《はず》である。

謎《なぞ》の野原に首を傾《かし》げているうちに、一番近い民家を通り過ぎる。あとは道沿いに、ぽつぽつと一戸建ての家が現れる。この区画を抜けると、バスの停留所《ていりゅうじょ》のある大きな道路に出る。そのまま辿《たど》れば町への近道と思われたが、車が走っている道を歩くのは苦手なので、道路を渡って細い枝道に入る。

そこからは白壁の蔵《くら》が目立つ古い家並みの中を縫《ぬ》う様にして、町の中心部を目指す。ともすれば方向を見失いそうになる為、何度も立ち止まる。少し行ったり来たりを繰《く》り返《かえ》しながらも無事に着けたのは、特徴的《とくちょうてき》な目印が町中にあるお蔭だろう。見様によっては巨大な慰霊碑《いれいひ》かと見紛《みまが》ってしまうが、そのお蔭で余り迷《まよ》わなかったのだから感謝したい。

先ずは本屋に入る。しかし特に買いたい新刊もない。暫《しばら》く町中をぶらついていると、それなりに大きな古本屋に出会す。思わず覗《のぞ》こうとして、先に昼食を済ませることにした。その方がゆっくりと見ることができる。

やや古びた定食屋に入る。こういう店ほど美味《うま》いかと思ったが、極めて普通だった。見た目の判断も矢張り大切ということか。

テレビでは一家殺害事件のニュースを報道している。発見が遅れたのは地域でも何かと問題の多い家だったからで、現在この事件の重要参考人の行方を警察は捜《さが》しているが、忽然《こつぜん》と消え失せたとしか思えない状況である。というアナウンサーの興奮《こうふん》した説明を聞きつつ、日替わり定食を口に運ぶ。

重要参考人と表現しているが、一人だけ姿が見えない家族だと知らされた段階で、多くの視聴者は有力容疑者と見做すのではないか。

どうして犯人《はんにん》は家族の皆殺しを企《くわだ》てたのか。そして何処へ逃げたのか。未だに捕まらないのは何故か。と事件の謎を列記していくだけで、依頼主の喜ぶ顔が浮かびそうになる。烏合邸が今も「建設中」だった場合、この一家殺害事件の現場となった家に、きっと多大な興味を持ったに違いない。

全く厭《いや》なニュースを見てしまった。

昼食後は先程の古本屋まで戻り、あとは心行くまで店内の本棚を物色する。この「仕事」を受けた目的は、何度も書いている様に小説の執筆にある。よって余り読書用の本は持って来ていない。しかしながら〈白い屋敷〉での一日は、昨日と今日だけ見ても、どうやら長そうである。念のため二、三冊は買っておきたい。

ところが困ったことに、それほど欲しい本が見当たらない。これはと目につくものは、既に所有している書籍ばかりである。そこで仕方なく偶々《たまたま》ちらっと目に留まった、池田弥三郎《いけだやさぶろう》『日本の幽霊』（中央公論社）を購入した。古本とはいえ汚れておらず綺麗《きれい》である。あの「家」で読むには相応しい本かもしれない。

帰宅すると夕方だった。思っていた以上に古本屋で時間を取られたらしい。

少し疲れたので囲炉裏の座敷で横になる。昨夜は余り寝られなかったのと、町まで出掛けた所為だろうか。矢鱈《やたら》に眠い。

うとうとしていると、誰か訪《たず》ねて来た様な気がした。

真っ白い影が玄関戸から入り、三和土に立っている。そして凝《じ》っと座敷を見詰めている。只管《ひたすら》こちらを凝視《ぎょうし》している。


はっと目覚めると、もう日はとっぷり暮れていた。座敷は真っ暗である。

身体が異様に冷たいのは、何も掛けずに寝てしまった所為か。それにしても一瞬、囲炉裏に火を熾《おこ》したくなった。

電灯を点してから、暫《しば》し呆然《ぼうぜん》とする。

今から飯を炊いても遅くなるので、夕食はインスタントラーメンで済ませた。昼をしっかり食べたので、恐らく大丈夫だろう。それでも腹が減れば、あとで夜食を摂れば良い。


食後、少し休んでから手記をつける。

昨日も今日も小説を執筆するより熱心に、何故か手記を書いている気がする。勿論《もちろん》「仕事」なのだから当然だが、やや入れ込み過ぎではないか。

この「家」で着想を得た心理小説の、これが構想メモの代わりになると踏んだからか。ただ新たな小説ネタを思い付いたのは、今日である。昨日の段階では、未だ「七艚小舟」のことしか頭になかった。

何《いず》れにせよ一石二鳥だが、依頼主側から見れば厚顔無恥《こうがんむち》な行為と映るかもしれない。

シャワーを浴びたあと、涼みながら缶ビールを飲み、暫し読書に耽《ふけ》ろうとする。何時もなら一向に汗が退《ひ》かずに難儀するのに、すぐに身体が冷え始める。かといって気持ち良さとは程遠い。なぜなら五臓六腑《ごぞうろっぷ》は寒々しいのに、身体の表面が相変わらず汗でべっとりしている所為だ。この一度も体験したことのない異様なちぐはぐさが、何とも気色悪くて更に汗を掻いてしまう。暫《しばら》く我慢《がまん》したが、もう読書どころではなくなる。

テレビを観ようにも、ここにはない。依頼主に用意すると言われたが、あっさり断ってしまった。執筆の邪魔になるからだ。しかし、こんなことなら買って貰えば良かった。

明日また町へ出て、安いラジオでも手に入れるか。

魅力的な代案に思えたが、ここに引っ越して未だ二日目である。今から弱気になってどうすると、己を叱咤《しった》するしかない。

仕方なく扇風機《せんぷうき》をつける。人工の風は余り好きではないが、そうは言っていられない。第一この座敷を吹き抜ける風は、間違いなく自然のものなのに、どうにも薄気味《うすきみ》悪さが付き纏《まと》う。昨夜の寝床での体験が、それを如実《にょじつ》に物語っている。それなら扇風機の方が増しである。

汗が完全に退くまで待ってから、再び読書を始める。なかなか集中できなかったが、そのうち没入し始めた。そうなると少々のことでは動じないのが今は嬉《うれ》しい。

はい。

気がつくと返事をして、玄関の方を振り返りそうになっていた。

夕方、ここを訪ねて来た何者かが未だ三和土に留まっており、改めて声を掛けられた様な気がしたからだ。

勿論《もちろん》そんな筈《はず》はない。玄関戸には内側から鍵を掛けてある。いいや、それ以前に抑々《そもそも》〈白い屋敷〉を訪問《ほうもん》する者など一人もいないではないか。

そう自分に言い聞かせたところで、ちょっとした暗合が引っ掛かった。暗合と表現するほど大層なものではないが、妙に脳裏を離れない。

ここは〈白い屋敷〉と呼ばれる家で、訪ねて来たのは白い人影だった。

普段なら全く意識しない程度の一致である。昨日の就寝前でも、きっと唯《ただ》の偶然に過ぎないと考えただろう。それが今では何故か気になる。

幽霊屋敷に感化されたたか。

自嘲《じちょう》的に笑おうとして、依頼主が口にした何気ない一言を、突然まざまざと思い出した。

「白い服はお持ちかな。夏なので白色が良い」

特に意味のない言葉として、あっさり聞き流していた。今このときまで完全に忘れていたのだが、何よりの証拠である。

別に依頼主を意識した訳ではなく、ここへ持って来た衣服には、本当に白系統が多かった。矢張り夏だからだろう。お洒落《しゃれ》に興味がない為、暑苦しくなさそうな色を選んだ結果、偶々そうなっただけである。

汗が退いたあとに着たのも、白色がベースのTシャツだった。

いやいや、幾ら何でも考え過ぎだろう。

そろそろ執筆に取り掛かる時間である。

今夜は「七艚小舟」の冒頭《ぼうとう》部分くらい、できれば書き上げたい。

文机に向かったところで、「あれっ」と声が出た。

思わず藁舟を手に取り、繁々《しげしげ》と眺める。見間違いかと思ったが、見れば見るほど矢張りそう映ってしまう。

舟に人が乗っている。

実際に目にしたのは、一本の藁で作られた様に見える人の格好をしたものが、藁舟の中に置かれている光景だった。

「昨日はなかったよな」

思わず声に出して確かめている自分がいる。

藁舟自体は未だ実家にいたとき、嘗《かつ》て巫女だった人に頼み込んで、何とか作って貰った代物である。「七艚小舟」を執筆するに当たり、できれば実物を目にしたいと考えた。実際の儀礼は既に廃《すた》れている為、せめて藁舟を身近に置いて雰囲気だけでも感じる心算《つもり》だった。

思わぬ形で執筆環境が整った今、こうして事前に藁舟を用意しておき、本当に良かったと思っている。

とはいえ七体の人形まで揃《そろ》えるのは、流石《さすが》に躊躇《ためら》いがあった。そこまで用意しておいて儀式を執り行わないのは、どうにも無礼な気がした。幽霊の存在には懐疑《かいぎ》的な癖に、甚《はなは》だ妙な反応かもしれない。矢張り日本人だからだろうか。

故郷で頼んで作って貰ったのは、一艘の藁舟だけである。他には何も入っておらず、舟の中も空っぽの状態だった。

それが今、小さな人形に見えなくもない藁が乗っている。

一体これは何なのか。

だが、よくよく見ているうちに、過剰《かじょう》反応ではないかと思えてきた。一本の捩《よじ》れた藁が飛び出して、そんな風に映っているだけとも言えなくもない。ここまで持って来て文机の上に置いたあとで、単に編んだ藁の一部が解けて、それが人形の様に見えているだけではないのか。

どうやら知らぬ間に、可成り神経質になっていたらしい。

この執筆環境を考えれば無理もない。全て承知のうえとはいえ、少しの影響も受けずに済む訳がなかったのだ。人間であれば当然である。

気を取り直して、「七艚小舟」に取り掛かることにする。

頭の中で文章を練りながら、文机を前にして後ろ向きに寝転がったのは良いが、そのまま寝入ってしまったらしい。

目が覚めたのは、物音がしたからだ。

ざざっ。

昨夜と同じ様な音だったと思う。囲炉裏の座敷の電気は点っているが、周囲を見回しても何もいない。

念の為にと立ち上がり、戸締りを一通り確かめる。何処もきちんと閉まっていた。窓は開けてあるが、網戸になっている。これでは蛾《が》の一匹も入れないだろう。それとも古い家屋の為、矢張り何処かに隙間でもあるのか。

ただ昨夜もそうだったが、虫が立てた物音にしては、やけに大きかった気がする。あの畳を擦る様な摩擦《まさつ》音は、とても虫には出せないだろう。

だとしたら一体……。

いいや違う。

これほど脆《もろ》い神経だったとは、我ながら呆れる。如何《いか》に環境の所為があるとはいえ、まるで幽霊の存在を信じる唯《ただ》の臆病者ではないか。

お蔭で手記ばかりが捗《はかど》り、肝心の小説が少しも進まない。

珈琲《コーヒー》を淹《い》れて、甘いものでも食べることにする。それからは執筆に専念する。今夜から毎晩、必ずそうしよう。

こんな時間か。

相当に根《こん》を詰めた筈《はず》なのに、原稿は余り進捗《しんちょく》していない。書きたい内容は頭の中に詰まっているにも拘らず、それが素直《すなお》に出て来ないのだ。そこに有ることは確かなのに、どうにも取り出せない。漸《ようや》く出そうになっても、今度は文章に纏《まと》まらず、そのまま宙《ちゅう》に浮いてしまう。すると軈《やが》て消え失せる。そんな繰り返しである。

徒《いたずら》に呻吟《しんぎん》するばかりで、原稿用紙の枡目《ますめ》の多くは白いまま。電灯に照らされた白さが、妙に眩しく感じられる。生々しい白が、目の前に広がって行く。

白い屋敷。

白い人影。

白い原稿用紙の枡目。

頭が煮詰《につ》まった状態なので、もう寝ることにする。

客間の押入から蒲団を運ぶ。万年床でも良いかと思うが、ずぼらは止めておこう。そういう乱れた生活態度は、きっと執筆にも悪影響を及《およ》ぼす。

明日からは本腰を入れなければならない。既にそうしている心算《つもり》だが、原稿が書けないのでは話にならない。

また物音で目が覚める。

ざぁ、ざぁ。

座敷の土間側から、明らかに畳を擦る音がした。

枕元のスタンドを点けずに、蒲団から頭だけ起こして、暗闇に目を凝らしてみる。だが何も目に入らない。今夜は月明かりがある所為か、ぼんやりとだが座敷の中が分かる。下手に明かりを点さない方が、恐らくよく見えるだろう。

そのまま寝ようとして、また物音がした。

ざっ、ざっ。

囲炉裏を挟《はさ》んだ玄関側の方らしい。

反射《はんしゃ》的に目を向けて、ぎょっとした。どうせ何もいないのだろうと高を括っていたのが、一気に肝が冷えた。

何やら黒い塊が、もぞもぞと蠢《うごめ》いている。

咄嗟《とっさ》に浮かんだのは、小さな海豹《あざらし》だった。畳の上に寝そべった海豹が、身体を動かす度に、ざっ、ざっ……と摩擦音を立てている光景である。

無論そんなものが家の中にいる訳がない。では、一体あれは何なのか。

立ち上がって電気を点けたかったが、どうにも身体が動かない。蒲団から起こした頭も、そのまま固まってしまっている。

そのとき黒い塊が、むっくりと起き上がりそうな素振りを見せた。

次の瞬間、慌てて跳《は》ね起き、電灯の紐に片手を伸《の》ばす。そこで指先が紐に当たり、ぶらんぶらんし始める。それを必死に摑《つか》もうとするのだが、一向にできない。掌《てのひら》に入ったと思ったら、するっと抜け出てしまう。

ざっ、ざぁ。

今度は廊下側の畳の上で、似た物音が響く。

ざぁ、ざぁ。

土間側の摩擦音も再び鳴り出す。

これで廊下側と土間側に目を遣って、そこに黒い塊を認めたら、一体どうなるのだろうと震えていると、不意に紐が摑めた。

ぱちんという小さな物音と共に、ぱぱぱっと明かりが点る。

玄関側には何もいない。黒い塊が寝そべっていた場所の近くに、藁舟と原稿用紙の載った文机が見えるだけである。廊下側と土間側の畳の上にも、矢張り何もいない。

全ては幻聴と幻覚か。

己の無意識が聞かせて見せる、これは妖《あや》かしなのか。


明け方になって、漸《ようや》く寝られたらしい。

それなのに熟睡《じゅくすい》していると、迷惑にも訪問者があった。

〈黒い部屋〉の母親である。向こうは休日の様だが、こちらの都合は考えないのか。朝になったら起きて、夜になれば寝る生活を、誰もが送っている訳ではないのだ。

思わず怒鳴りそうになったが、どうにか堪《こら》えた。どんな事情があれ、あんな部屋で平気に暮らせる者に、何を言っても無駄だろう。

ただし、ここの住人と関わる心算《つもり》はない、という考えだけはきっちりと伝えた。

母親は呆然とした表情を見せたあと、そのショックが治まるや否《いな》や、ぷいっと立ち去った。

失礼な奴《やつ》だと思われただろうが、一向に構わない。下手に甘い顔を見せて、近所の好《よしみ》で子供の面倒を見て欲しいなどと、後から頼まれるのは勘弁である。烏合邸の唯一の隣人である親子と、これで完全に縁が切れた訳だ。もう二度と訪ねて来ないに違いない。

寝直そうとしたが、全く駄目だった。

諦めて起きると、遅めの朝食を摂ってから、文机の原稿用紙に向かう。

三行ほど書いては消し、五行まで進んでは削《けず》り、十行を超えたところで一から書き直し、という繰り返しが続く。気がつくと丸めて捨てられた原稿用紙が、周りに散らばっている。

それでも軈《やが》て一枚、また一枚と文章が書ける様になって、漸く小説が動き出す。だが急に手が止まり、停滞《ていたい》を迎える。すると三行ほど書いては消し、が再び始まる。

しかしながら一旦《いったん》そうして動き出してしまえば、少しは楽である。書き表すべき姿形が、ぼんやりとだが見えてくるからだ。

昼を過ぎて暫《しばら》く経つまで、可成り執筆に専念できた。夜中にしか書けないと断じていたのは、唯《ただ》の思い込みだった様だ。

簡単に昼食を済ませてから、散歩に出る。

町まで行く気はしなかったので、烏合邸の周囲の森を散策した。

〈白い屋敷〉から見て裏に当たる辺りに、辛《かろ》うじて足を踏み入れられそうな道がある。態々《わざわざ》通した森の小道というよりも、人間が出入りしているうちに自然と均《なら》された様に映る。

こんな人里から離れた何もない森に、それほど頻繁《ひんぱん》に誰が入るのか。

しかし、そう考えると有り得ない気になってくる。かといって動物の通り道とも思えない。獣道《けものみち》にしては幅があるからだ。

緩やかに蛇行《だこう》しつつ森の奥へと延びる道を辿っていると、後ろから誰かが跟《つ》いてくる様な気配がした。

あの母親の子供か。

立ち止まって耳を澄《す》ませる。だが何も聞こえない。雑草が揺れる様子もない。

気の所為か。

再び歩き出して暫くすると、またしても尾《つ》けられている様な気配を覚える。

矢張り子供じゃないのか。

向こうは遊んでいる心算《つもり》かもしれない。こちらが立ち止まれば、自分も動かずに物音を立てない。こちらが歩き出すのを待ってから、尾行を再開する。全てこっちの反応に合わせているのではないか。

あんな子供に弄《もてあそ》ばれるのはご免である。

何事もなかった様に森の奥へと進み、背後にその気配を感じるまで歩いてから、突如として回れ右をして、行《い》き成《な》り来た道を小走りで戻った。

さぞ慌てるだろうと思ったが、幾ら戻っても子供の姿が見えない。道の脇《わき》の叢《くさむら》に隠れているのかと注意したが、何処にもいそうにない。

可怪しいな。

首を傾げていると、行きには見過ごしたらしい枝道が目に入った。そこを辿った先は行き止まりで、こんもりと盛り上がった小山に出会し、ちょっと驚く。

その小山は富士塚《ふじづか》に似ていた。山肌《やまはだ》には背の低い雑草が僅《わず》かに生えているだけで、殆《ほとん》ど禿山《はげやま》に等しい。天辺《てっぺん》は平らの様に見え、斜面《しゃめん》も余り急ではない。とはいえ一直線に登るのは難儀そうである。その所為か山肌をぐるっと回る様に、微《かす》かに道筋がついている。となると小山は、人工的に造られたものなのか。

けど、こんな場所に……。

誰が何の目的でと考えると、とても有り得ない気がする。かといって自然に出来たものと見做すには、可成り不自然である。

何処となく薄気味が悪かったが、その一方でちょっと登ってみたい好奇心も覚えた。

そろそろと斜面に足を踏み出す。道があるといっても本当に筋の様なもので甚《はなは》だ頼りなく、ずるっと足を滑《すべ》らせそうである。片手を山肌につくかつかないか、何とも不安定な状態で、ゆっくり慎重《しんちょう》に登って行く。運動神経の良い者なら、あっという間に山頂まで駆《か》け上がれるだろう。その程度の小山を、滑稽《こっけい》なくらい時間を掛けて征服した。

その所為か、天辺に着いたときは妙な満足感に浸《ひた》れた。しかも、そこから望む町の景色には、意外にも風情があった。思わぬ儲《もう》けものをした、という気分になれた。

だが、そんな機嫌の良さも、烏合邸に視線を転じた途端《とたん》、忽《たちま》ち霧散した。そこに蹲《うずくま》る「家」を目にするや否や、ずんっと重い何かが腹の底に溜まった気がした。

蹲る。

正に烏合邸という名の「集合住宅」は、そこに凝っと身を伏《ふ》せている様に見えた。己の歪な身体を恥《は》じて、息を殺して隠れているかの様だった。

それとも犠牲者が入るのを、辛抱《しんぼう》強く待っているのか。

何《いず》れにしろ建物からは「感情」が伝わって来る。元々は別個の「思い」だったのが、ああして纏《まと》められることにより、まるで一つの大きな「意思」に成長したかの様である。

とんでもない所に住んでいるのではないか。

今更ながら少し後悔《こうかい》の念に囚《とら》われていると、何処からか子供の泣き声が、非常に微かだが聞こえてきた。

あぁぁーん。

〈黒い部屋〉の男の子か。きっと母親に叱《しか》られたのだろう。ただ彼にしては、妙に声が幼《おさな》くはないか。もっと小さな女の子の泣き声みたいでもある。

子供の声なんて、どれも一緒か。

そう思い直したときだった。〈黒い部屋〉を眺めていた視界の隅に、ちらっと何かが蠢いた。

咄嗟《とっさ》に視線を動かすと、〈白い屋敷〉の二階の窓が目に入った。

「えっ」

勝手に声が出て、すうっと顔から血の気が退いて行く。

窓に人影らしきものが映っている。

それも子供の影の様なものが……。

両目を瞬《しばたた》かせたあと、もう一度よく見ると、それは消えていた。

小山から下りて森を戻り、〈白い屋敷〉に帰る途中、〈黒い部屋〉の前を通る。親子の姿はない。

そう言えば母親が訪ねて来たあと、バイクの音がしなかったか。あれから二人は町へ出掛けたのではないだろうか。

余計なことは考えずに、今は執筆に専念しよう。

夕方まで結構な枚数が書ける。推敲《すいこう》をすれば可成り減るだろうが、着実に執筆できている手応えがある。

心地好い疲れと睡魔を覚えたので、忘れずに米を洗って炊飯器にセットしてから、少し仮眠を取ることにする。

夢だったのか。

囲炉裏の座敷の玄関側で寝ていると、白い人が訪ねて来た。三和土に立って、こちらを凝っと見詰めている。それから土間に回ると、何やら話し出した様だが、全く理解できない。

昨日の白い人影と、あれは同じものだろうか。

あの影は三和土に立っていただけで、そこから動かなかった。けれど今日の影は土間へと移動し、しかも何かを喋《しゃべ》っている様だった。

三和土から土間へ、あれは家の奥へと入り込んでいる訳か。

恐らく今たった一つ言えるのは、あれが何を口にしているのか絶対に分からない方が良い、ということである。


夕食のあと、そのまま文机に向かう。

故郷の封建的な漁師町の実家に於《お》いて、長年に亘《わた》り心の奥底に溜め込んで来た情念の数々が、ここで「七艚小舟」という創作物を通すことにより、再び爆発している様に思えてならない。

この原稿の進み具合が、何よりの証左だろう。


シャワーを浴び、缶ビールを飲む。

相変わらずの蒸し暑さと、例の気持ち悪い冷気を矢張り感じるが、今夜は然程《さほど》それが気にならない。執筆が捗《はかど》っているからだろう。

この「仕事」を引き受けて正解だったと、漸《よう》く思える。

気分転換《てんかん》に読書をしてから、原稿用紙に向かう。


文机の前で寝転がって、そのまま寝てしまったらしい。もう真夜中である。

原稿は可成り書けている。今夜はもう仕舞いにして、ちゃんと蒲団を敷いて眠った方が良さそうだ。

起き上がろうとして、そこで固まった。つい今し方、妙な物音がしなかったか。

きぃぃい。

また聞こえた。物凄く微かにだが、この〈白い屋敷〉の何処かで鳴っている。

みしっ。

家鳴りだろうか。これほど古い家である。木材が物音を立てて軋《きし》んでも、全く少しの不思議もない。

そう思う側から、これまで一度も家鳴りなどなかったではないか、という不自然さに気づく。寧《むし》ろもっと頻繁に、みしみし、ばちばち、ばきばきと鳴っても可怪しくないのだ。それが入居して三日目の夜に、漸く家鳴りが起きたというのか。

ぎぃぃ、みしっ、みしっ。

連続して聞こえたところで、誰かが階段を下りているのだと分かった。午後に森の中の小山の上から目にした、あの小さな人影が、すぐさま脳裏に蘇《よみがえ》る。

まさか。

あれは一瞬で消えた。単なる目の錯覚《さっかく》、気の迷いに違いない。

明かりの点った座敷で身体を横たえながら、何とか冷静に考えているうちに、誰かが階段を下りている様な物音は、何時しか止んでいた。

囲炉裏の座敷の電気を点けたまま、その夜は休むことにした。

幽霊の存在を信じたからでは無論ない。別に負け惜《お》しみでも何でもなく、正直な今の気持ちである。

とはいえ〈白い屋敷〉で、変な出来事が起きているのは事実である。それを認めないほど凝り固まった合理主義者でもない。だからといって心霊現象だと騒ぐ心算《つもり》も、矢張りないのである。

ただ、流石《さすが》に気味が悪い。

これは自然な感情だろう。だから明かりを点したまま就寝する。


物音と気配で目覚めたとき、座敷は真っ暗だった。

電気が消えている。

硬直《こうちょく》しながらも耳を澄ますと、すぐ側で例の音がした。

ざぁ、ざぁ、ざっ。

ゆっくりと首を横に向け始めて、ぴたっと止める。視界に変なものが入っている。蒲団と囲炉裏の間に、何かがいるらしい。

畳の上に蹲《うずくま》る黒い影。

それが蠢いていた。ふるふると身動きしている。その度に畳と擦れる音が響く。

ざぁ、ざぁ、ざぁ、ざっ。

土間の方からも、廊下の方からも、玄関の方からも、同じ様な摩擦音が聞こえている。そのうち特に土間側の物音が大きい様に感じられる。だけど頭を起こして、それを確かめるだけの勇気は少しもない。

幻聴であり、幻覚である。

神経が参っているだけに過ぎない。

自らに言い聞かせるが、実際に気色の悪い物音が耳朶《じだ》を打ち、視界の隅には黒いものが映っている。紛うこと無き現実である。

明かりを点ければ消えるに違いない。

それは分かっているが、蒲団から起きて電灯の紐を引っ張ることができない。首を少し囲炉裏側に向けた格好のまま、未だ固まっている。

必死に息を殺しながら、ゆっくりと首を元に戻す。このまま両目を閉じていれば、軈《やが》て物音は止み、黒い影も消えるのではないか。昨夜も一昨日の晩も、それ以上のことは何も起こらなかった。恐らく今夜も。

ざぁっ。

そのとき蒲団と囲炉裏の間の物音が、急に変わった。そして今度は、
ざぁっ、ざぁぁっ。

もっと激しく蠢き出したかと思うと、こちらに近づいて来る気配を感じた。

ざぁぁっ、ざぁぁぁっ。

それは蠕動《ぜんどう》しながらも少しずつ、畳の上を這《は》い進んでいるかの様だった。

逃げないと取り返しのつかない目に遭《あ》う。

本能の訴えに漸《よう》やく身体が反応して、ぱっと飛び起きた。が、そこで再び固まった。

何処へ逃げるのか。

目の前の囲炉裏の側と、その向こうの玄関側、そして土間と廊下の方向にも、黒い影が見えている。それらを縫う様に走って逃げて、跳《と》びつかれでもしたらどうするのか。

くるっと回れ右をして、先ず奥座敷に逃げ込む。更に奥の三畳間へ進むと、そこから廊下に出て、あとは客間まで走った。

客間に入ると同時に電気を点け、恐る恐る囲炉裏の座敷を覗くと、黒い影は消えていた。


囲炉裏の座敷から持って来た文机で今、このノートをつけている。

目が冴《さ》えてしまった為、執筆を続けようとしたが、流石《さすが》にできない。自分では随分《ずいぶん》と落ち着きを取り戻した心算《つもり》でも、矢張り未だ恐怖感が残っているのだろう。

恐怖。

寝床の上で覚えた感情は、明らかに恐怖心だったと思う。あれは理屈ではなく本能に訴え掛けて来る、物凄く生々しい戦慄《せんりつ》だった。

実家を飛び出したあと、ここを居としたのは間違いだったのではないのか。


座敷で夜が明けるのを待つうちに、どうやら寝てしまったらしい。

目覚めると昼前だった。

すぐ鞄《かばん》に原稿用紙と着替えを入れ、そそくさと〈白い屋敷〉を出る。尤《もっと》も行く当てはないので、取り敢《あ》えず町へと向かう。

空きっ腹の状態で歩いた所為か、横腹がしくしく痛み出す。何とか我慢して町まで辿り着き、喫茶店に入ってランチを食べて、漸《ようや》く少し落ち着く。

鞄の中を見ると、このノートが目についた。入れた覚えはないのに。原稿用紙を手に取った際に、一緒に摑《つか》んだのか。それなら幾ら何でも気づいた筈《はず》だ。

まぁいい。ここまで書いたのだから、このまま記録を続けることにする。

さて、どうするか。

あの家には当たり前だが絶対に帰れない。かといって他に当てなどない。

依頼主から貰った「準備金」は未だある。安いビジネスホテルなら連泊《れんぱく》できるだろう。だがその間に、次の住処を見つけなければならない。それも小説の執筆に適《てき》した場所を。

よく考えるまでもなく無理だと分かる。

依頼主にこのノートを買って貰うか。〈白い屋敷〉に住んで一週間は経っていないが、昨夜までの異様な体験は記してある。これだけでも価値はあるに違いない。

依頼主はそんなに甘くないだろうか。

「こんな中途半端な記録に、とても報酬は出せない」

入居前の説明や待遇を振り返っても、そう言って相手にされない可能性が高い気がする。

どうするか。

今が正に運命の岐路かもしれない。

一、取り敢えず一週間は住む。
二、執筆は客間で行い、就寝も同室でする。
三、囲炉裏の座敷は使わない。他の部屋にも入らない。
四、土間は例外とする。シャワールーム、冷蔵庫、炊飯器、ガスレンジがあるからだ。
五、土間へ行くには、客間から三和土に下りる。
六、これで様子を見て、大丈夫なら滞在一ヵ月を目指す。
これで何とか遣っていくしかないだろう。


鞄には本も入れてあったので、何杯も大して美味くない珈琲を飲みながら、喫茶店に居座り続けて読書をする。

その後は百貨店や本屋や公園などを回り、〈白い屋敷〉に戻る時間を遅らせていたが、全く意味のないことに遅蒔きながら気づく。寧《むし》ろ日の高いうちに帰宅して、客間に籠るべきではないか。何という間抜けだろうか。

お蔭で烏合邸へと続く坂道を辿り始めたときは、もう夕方だった。夏のことだから未だ明るいが、すぐそこに闇に呑《の》まれる夜の訪れが感じられ、忽《たちま》ち不安を覚える。それが坂道を上がる毎に強まり、どんどん息苦しくなっていく。

軈《やが》て烏合邸の歪な建物が見えて来て、〈白い屋敷〉の玄関が目に入ったところで、その息が止まりそうになった。

白い人影が立っている。

今から〈白い屋敷〉を訪《おとな》おうとしているかの様に、それが玄関の前に佇《たたず》んでいた。昨日と一昨日の夕方に訪ねて来たのは、あれではないのか。

息を吸おうとしてもできず、咄嗟《とっさ》に焦る。このまま窒息死《ちっそくし》する恐怖に襲われ、尚も吸い込もうとしたが無理で、更に焦り捲《まく》る。あの状態が続いたら、本当に死んでいたかもしれない。助かったのはパニックに陥《おちい》り掛けたとき、誰もいない玄関前が目に入ったからだ。その途端《とたん》、ふううっと息を吐き出すことができた。吸わなければと急《せ》くばかりで、吐くという行為を完全に失念していたらしい。

ゆっくりと〈白い屋敷〉に近づきながら、周囲に目を配る。何処にも白い影は見えない。消えたのか。

安堵《あんど》したのも束の間、別の可能性に思い当たり、不意に足が止まる。

家の中に入ったのかも……。

一昨日は三和土まで、昨日は土間まで来ていた。だったら今日は囲炉裏の座敷に上がり込んでいるかもしれない。

そんな所に帰るのか。

立ち止まったまま躊躇《ためら》う。矢張り町へ引き返し、ビジネスホテルに泊まるべきか。だが一度でも外泊したら、もう二度とここには住めないに違いない。

玄関戸には鍵を掛けてある。何者であれ勝手に入り込める筈《はず》がない。

と思う側から人外の存在であれば、施錠《せじょう》された扉《とびら》など何の関係もないと考え直してしまう。これまでにも内側から鍵を下ろした玄関戸を通り抜けて、白い影は屋内に侵入《しんにゅう》しているではないかと怯《おび》えてしまう。

しかし再決心したではないか。

無理矢理に自分自身を強く叱咤して、漸《ようや》く足が前へと出る。

それでも玄関戸を開け、恐る恐る三和土に立ったときには、両の膝が震えていた。

囲炉裏の向こうに白い影が座っている。

そんな光景を恐れたからだ。しかし座敷には誰もおらず、屋内も恐ろしい程に静まり返っており、怪しげな気配など微塵もない。


客間で仮眠を取ってから、夕食を作る。土間に長くいると落ち着かない為、どうしても簡単な料理しかできない。それを客間に運んで食べる。

食後は片づけを終えてから、すぐ執筆に取り掛かった。読書などしている場合ではない。時間が惜しい。

ここに住み続けると確かに再決心したが、最も大事なことは「七艚小舟」の脱稿《だっこう》である。高額の報酬も勿論《もちろん》欲しい。だが一週間が過ぎても、また一ヵ月が経っても、小説が書けていなければ何の意味もない。この「仕事」を引き受けた目的は、新人賞に応募する作品を仕上げることにあるのだ。


何度か休憩《きゅうけい》を取りながら、あとは原稿用紙に向かい続ける。執筆中に筆が止まることは無論あったが、完全な停滞は一度もない。なかなか順調だった。

ふと気づくと疾《と》っくに日付は変わり、夜も随分と更《ふ》けている。けれど寝るには早い。あと二、三時間は大丈夫だろう。

そう思って文机の前で姿勢を正し直したが、どうしたことか急に、ぴたっと筆が進まなくなった。それまで執筆に没入していたのに、変に時刻《じこく》を意識したのが悪かったのか。座ったまま凝っと考え込んでも、思う様に文章が綴《つづ》れない。

さっきまで調子が良かったのに。

寝転んで身体の力を抜き、暫《しばら》く頭を休める。それから起き上がって再び原稿用紙に向かうが、少しも書けない。

どうも変だ。

自分の知らぬ間に恰《あたか》も人知を超えた現象が起こり、その影響を被ってしまったかの様な、そんな薄気味の悪さを感じる。

馬鹿な。

有り得ないと否定しつつも、何故かそれに近い実感を覚える。

文章の途切れた原稿用紙を眺めているうちに、何かが足りない様な気分になってきた。枡目が印刷された用紙の隅々まで見詰めるが、特に可怪しな点はない。万年筆も同様である。そこから文机全体に目を遣って、漸《よう》く足らないものが分かった。

藁舟だ。

創作の刺激になればと態々《わざわざ》ここまで持って来たのに、文机や原稿用紙を客間へ移動させた際、どうやら囲炉裏の座敷に残してきたらしい。あれの効果は未知数だが、それこそ今は藁にでも縋《すが》りたい気分である。

こちらの明かりが殆《ほとん》ど届かない所為で、囲炉裏の座敷は暗かった。客間から出て目を凝らしただけでは、何処に藁舟があるのか全く分からない。完全に日が暮れる前に、屋敷中の電気を点けておくべきだった。

小走りで座敷に駆け込むと、素早く電灯の紐を引っ張る。ちか、ちか、ちかっと瞬《また》きが続き、少し間が空いてから明かりが点るのを待ち、急いで周囲を見回す。すると囲炉裏の縁《ふち》に、今にも落ちそうな状態で、あの藁舟が転がっているのが目に入った。

すぐに拾い上げると電気は消さずに、客間へと戻る。文机の前に座って藁舟を置こうとして、我が目を疑った。

人形が増えている。

一本の藁で編まれた様な人形が、藁舟に乗っているのを見つけたのは、先一昨日《さきおととい》だった。あのときは一体しかなかったのに、それが今は四体ある。

慌てて藁舟を放り出した。すると文机の端に当たり、そのまま畳に落ちた。にも拘らず横に倒れず、裏返しにもならず、ちゃんと上を向いている。四体の藁人形を乗せた状態で、今にも畳の上を進みそうである。

一体だけなら、偶々《たまたま》そういう風に見えたとも考えられる。先一昨日は一応それで納得した心算《つもり》だった。しかし今、藁舟には四体も乗っている。最早《もはや》これを見間違いとか気の所為で済ませることはできない。

だったら、どういうことなのか。

ここへ来た日の夕方、藁舟は空だった。二日目の夜、藁の人形が一体だけ乗っていた。そして五日目を迎えた今、それが四体も乗っている。

もしかすると一晩に一体ずつ、これは増えているのだろうか。

このまま日が経ち続けると、八日目で七体になるのか。七艚小舟が完成するのか。

そうなったら一体、何が起こるというのか。

夜明けまで寝ずに過ごす。

執筆を続けたかったが、流石《さすが》に書き進めるのは無理だった。創作の刺激になる筈《はず》の藁舟が、全く反対の効果を齎《もたら》している。今や文机の側に落ちた藁舟が、どうにも気になって小説どころではない状態である。

本当に危ないかもしれない。

ここに住んで初めて、真の恐怖を味わった気がする。これまでに体験した奇怪な現象も、勿《もち》論《ろん》それなりに恐ろしかった。とはいえ理由づけができた。こちらの神経の所為だという解釈が、充分に下せた。

ところが、藁舟上で増える藁人形の「乗客」は違う。これには錯覚や幻聴は通用しない。事実ここに存在している。

待てよ。

〈黒い部屋〉の子供の悪戯《いたずら》とは考えられないか。母親が働きに行っている間、きっと暇《ひま》を持て余しているに違いない。こちらの留守《るす》を狙《ねら》って、ここに忍び込んでいるとしたら。そして藁舟に目を留めて弄《いじ》っているうちに、藁が妙な具合に飛び出し、まるで四体の人形の様な形になったのかもしれない。

　こう書きながらも説得力のなさが、自分でもよく分かった。寧《むし》ろ子供が一体の藁人形擬《もど》きを目にして、それと同じ三体を作ったと考える方が自然だろう。

　だが、藁舟に興味を持つのは良いとして、あんな小さな人形に関心を示し、それと同じものを三つも苦労して作るだろうか。一本の藁を元にする為、可成り手先が器用でないと難しい。あの幼い男の子に果たしてできるかどうか。


　またしても朝食を摂らずに、町へ出る。ただし持って行くのは、大学ノートと筆記用具だけである。別にあの「家」から逃げ出す心算《つもり》はない。

　喫茶店でモーニングセットを食べ、珈琲を飲みながらノートを書く。それが「仕事」だからだが、平常心を取り戻して、新たに考えを纏《まと》める為でもある。


　では、こうしよう。

　あの藁の人形が一晩に一体ずつ増えており、もしも七体が揃うと恐ろしい出来事が起きる惧《おそ》れがあるなら、七日目の夕方までに〈白い屋敷〉を出るのだ。

　その日が最初の報酬を貰える一週間目であり、かつ未だ人形は六体にしか増えていない筈《はず》である。予想できる危険を回避《かいひ》しつつ、一応「仕事」も成し遂げられるギリギリの線が、どうやらそこらしい。

勿論《もちろん》その間に、何が何でも「七艚小舟」を脱稿させる。一週間どころか一ヵ月も余裕《よゆう》で暮らせると思ったが、危ない橋は渡るべきではないだろう。そのうえで矢張り困れば、依頼主に会って頼み込み、烏合邸の「他の家」や「他の部屋」で生活するのも有りではないか。

方針が決まったところで、急いで戻る。

今日を含めて二日しかない。「七艚小舟」の進捗状況は、七割から八割の間くらいである。日中も夜も執筆に励《はげ》めば、どうにか間に合うかもしれない。

いいや、何としても脱稿させるのだ。それができなければ、この「家」で恐怖や苦痛や悔恨が混ざった様な情動を覚えさせられたことが、全くの無駄になる。一方的に精神的な葛藤《かっとう》を強いられただけになってしまう。しかし原稿さえ書き上げられれば、それも報われる。全ては創作の為の試練《しれん》だったと思える。

客間で文机に向かうと、一心に万年筆を動かす。今まで以上に集中する。どう足掻《あが》いても執筆が捗《はかど》らないときは、この大学ノートを開く。後追いで記録をつけている為、絶えず何かしら書く内容がある。それを忘れないうちに記しておく。すると不思議と原稿も進むことに気づいた。

空腹を覚えて時計を見ると、疾《と》っくに昼は過ぎており驚く。有り合わせの材料で昼食を作り、食後は少しだけ休憩して、再び執筆に戻る。

夕方、流石《さすが》に疲れて眠たくなる。

仮眠を取りたいが、そうすると白い人影が訪ねて来そうで、どうしても躊躇《ちゅうちょ》してしまう。

だが眠たさは強まるばかりである。そのうち筆はすっかり止まり、気がつくとこっくり、こっくりと舟を漕《こ》いでいる。

軈《やが》て抗《あらが》い難い睡魔に襲われ、文机に座ったまま後ろに倒れ、何時しか寝入っていた。


目覚めると、頭の中がぼんやりしている。

どうして起きたのか。

そう考えた途端《とたん》、囲炉裏の座敷に何かがいる気配を覚えた。

すた、すた、すたっ。

それが囲炉裏の周りを歩き回っているらしい。ただ、何故か足取りが妙に乱れている。円を描く感じではなく、ジグザグに進んでいるみたいなのだ。

一体あそこで何を……。

と怖くなったときである。急にその光景が脳裏に浮かんだ。

畳の上に横たわる黒い影の間を縫う様にして、あの白い影が囲炉裏の周囲をぐるぐると何度も回っている。

黒い影と白い影の関係も、それぞれの正体も全く分からない。しかし今、あの座敷で起きている現象は、ふっと脳裏に浮かんだ映像に、恐らく近いに違いない。

そんな確信を持っていると、ぱたっと気配が止んだ。
ぎゅぃ。
それから変な物音がした。何だろうと思っていると、
ぺた、ぺたっ。
それが廊下を歩き出した様な足音が聞こえてきた。しかも、その気配は客間へと向かってい
るらしい。
早く起きないと。
焦るのだが、どうにも頭が重い。目は半ば閉じられ、半ば開かれている。しかし耳だけはし
っかり聞こえる。だから物凄く怖い。
ぺた、ぺた、ぺたっ。
それが近づいて来るのが分かる。もう廊下を半分は過ぎただろうか。決して速くはない足取
りだが、着実に客間に迫っているのは間違いない。
起き上がれ。
今すぐ、起きろ。
必死に己を鼓舞《こぶ》するが、どうしても身体を起こせない。金縛りに遭った如く動かないのでは
なく、全身に力が入らない感じである。
どっと顔中に汗が噴き出す。ばくばくと煩《うるさ》いほど心臓が鳴っている。ただし手首と足首だけ
は死人の様に冷たい。生きながらにして死んでいる。そんな厭な気分である。
ぺた、ぺた、ぺた、ぺたっ。

そうこうしている間にも、それは廊下を進んで来る。こちらへ一直線に向かって来ている。その異様な気配が、どんどん強まっていく。

あれが客間に入って来たら……。

自分は一体どうなるのか、と想像しただけで頭が可怪しくなりそうで、思わず叫びたくなる。だが声は少しも出ない。

ぺた、ぺた、ぴたっ。

それが止まった。客間の開け放った障子の廊下側で、それが佇《たたず》んでいるのが分かる。禍々《まがまが》しい気を吐き出しながら、凝っと突っ立っているのが、諸《もろ》に肌で感じられた。

あっちへ行け。

ここに入って来るな。

それが行き成り襖の陰から、ぬうっと顔を出した途端《とたん》、無言の叫び声を上げながら飛び起きていた。

真っ白なのっぺら坊《ぼう》である。

「うわぁぁぁぁっ」

それから突然、声が出た。

はぁはぁと息を吐きながら、開いている襖を見たが、何もいない。

恐る恐る廊下を覗くも、何も見えない。

これまでの出来事をノートに記してから、少し手間が必要な夕食を作る。「仕事」である記録も時間が掛かる料理も、幸い心を鎮めてくれるのに役立った。

食後は気分転換に読書しようとしたが、殆《ほとん》ど集中できない。本を読む時間的な余裕はないと、矢張り分かっているからか。

文机の前に座り、原稿用紙に向かう。

藁舟の扱いには困った。目の前に置いておくのは、どう考えても厭である。かといって捨てる訳にもいかない。そんな勇気は毛頭ない。そこで仕方なく囲炉裏の座敷に戻すことにした。畳に直接ぽいと置くのは躊躇《ためら》われたので、囲炉裏の縁に沿わせる格好で本を何冊か重ねて、その上に安置する。まるで何かの供養碑か、小動物の生贄《いけにえ》でも捧げる祭壇《さいだん》の様に映るが、これで我慢するしかないだろう。


日付が変わった時点で、藁舟を見に行こうとした。

藁の人形が本当に増えているのか、その確認である。

しかし、当たり前だが気が重い。それに囲炉裏の座敷の、肝心の明かりを点すのを忘れていた為、煌々と電気がつく客間から見ると、もう真っ暗である。

もう少し原稿が進んでから。

そんな言い訳をしているうちに、どんどん夜が更けていった。すると余計に行きたくない気持ちが強くなる。最早こうなると悪循環である。

執筆の筆がやや鈍《にぶ》ったところで、意を決すると文机の前から立ち、愚図愚図《ぐずぐず》せずに客間から廊下へ出た。

闇だな。

すぐ目に入ったのは、圧倒的な暗闇である。座敷にも三和土にも土間にも廊下の向こうにも、黒々とした夜そのものが詰まっている。ここに入って行く為には、濃密な黒き夜を掻き分けるしかない。そんな感覚に囚われた。

客間に戻りたい気持ちをぐっと堪え、目が慣れるまで暫《しばら》く待つ。

囲炉裏の側の供養碑擬きが、漸《ようや》くぼうっと見え出したので、小走りで座敷に駆け込むと、すぐに電灯の紐を引っ張った。

ぱち、ぱち、ぱち、ぱちっと夜を迎える毎に点きの悪くなる明かりが点ると同時に、藁舟を見下ろす。それでは遠くて検められない為、仕方なくその場に蹲《しゃが》む。

一体、二体。

藁舟に触ることなく、藁の人形を数える。

三体、四体。

そして、五体目の人形が目に入る。

矢張り一体だけ増えている。藁舟の上に藁の人形が乗っている所為で、ちょっと見分けがつき難い。だから何度も数え直すが、どう見ても五体に映る。人の形をした藁が、五つ。間違いなく昨夜より一体だけ多い。

ぶるっと自然に背筋が震え、ぞわっとした寒気《さむけ》が足元から這い上がって来た。予測通りに事が運んだにも拘らず、実際に的中してしまうと、これほど気味が悪いものもない。

空が白み始めるまで、眠ることなく客間で起きていた。ノートの記録を書いたり、執筆を続けたりもしたが、どちらも余り捗《はかど》らない。ただ只管《ひたすら》うっすらと屋外が明るくなるのを、実は待っていただけだったからか。

それから漸く眠りに就いた。

起床は昼過ぎだった。

そのまま朝昼兼用《けんよう》の食事を摂ったうえで、すぐ執筆に取り掛かるべきだと分かっていたが、居ても立っても居られぬ感情に囚われ、思わず町へと出た。気分転換をせずに、また〈白い屋敷〉で夜を迎えることなど到底できない。そんな気分だった。

喫茶店でランチを摂り、珈琲をがぶ飲みしながら、大学ノートを綴《つづ》る。夜明け前よりも随分と筆が進む。この分だと帰宅してからの執筆も、恐らく調子が良いに違いない。

夕方、烏合邸の〈白い屋敷〉に戻り、「七艚小舟」の続きを書く。完成予定枚数の百枚のうち、既に八割は超えている。早ければ今夜中に、遅くとも明日の夕方には、最後まで書き上げられるに違いない。

無論それで完成ではなく、推敲をする必要がある。だが、取り敢えずそこまで出来上がっていれば、ひと安心だろう。応募を考えている小説誌の新人賞の締め切りにも、まだ余裕があった。推敲の時間は充分に取れるうえ、それを行うのはビジネスホテルの一室でも一向に構わなかった。寧《むし》ろ相応しいかもしれない。

こんな指摘をするのは今更だが、この「家」での執筆は良くも悪くも、拙作《せっさく》に何らかの影響を与えている気がする。決して好ましい作用だけでなく、その逆の反応も引き起こしているのではないか。つまり負の面も含めて「七艚小舟」の完成に、大いに寄与している様に思われてならなかった。

よって執筆は、ここで行う必要がある。この場の歪な気配に囚われながら、異様な空気を吸い込みつつ、一心に筆を走らせなければならないのだ。

しかし推敲は、もっと落ち着いた環境で為すべきだろう。この「家」の干渉《かんしょう》が届かない場所で、冷静に原稿を読み直すのである。

ただ注意しなければならないのは、作品を客観的に見ようとする余り、折角ここで受けた影響を、むざむざ削《そ》ぎ落とすことだろう。そんな愚を犯すくらいなら、構成や文章に多少の傷があっても、そのまま活かすべきなのだ。この尋常《じんじょう》ではない「家」の効力を、決して無駄にしてはいけない。

恐らく思うに、殆《ほとん》ど手直しは必要ないのではないか。別に自惚《うぬぼ》れではない。それほど確かな手応えを、「七艚小舟」の執筆中に覚えるからだ。

夕食のあとも、執筆は滞ることなく進んだ。

その為つい気が緩んだのか、小休止のつもりで寝転んだのに、そのまま寝入ってしまう。はっと目覚めたときには、もう日付が変わっていた。

自覚はないものの、矢張り心身共に疲れているのだろう。貴重《きちょう》な時間を無駄にしたと少し悔やんだが、原稿の進捗状況は良かったので、そんなに落ち込みはしない。

ただし藁の人形の検めは別である。可成り気が重い。今から遣る行為を考えると、どうしても暗い気持ちになってしまう。

緊張の所為か、急に尿意《にょうい》を覚える。

客間から出ると、廊下の明かりを点す。座敷の電灯に比《くら》べるとワット数の違いか、妙に薄暗く感じる。磨《みが》き込まれて年季《ねんき》の入った板張りが、鈍く光って延びている。厠があるのは、その突き当たりになる。

走りたいのを我慢して、でも可能な限りの速足で、とはいえ足音を立てない様に廊下を進む。何故かは分からない。

気づかれるから。

ふっと脳裏に、そんな考えが浮かぶ。

けれど何に。

ぎぃ、みしっと廊下が鳴る度《たび》に、ぎくっとする。囲炉裏の座敷や土間に目を遣りたくなるが、必死に我慢して厠を目指す。兎に角あそこへ逃げ込みたいと、そればかり念ずる。

漸《ようや》く廊下を渡り切る。左手を見上げると、二階へと続く階段がある。その半ばまでは廊下の薄明かりにより、ぼんやりと浮かび上がっているが、上半分は暗がりで見えない。今にも黒々とした闇の中から、にょきっと真っ白な素足が下りて来そうで、慌てて厠に入る。手前に小便用の朝顔が、奥の個室には金隠しのついた便器がある。

朝顔に向かって放尿し始めたが、ぴたっと急に止まる。

物音がしなかったか。

凝っと耳を澄ます。しかし何も聞こえない。気の所為かと思っていると、物凄く妙な気配を感じた。でも、それが何か分からない。

これは……。

身動《みじろ》ぎもせずに全神経を耳に集中させる。そう遣って暫《しばら》く聞き耳を立てたところ、あっと声が出そうになった。

何かが家の中を動き回っている。

それも足音を忍ばせ、ここの「住人」に気づかれない様に、そっと動いている気配が伝わって来た。

その途端《とたん》、再び勢いよく小便が迸《ほとばし》った。ただし、がくがくと両脚《りょうあし》が震える所為で、朝顔の周囲に飛び散っている。何とか抑え様とするのだが、一向に震えは治まらない。しかも小便は何時までも出続ける始末である。

屋内を静かに動き回っていた気配が、どうやら廊下に入ったらしい。微《かす》かに板張りの軋る音がした。それが厠に近づいて来るのが分かる。もう物音はしないのに、こちらへ向かっているのが確実に感じられる。

した、した、したっ。

敢えて文字で表すと、こうなるだろうか。忍び足なのに、妙に重たい足音。そんな忌まわしい気配が、どんどん迫って来る。それに呼応する様に、厠の中が息苦しくなる。

顔面から汗が噴き出す。たらたらと流れて顎《あご》を伝い、それが床の上に滴《したた》る。忽《たちま》ち小さな水溜まりができる。

奥の個室に逃げ込みたいが、小便が止まらない。まるでコメディだ。だが笑えない。この音で気づかれるのではないかと、全く生きた心地がしない。

ひたっ。

厠の前で、それが止まった。殆《ほとん》ど同時に、小便も出なくなる。必死に息を殺す。

ぎぃぃ。

小さな物音がした。今にも厠の板戸が開きそうで、思わず小便を漏《も》らし掛ける。

みしっ。

次に響いた物音で、それが階段を上り出したのだと察することができた。

ふううっと大きく息を吐く。

暫くすると二階の廊下と二つの座敷で、それが動き回っているのが伝わってくる。そして今度は階段を下りて来る気配があって、またしても厠の前で、それが止まった。

どうして。

頭に浮かんだ疑問に、忽ち答えが出る。

この建物の一階も二階も、それは全て見て回ったのではないか。あと覗いていないのは、この厠だけだったとしたら。

ほと。

ノックの様な物音が板戸越しに聞こえ、心臓が口から飛び出るほど怯える。吐きそうなほど気分が悪い。何より怖い。

厠の薄い板戸を隔てただけのところに、それがいる。全く得体《えたい》の知れぬ存在が、ぬぼうっと佇《たたず》んでいるのだ。

あの白い人影か。

一時はそう思っていたが、どうも違う様な気がする。

恐らく別の何か。

無論そんな風に考える根拠は何一つない。敢えて言えば、それの発する気配の差だろうか。いずれも忌まわしい存在だが、根本の部分で異なっている気がした。

尤《もっと》もこの「事実」は何の慰《なぐさ》めにもならない。どちらも災いしか齎《もたら》さないと、本能的に悟っているからだろう。

した、したっ。

突然それが動き出した。しかも厠から遠ざかっている。少しの間、屋内を彷徨《うろつ》く様子を見せてから、不意に気配が消えた。玄関から出て行ったというより、恰《あたか》も土間の西側の壁に吸い込まれて消えた様に感じられた。

それでも暫く待ってから、充分に耳を欹《そばだ》てて、そっと板戸を開く。頭だけ廊下に突き出して、屋内の様子を探る。何の気配もないと確信できたところで、漸《ようや》く物音を立てない様に厠から出る。

屋敷内は静まり返っていた。「今夜の怪異」は、今の現象で終わりだろうか。

全身に物凄い量の汗を搔いていて気持ちが悪い。シャワーを浴びたいが、裸《はだか》になるのが躊躇《ためら》われる。余りにも無防備に思えるからか。

そのまま客間へ戻り掛けて、まだ藁舟の検めをしていないことに気づき、廊下の途中で立ち止まる。

どうせ五体が六体に増えているのだ。

だったら確認する必要などないのではないか。

そう強く思ったものの、実際は怖いから言い訳しているに過ぎないと、自分でも分かる。また一体だけ増えているのを目にしたくないのだ。あの気色の悪い感覚を今から覚えるのかと想像すると、本当に絶望的な気分になる。

とはいえ確かめないと。

前に少しも進めない気がする。藁の人形の検めが、「七艚小舟」の脱稿と密接に結び付いている様に思えるからかもしれない。

囲炉裏の座敷に入り、本の祭壇の前に蹲《しゃが》む。

一体、二体、三体。

藁舟に全く触ることなく、藁の人形を数える。

四体、五体。

矢張り六体目の人形が乗っている。

これで猶予《ゆうよ》は、あと一日となった。明日の、いや今日の、午前零時《れいじ》までに原稿を仕上げて、ここから逃げ出さなければならない。

だが、恐らく間に合うだろう。上手くいけば正午ごろに、遅くとも夕方までには、「七艚小舟」を脱稿できるに違いない。

ここで漸《ようや》く緊張が少し解けて、ほっとできた。そのときである。

ぐ、ぐ、ぐ、ぐうっと行き成り、藁舟に引き寄せられそうになった。咄嗟《とっさ》に両脚を踏ん張って堪《こら》える。何が起きたのか見当もつかないが、この異様な力に逆らうべきだと本能が告げていた。決してそちらへ行ってはならぬと教えていた。

仰向《あおむ》けに転がりながらも、両腕と両脚で畳の上を漕ぐ様にして、必死に後退《あとずさ》る。藁舟から離れた途端《とたん》、謎の力が弱まったので、そのまま玄関の式台まで逃げる。

座敷を振り返ると、囲炉裏の周囲の畳の中から、ぼわっと黒い影が出て来るところだった。

それは囲炉裏の奥と手前と右手に一体ずつ、左手に二体あった。横たわった人影の様に見える。

その五体が一斉《いっせい》に、ざわざわっと蠢き出した。

すると二階からも、同じ様な物音が聞こえてきた。これらと同じ影が、上階にも現れているということか。

ざぁぁぁっ、ずうぅぅぅっ。

五体の黒い影が畳を擦る音が、何とも無気味に響き出した。

藁の人形が六体。

黒い人影が五体。

全く数が合っていない。しかも、こういう怪異が起こるのは、藁舟に七体の人形が揃ってからではないのか。

どた、ばたっ。

そのとき突然、二階の階段から大きな物音が響いた。

どた、どた、どたっ。

まるで人間が階段を一段ずつ、恰《あたか》も転がり落ちているかの様な音である。それも大人ではなく子供が。

六体目の黒い人影か。

もしそうだとしたら、これで藁の人形の数とは合う。しかし七体が揃った訳ではない。ならば一体どうして……。

そう疑問を覚えた刹那《せつな》、とんでもない考えが浮かんだ。

七体目の人形。

七体のうち一体は、船頭の人形である。

その船頭人形の役目を、自分が負わされているとしたら。

藁舟に六体目の人形が現れた時点で、全て揃ったことになるとしたら。

ざっ、ざっ、ざぁっ。

階段の怪音に刺激されたのか、座敷の影が一斉に這い出した。こちらへ向かって素早く蠕動し始めた。

すぐに回れ右をして逃げようとして、三和土にいる白い影に気づいた。何時からそこに立っていたのか、こちらを凝っと見上げている。

玄関から外へ出ることはできない。座敷にも戻れない。客間に逃げ込んだら袋の鼠になってしまう。残るのは。

廊下に引き返すと硝子戸を開けて、裸足《はだし》のまま外へ飛び出す。

それから夜明けまで、烏合邸に通じる坂道の途中で、ただ座り込んでいた。町まで行こうにも靴《くつ》は履《は》いておらず、財布も持っていない。

大切な原稿と大学ノートも置いて来てしまった。他のものは兎に角、あの二つだけは絶対に諦められない。とはいえ日が昇るまで、あの「家」に戻る心算《つもり》は毛頭なかった。

そのうち空が薄明るくなり始め、夜が明けた。

とはいえ暫《しばら》くその場を動けなかった。腰が抜けた様に、ただ座っていた。

軈《やが》てバイクのエンジン音が聞こえてきたので、慌てて横の雑木林に隠れる。すると少ししてから、〈黒い部屋〉の母親がバイクに乗って通り過ぎた。今から出勤らしい。

彼女の姿を目にして、漸《ようや》く戻る決心がつく。

ところが、〈白い屋敷〉の玄関までは行けたのに、どうしても戸を開けられない。片手を伸ばすのだが、戸に届く前に止まってしまう。

仕方なく家屋の右手に回ると、硝子戸越しに屋内を覗く。

誰もおらず、何も見えない。

充分に確認してから、開けっ放しの硝子戸から廊下に上がり、すぐ客間に入る。先ず原稿用紙を揃え、それから大学ノートを取ろうとして、我が目を疑う。

慌てて原稿用紙を見る。

何なのだ、一体これは……。

ゲシュタルト崩壊《ほうかい》を体験しているのか。いいや、これは意味が全く違う。では何なのか。あれほど脳髄《のうずい》を酷使《こくし》して執筆に励んだというのに。こんな馬鹿なことがあるのか。いや、ある訳がない。だったら、どういうことなのか。

呆然とした状態のまま、恐らく徒《いたずら》に時だけが過ぎていったのだろう。物凄く長い時間、原稿用紙に目を落としながら、文机の前に座っていた気がする。

はっと我に返ると、このノートの記録を続けていた。

今やこれしか、もう自分には残されていない。

誰かが訪ねて来た様だ。

矢張り逃げることはできなかったらしい。

幕間（一）

次に三間坂秋蔵《みまさかしゅうぞう》と会ったのは、急に冷え込み出した十二月の中旬だった。その間に実家の母親が死去して、この月は四十九日もあったため、三間坂は「年明けにしませんか」と気遣ってくれたのだが、むしろ僕が彼に会いたかった。

場所は拙宅から地下鉄で二駅ほど離れた商業施設の中のダイニングバーである。先の店と共通するのは、世界中のビールが飲めること。今度はこちらが都内に出向くと言ったのだが、わざわざ近くまで来てくれた。当方の仕事に差し支えがないようにという彼の配慮だが、そこに母の件も含まれていたことは間違いない。

悔《く》やみの挨拶《あいさつ》をする三間坂に礼を述べつつ、病床の母親を見舞うため頻繁《ひんぱん》に奈良《なら》へ帰省しながら構想したのが、「小説すばる」二〇一五年一月号（二〇一四年十二月半ばの発売）に発表した「屍《しかばね》と寝るな」だと言うと、かなり驚いた様子だった。

「雑誌が出てすぐに、御作は読ませていただきましたが……。あの作品の内容を考えると、何と申して良いか……」

「自分でも、作家の業《ごう》のようなものを感じたな」

「あの作品に登場するKさんは？」

「もちろん実在するし、あれに近い話を聞いたのも事実だから、別に思い悩む必要はないんだけど……。そのあとで母親が亡くなったので、ちょっと複雑な心境になったかな」

母親に献杯《けんぱい》したあと、頼んだ料理が運ばれてくるのを待って、三間坂が非常に遠慮がちに切り出した。

「いかがでしたか」

この日の頭三会《とうさんかい》は、彼から預かった日記帳と大学ノートについて、二人で考察することが目的だった。とはいえ母親の件があったので、かなり気遣っているらしい。

「せっかく会合を開いたのだから、たった今から頭三会に集中しよう」

そこで僕は、そう提案した。母親のことは、もう気にしなくて良いと伝えたかった。それでも三間坂が気兼《きが》ねしているように見えたので、そうして欲しいと頼んだ。

「二つの記録とも、非常に面白かった。それも色々な意味で」

そのうえで僕が思わせ振りに答えると、ようやく彼もそれらしい反応を示した。

「普通の、という表現は変ですが、単なる幽霊屋敷探訪記ではない、極めて異様な記録だと、私も強く感じました」

「そもそも探訪じゃなくて、そこに住んだ日録なんだから凄い」

「一つ目の『黒い部屋』の記録ですが、サブタイトルをつけるとしたら、『ある母と子の日記』でしょうか」

「いいね。『白い屋敷』のほうは、差し詰め『作家志望者の手記』ってとこか」

「それでいきましょう」

「親子の日記は、まず二人の耐性《たいせい》に驚いた」

「烏合邸《うごうてい》に対する?」

「そこも含めて、黒い部屋で体験する現象すべての、だな」

「普通の親子なら、もっと怖がって騒ぐのが当然ではないか、ということですね」

「母親の事情は、何となく分かる気もする。父親に対する言及《げんきゅう》が一切ない事実から、男親には完全に頼れない訳があるんだろう。彼女の両親も同様らしい。とはいえ母親の稼《かせ》ぎだけでは、なかなか生活が苦しい。幼い息子を独りにしておく心配もある。そんなとき烏合邸の住人の募集を何かで知った。説明を聞くと、どうやら幽霊屋敷のようである。実際はもっととんでもない代物《しろもの》だったんだけど、そこに住んで記録をつけるだけで報酬《ほうしゅう》がもらえる。しかも一週間、次いで一ヵ月と、そこでの生活期間が延びるたびに、高額の報酬がプラスされる」

「おまけに準備金から、食料品の配達までありますし」

「母親の場合は、アルバイトらしい仕事まで紹介《しょうかい》してもらっている。このあたりの待遇の差が、母親と幡杜明楽《はたもりあきら》ではあったようにも見受けられないか」

「なぜでしょう?」

「八真嶺《やまみね》にしてみれば、とにかく誰かに住まわせたい。とはいえ、どんな人物でも良いわけではない。幡杜が推察したように、まったくの合理主義者では困る。かといって筋金入りの心霊主義者もお呼びでない。普段は幽霊の存在など信じていないが、そういう場に我が身を置く機会があって、そこで何か不可思議な目に遭《あ》ったときに、もしかすると……と怯《おび》えるくらいの感性の持ち主を、八真嶺は求めていた」

「それに加えて、少しは筆の立つ人でしょうか」

「うん、言えてる。どれほど凄い体験をしても、ある程度それを客観的に記せる能力が、烏合邸の住人には必要になるからな」

「作家志望者の幡杜は、まぁ良いとして――実際はまったく逆の場合も多いですけど」

三間坂が言いたかったのは、「作家になりたい」または「作家になるつもりだ」と口にしながらも、小説を書き上げる肝心の努力を一切しない者たちのことだろう。そういう人種は所謂《いわゆる》「作家志望者」に、実に驚くほど多い。

「――母親の場合は、どう判断したんでしょうか」

「いやいや、その条件よりも――」

僕が口にする前に、はっと彼は悟った様子で、

「そうでした。あの黒い部屋に、何の疑問も抱かずに住める人という物凄く大きな問題が、何よりも最初にあったんですよね」

三間坂は非常に感心した口調で続けた。

「それにしても、よく見つかりましたね」

「数を撃《う》てば当たるの要領で探したか、その手の世界に通じている人物に協力を求めたか、いずれにしろ何か策はあったんだろう」

「霊能者の類《たぐい》かもって疑った、あの嬬花《じゅか》という女性でしょうか」

「その可能性もあるな」

「でも、かなり特殊な能力の持ち主、と言っても良いですよね」

「単に霊感があるとか、幽霊が見えるとか、そんなレベルじゃない。ただ興味深いのは、にも拘《かか》らず母親にも子供にも、どうやら霊的な存在は、あまり見えないんじゃないかと思える点だ」

「それらしい記述はありますが、はっきりと幽霊を見たとは、確かにどこにも書かれていませんでした」

「なかなかいない人材だと思う」

僕がそう言うと、三間坂は急に悪戯《いたずら》っ子のような表情になって、

「ところで先生は、黒い部屋の正体が分かりましたか」

「いや、残念ながら」

ちょっと悔《くや》しかったが、ここは正直に答えた。

「私も同じです。それでも先生なら、母親の日記に違和感を覚えられたのでは？」

「フォローには感謝するけど、今となっては確かな記憶がなくて……」

「どういう意味ですか」

「例えばミステリを読んで、その真相を見抜いたことを確実に証明するためには、解決編に入る前にいったん本を閉じて、紙にでも自分の推理を余さずに書いておくべきだと思う。そのうえで真相と比べて、どこまで肉薄できていたのか、その判断を客観的に下すわけだ」

「作者に対してフェアってことですか」

「なぜそこまでするかというと、人間の記憶なんて当てにならないからだよ。ほとんどの場合、自分の都合の良いほうに捻《ね》じ曲げる。子供のころの自分の思い出と、両親や他の人が持つ記憶とが嚙《か》み合わないことがあるけど、その原因の多くはここにある。それほど昔に遡《さかのぼ》らなくても、似たような記憶の改竄《かいざん》は、普通に行なわれているからな」

「つまりミステリの真相を知った瞬間、『ああ、やっぱり。そうじゃないかと思ってた』と負け惜《お》しみを言う読者の存在ですね」

「もちろん多くの読者は、楽しみのためにミステリを読む。どちらかと言えば『騙《だま》されたい』と願っている。僕もそうだ。けれど人間である以上、君がいみじくも表現した『負け惜しみ』が出てしまうこともある。今の僕には、その危険があるってわけだ」

「仰《おっしゃ》ることは分かりますが、母親の日記はミステリというよりホラーです。そもそも創作でもありませんし……」

困り顔の三間坂を目にして、僕は素直に応えることにした。

「母親の日記を読んでいる間、微かな違和感は、確かに覚えていた気がする。ただ、通常の暮らしでは有り得ない異様な現象のせいだと、自分を納得させていたと思う」

「そういった怪現象の原因は、烏合邸と黒い部屋で起こるに違いない怪異にある。そう考えられたわけですね」

「室内にいるのに大量の蚊《か》や虫に悩まされる。玄関の扉の鍵に不具合がある。日中は室内でも非常に暑い。部屋のあちこちで雨漏《あまも》りが起こる。顔と手足が黒く汚れてしまう。雨が激しく降ると窓を閉めているのに部屋の中が水浸しになる。そういった現象も、怪異の一部だと捉《とら》えてしまっていたわけだ」

「無理もありません。私も幡杜の手記を読んではじめて、黒い部屋の正体が分かり、親子の奇妙な体験の真の意味が、ようやく納得できたんですから」

彼はいったん肯定してから、

「その一方で、明らかに怪異だろうと思われる現象もありました」

「そっちのほうが多いだろうな」

僕は鞄から日記帳を取り出した。

「まず黒い部屋に関するものだけを、ちょっと挙《あ》げてみるか」

「お願いします」

日記帳の最初の頁を開け、見落としがないように目で追っていく。

「室内に漂う変な臭《にお》い、引っ張られる息子の髪の毛、響く妙な物音、何かがいる気配、聞こえる泣き声、電気が消えているのに明るい部屋、夢に見る見知らぬ娘の存在、急に枯《か》れる花、夢で木乃伊《ミイラ》のようになる息子、寝ている親子を見つめるもの、遊びにきたタダシ君の反応、窓から覗いた真っ黒な顔、いないはずの娘が手に負えない、息子の髪の毛が少なくなる――といったところか」

「部屋の外に目を向けると、烏合邸を一周する謎の足跡《あしあと》、すぐ側の無気味な森の存在、その森へ行く息子に跟《つ》いてくる何か、近くのプチプチ野原の怪異などがあり、ついには烏合邸が住人で埋まり、謎の地震まで発生しています」

「森と野原と地震については、町の公園で知り合った男の子の母親の指摘が、すべてを物語っているのかもしれない」

「あの辺りは昔から悪い土地なので、地元民なら絶対に家なんか建てない……とかいう台詞《せりふ》でしたね」

「もちろん八真嶺は、その事実を知ったうえで、わざわざ烏合邸を建てたんだろう」

「親子が体験した怪異は、問題の烏合邸が、黒い部屋が、二人に齎《もたら》したものだった。そういう解釈になりますか」

「謎の足跡の件《くだり》を読んだとき、ふと結界ではないかと疑った」

「先生に日記帳と大学ノートのオリジナルをお送りしたあと、そのコピーに何度も目を通したせいでしょうか、それが作家志望者の青年の足跡ではないかと、私は一時だけですが錯覚《さっかく》してしまいました」

「あっ、なるほど」

「でも、日記の足跡の記述は七月八日で、青年が引っ越してきたのは二十一日です」

「それに青年の足跡だったら、完全に閉じた円になるわけがない」

「私の勘違《かんちが》いでした。で、結界だと感じられたのは、なぜです？」

三間坂は興味津々《しんしん》である。

「その前々日と前日の記述で、母親が弱音を吐《は》いているからだよ」

僕は日記の該当《がいとう》箇所を捜すと、

「七月六日に、どうしても臭いと物音が気になると書いている。また『正直かなり怖いです』とも。七月七日には、『決して弱音は吐かないつもりでしたが、少し迷《まよ》いが生じているでしょうか』とある。最後は『なんとか頑張《がんば》ります』と記してるけど、この二日の間で母親の決心がぐらついたのは間違いないだろう」

「だから逃がさないように、結界を張った……。八真嶺じゃありませんよね」

「烏合邸を一周している足跡が、円の内にも外にも一歩も踏み出していない状況を考えると、とても人間の仕業《しわざ》には思えないわけだけど……」

「何か含みがあるように聞こえますが」

「George Bagby という作家が、『Ring around a murder』なるミステリを書いている。本作で描かれた不可能犯罪が、烏合邸の足跡とよく似てるんだ」

「犯罪現場である建物の周囲を、謎の足跡が一周してるんですか」

「足跡は完全に円を描いており、その内外には一歩も踏み出していない」

「そっくりじゃないですか。ミステリである以上、何かトリックがあるんでしょ。それを使ったとしたら――」

力なく僕が首を振るのを見て、三間坂は黙《だま》った。

「翻訳《ほんやく》されていない、かなりマイナーな小説なので、海外ミステリファンでもなさそうな八真嶺が、とても読んでいるとは思えない」

「……そうですか。でも何かの機会に、そのトリックだけを知ったのかもしれませんよ。母親の体験にも流用できるのか、検討だけでもしてみてはどうでしょう？」

「申し訳ないけど、それは無理だ」

「なぜです？」

「実は僕も読んでいない。そもそも本書の存在を知ったのは、鮎川哲也《あゆかわてつや》が何かで紹介していたからなんだ。それを今、ふっと思い出しただけなんだよ」

彼は落胆《らくたん》したように見えたが、すぐに気を取り直した口調で、

「母親の日記に記録された現象の中で、謎の足跡にだけトリックを使ったと見るのは、よく考えると変ですよね」

「ならば他の現象も、同じように疑うべきだろうな。でも我々は別にそういうスタンスで、この二つの記録に取り組むつもりはない。だろ？」

「はい」

きっぱりとした三間坂の返事が、場違いにも気持ち良く感じられる。

「とはいえ誰が謎の足跡をつけたのか、という問題まで放棄《ほうき》する必要はないと思う」

「えっ、先生には何か解釈がおありなんですか」

「素直に考えただけだけど」

期待する彼には悪かったが、僕の頭にあったのは特別な意見ではなかった。

「では、いったい誰が？」

「もちろん、家が」

「やっぱり、そうなりますか」

完全には納得できないながらも、受け入れざるを得ないといった三間坂の様子である。しかし彼は、問題はここからだと言わんばかりに、

「そこで大きく引っかかるのが、烏合邸の仕業と考えるだけでは、ちょっと説明のつかない出

来事が、親子の周囲で起きていることです」

「息子が知り合った三枝木《さえき》家のお婆《ばあ》さんの死、母親の職場の先輩《せんぱい》らしい武島《たけしま》さんの失踪《しっそう》、少し離れた町内で起きた火事も、そこには含まれるかな」

「その火事ですが……」

「日記には何の記述もないけど、タダシ君の家と考えるのが、この場合は妥当《だとう》かもしれない」

「……やっぱり」

「三枝木家のお婆さんの死は、偶然と言えないこともない。ただ、失踪した武島さんの件と併《あわ》せると、とたんに薄気味悪さが出てくる」

「二人とも母親に、何やら忠告したがっている素振りがあったからですね」

「お婆さんは手紙を残しており、武島さんには富丘《とみおか》さんという証人がいた。二人とも烏合邸に関する話を、母親にするつもりだった。それは想像に難くないだろう」

「そのお婆さんに会ったと、母親は日記に書いていますが……」

「お盆にだろ。あれは現実ではないと思う」

「……ですよね。武島さんの失踪については、別の意味で恐ろしい解釈ができませんか」

「母親が始末した……」

「そう受け取られても仕方のない、そんな記述がありました」

僕は日記の頁を捲《めく》りながら、

「ここだ。七月二十八日に、『でも、武島さんに続いて富丘さんまでいなくなったら、やっぱり不自然ですよね』とある」

「むちゃくちゃ意味深長《しんちょう》です」

「とはいえ母親が独りで、武島さんを拐《かどわ》かすことができたかというと、かなり難しい。息子の手を借りたとは思えないし、仮に頼っても戦力にはならなかったはずだ。車でもあれば別だが、彼女にはバイクしかない」

「すると、やっぱり家が……」

「そう考えるのが、変な表現だが、最も自然かもしれない。それに気になる記述もあった」

「どこでしょう？」

　僕は日記に目を落としつつ、

「八月五日に、『左隣の家の窓から、おばさんが自分を見ていたと、息子が言っております』とある。その女性の顔と服装が、『いなくなった職場の武島さんに、気味悪いほどそっくりだった』と書いている」

「母親が武島さんを攫《さら》って、実は烏合邸の一軒に監禁《かんきん》していた――ってわけじゃ当然ありませんよね」

「彼女自身が、この息子の証言に驚いているからな。同じ日の最後に、『けど、そんなことあるわけがない』と記していることからも、それが分かる。もっとも――」

　意味ありげに言葉を切ると、三間坂が食いついてきた。

「何です？」

「烏合邸まで武島さんを連れてきて、そこで母親が殺害し、その遺体《いたい》を周囲の森にでも埋めたのだとしたら、息子の証言に驚くのも当たり前になる」

「そ、その可能性は……」

「零じゃないまでも、ほとんど有り得ないだろう。母親が帰宅する時間には、ほぼ間違いなく息子は部屋で待っていたはずだ。そんな状態で殺人を行ない、遺体を処理することなど、まず無理じゃないか」

「武島さんの失踪が家の仕業なら、三枝木家のお婆さんの死も、焼けたのがタダシ君の家ではないかと思われる火事も、同じってことですか」

「そうなるな。ただ一抹の薄気味悪さが残るのは、放火なら母親にも可能だった点だ」

「確かに」

「だけど火事だけを母親のせいにするのも、変というか……」

「あまり意味がありませんね」

「強いて言えば、どれも家と母親の共同謀議《ぼうぎ》だったとも見做せることか」

「どういう意味ですか」

「一ヵ月を過ぎたころから、母親の記述の異様さが目立ちはじめているだろ。そういう箇所を読むと、まるで彼女が家に取り込まれてしまったようで、どうにも僕は落ち着かない気持ちになったよ」

「その感覚、よく分かります。私もいっしょでした。毎日つけていた日記が、まず飛び飛びになります。日付も『八月』とは書くのに、『何日』の部分が空欄《くうらん》になって、そのうち両方とも記さなくなる。こういった乱れと合わせるように、内容の異様さが目立っていきます」

「彼女が家と同化している。そんな気がして仕方なかった」

「烏合邸が住人で満杯になったというのは、もちろん事実じゃないでしょうね」

「恐らく違うだろう」

「息子がいなくなったのは？」

「その箇所の記述は、『誰かが来ました。お役人のようですが、何の用か分かりません。なぜ息子を？』とある。役人というのは、児童相談所のような機関の職員じゃないかな」

「育児放棄や虐待を疑われたってことですか」

「この日記だけでは、さすがに分からないけど、それに近い通報があったのかもしれない。母親は町へ働きに出ていた。烏合邸の黒い部屋に、息子と閉じ籠っていたわけではない。ちゃんと世間との交渉《こうしょう》があった。そのうち誰かが、この親子の異様な暮らし振りに気づき、然るべき機関に知らせたとしても、別に不思議じゃないだろう」

「三枝木家のお婆さん、職場の武島さんと富丘さん、町の公園で出会った母親たちなど、日記に出てくるだけでも、これだけの人がいますからね」

「もし児童相談所の職員が、黒い部屋で生活する親子を見たら、どうだろうか」

「色々と手続きはあるでしょうが、何としても子供だけは保護しますね」

　そう言いながらも三間坂は、腑《ふ》に落ちない表情で、

「でも日記の最後のほうに、息子が戻ってきたような記述がありました」

「ここだ。『なんだ、いるんじゃない』と書いている。けど、これが息子とは限らない」

「そうでした」

「しかも最後に、『やっぱり違います。あれは、』とある」

「このあと母親は、どうなったんでしょう？」

「それはこっちが訊きたいんだけど」

僕の返しに、彼は申し訳なさそうに首を振ると、

「引き続き蔵の中を探していますが、まだ何も見つかっていません。ネットで調べようにも、手掛かりがなさ過ぎます」

「少しでも特徴《とくちょう》的な事件なら必ずニュースになって、絶対ネットに載っているはずだ――という妄信《もうしん》を持つ人が多いけど、そんなことはないからな」

「特に今回の件は、かなり昔の可能性が高いので余計です」

と説明しながらも彼は、やや怪訝《けげん》な顔で尋ねてきた。

「先生も調べられたんですか」

「いや、そうじゃないんだ。拙作で取り扱った事件が、ネットで検索してもヒットしないので、すべて創作だと決めつける読者がたまにいるらしいと、前に編集者から聞いたことを、ふと思い出したものだから」

「あっ、そういうことですか」

「しかも、その逆もあるというから面白い」

「どういうことです？」

「拙作で扱った題材と、よく似た怪談がネット上にあるので、作者はそれに影響を受けたに違いない、という指摘らしい。でも僕は、その手のネット上の話をほとんど読まないから、肝心の怪談もまったく知らない。それに、もし目を通して興味深いと感じても、まず参考にはしな

い。プロの作家なら当たり前だと思う」

「確かに失礼な決めつけですね。偶然に似ることもあるでしょうに」

「その場合、考えられる真相は三つだと思う」

「一つ目は？」

「ネット上の指摘のように、先行するお話の真似《まね》をした場合だな。そのお話に独創性《どくそうせい》があればあるほど、これは単に『真似をしました』では済まされない問題になる。はっきりと『盗用《とうよう》』だと言えるプロ作家の例も、確かに過去にはあった。ただし、そこまで断言するためには、ちゃんとした検証がなされなければならない」

「二つ目は何です？」

「次は君が言ったように、単なる偶然の場合。しかし、これには二つの真相が考えられる。一つは本当の偶然で、たまたま似てしまったというやつ。もう一つは偶然だけど、似たのは必然だという例だな」

「どういうことですか」

「そうだなぁ。例えばまったく面識のない二人が、幽霊屋敷物を前後して書いていて、そこで起こる怪現象の原因を、どちらも家屋の大黒柱に求めたとする。これくらいの偶然の一致は、別にあっても可怪《おか》しくない」

「どちらの家も和風建築だった場合、それほど変ではないかもしれません」

「ところが、怪異を解明する段階で、実は大黒柱の内部に空洞《くうどう》があって、そこに人間の髪の毛や爪が埋め込まれていた、という真相まで同じだったらどうだろう」

「あとから書いたほうが、先の作品の真似をした、と見做されるでしょうね。もちろん両作の刊行月や脱稿の状況から、それが不可能だったと判断できれば別です。ただ一般の読者は、そこまで確認しないし、できないでしょう。すると『盗作だ』と騒がれる羽目になると思います」

「そうだな。でもこの二人に、たまたま船霊様《ふなだま》の知識があった場合は、別に不思議でも何でもないことになる」

「船霊様って何です？」

「漁船などの和船の筒柱の一部を刳《く》り貫き、そこに男女一対の人形や髪の毛や五穀米《ごこくまい》などを、御神体《ごしんたい》として埋め込んで祀《まつ》るのが、船霊様だ」

「そういう知識があると、確かにアレンジして使おうとするでしょうね」

「そのため、たまたま似てしまう。今の例は、実在する船霊信仰《しんこう》という民俗学の儀礼のため、仮に似ていても問題はない。ただし、影響を受けた元の話に独創性があればあるほど、それを己の創作に活かす場合は、その原型が分からないくらい徹底的に改変する必要がある。対象が小説や映画でも同じだよ」

「前にお話しされた『丘の屋敷』の使用人の台詞の例が、まさにそうでしょうか」

「あれほど素晴らしく効果的な台詞だからこそ、似た言い回しでは絶対に使わない。同じ雰囲気を出せる別の台詞を、必ず一から考える。それが元の作者に対する礼儀でもある」

「では逆に先生が、最も参考にされるのは何でしょう？」

「ネットができる遥《はる》か以前に、当時の好事家《こうずか》たちが蒐集して纏《まと》めた膨大《ぼうだい》な文献《ぶんけん》だよ。もちろん日本だけに限らない」

「文字通りの参考文献ですね」

「三つ目の真相はそれになる。もしもネット上に、拙作の題材とよく似た話があるのなら、それを書いた人物も、僕と同じ文献の影響を受けたのかもしれない。そういう可能性も大いにあるってことだ」

「普通はそう考えませんか」

「そんな発想が生まれないのは、ネットがすべてだと妄信しているから、誰もがネットに依存していると決めつけているから、ではないだろうか。ネットだけを信用するのが、いかに危険かという身近な例を挙げると——某《ぼう》社の編集者が教えてくれたんだけど——僕の生年月日がネットの某所に、一九七八年八月二十五日と書かれているらしい。ご丁寧《ていねい》に括弧《かっこ》までして、三十八歳と記してあるっていうんだ」

「それって……」

「うん、この情報で合っているのは、一九〇〇年代ってとこだけだな」

三間坂が思わず苦笑いを浮かべつつ、

「いったい何を根拠に、そんな出鱈目《でたらめ》を書いたんでしょうね」

「さぁ、さっぱり分からない。期待させて悪いけど、そんなに若くないから」

僕は自嘲的に笑ってから、

「もっとも活版《かっぱん》印刷が登場したときも、新聞やラジオやテレビという新たなメディアが出てきたときも、似た批判を浴びている。要はそれのみに頼る愚《ぐ》を学びましょう、ということだな。

いや申し訳ない、つい愚痴《ぐち》ってしまった。話が逸《そ》れたな」

彼は首を振ったあと、軽く頭を掻きながら、

「そのネットが今回の件では、さっぱり役に立たないわけですからね。まったく何の関係もないとはいえ、今のお話は妙に暗示的かもしれません」

「蔵の中から新たな資料が出てこない限り、前途多難ってことか」

三間坂は頷きながらも、すぐに明るい口調で、

「それでも日記の記述を手掛かりに、色々と検討ができました。完全にお手上げというわけではないですよね」

「どうかな。あくまでも推測レベルだからなぁ」

「そんな弱気では困ります」

こういうときの三間坂秋蔵は、なかなか手強《てごわ》い。

「黒い部屋が在りし姿で存在していたとき、どんな事件が起きたのだと思われますか」

「それについては君も、きっと同じ見立てだろ」

「放火ですか」

「親子が入居した部屋の名称からも、彼女たちの体験からも、ほぼ間違いないと思う。ただ、そこに至るまでに、もっと他の事件が起きている可能性は高いだろう」

「例えば？」

「幼い娘に対する虐待とか」

「なんとなく私もそう感じました。けど具体的に想像するのが嫌で、あえて考えないようにし

ていたところがあります」

その気持ちはよく理解できたが、かといって今さら避けるわけにもいかない。

「室内で聞こえた奇妙な物音は、娘を折檻《せっかん》している様子かもしれない。頭を殴《なぐ》ったり、髪の毛を引っ張ったり、といった暴力だな」

「実の母親が、でしょうか」

「そこまでは分からない。ニュースになる事件で多いのは、義父の虐待を実の母親が黙認してしまう例だ。時には自分も加わって、子供に暴力を振るう。子供が二人以上いる場合、さらに事態は複雑になる。上の子は叱《しか》るのに、下の子は甘やかす」

「上は前の夫の子で、下は今の夫の子だからですか」

「必ずしもそうとは限らない。どちらも前の夫の子供なのに、そういう差別をする例も多い」

「そう言えば日記にも、息子は良い子なのに、娘は手に負えない――みたいな記述が、確かありましたよね」

「あの日記を読んでいて、何とも言えぬ気持ちになったのは、母親が存在しない娘と、自分の息子を混同しなかっただろうか、という疑いを持ったときだな」

「存在しない娘を折檻しているつもりが、実際は息子を虐待していた……と？」

「その可能性は、残念ながら濃い気がする」

黙ってしまった三間坂に、僕は追い討ちをかけるように、

「幡杜が言うところの『家の幽霊』が、日記の親子には見えた。そういう特異な人材を八真嶺は求めていたわけだけど、本当にそれだけだったのか」

「他にも何か条件があったと、先生は思われるのですか」

「親子であること。それも母親と就学前の子供に限る。できれば子供は娘が望ましい。そんな風に決めていたのかもしれない」

「そういった条件が出たのは、黒い部屋で起きた事件に、もちろん関係しているからですね」

「八真嶺が願う人材の条件に近いほど、入居者の親子と部屋が共鳴し合うと、恐らく彼は考えたんじゃないだろうか」

「もしくは嬬花の助言でしょうか」

「うん、それも有り得る。母親が日記に書いていただろ。八真嶺から『部屋に選ばれたのです』と説明を受けたって。その瞬間、親子の運命が決まってしまった……」

「不運にも」

「そこまで考えたとき、別の想像というか、妄想が浮かんだんだが……」

「何ですか」

僕は少し躊躇《ためら》いつつも、結局は話すことにした。

「事件があった団地の部屋に住んでいた子供は、姉妹だったのではないか、と」

「息子と娘ではなくて？」

「息子もいたかもしれないが、とにかく娘は二人いて、うち一人は生き残ったのじゃないか、と考えたんだ」

「どうしてですか」

「それが川谷妻華《かわたにつまはる》だったとしたら……と、ふと思いついた」

「あっ……」

と発したまま、三間坂が口を開いたままにしている。

「八真嶺家と縁のある者だと、彼女は言った。その縁とは、そんな忌まわしいものだったのかもしれない」

「年齢は合いますか」

「伯母さんの第一印象通り五十前後だとすれば、団地で火事があったとき、まだ彼女は生まれていなかった可能性が高い。けど六十過ぎだった場合は、逆に当て嵌《は》まる」

「しかし、そんな悲惨《ひさん》な縁しかないのに、わざわざ烏合邸のことを調べるでしょうか」

「……そうだよな」

僕が口をするのを躊躇った理由も、実はそこにあった。

「でも今のところ、烏合邸と川谷妻華を繋《つな》げられる線は、それくらいしかないんだ」

「どうも最後まで残る、これは謎になりそうですね」

二

追加したビールと料理が運ばれてくるのを待ってから、我々は早速「白い屋敷　作家志望者の手記」に取りかかった。

「二つ目の記録は、いかがでした？」

「母親と息子の体験に比べると、怪異の数は少ない気がした」

「私は幡杜の体験のほうに、より濃厚《のうこう》さを感じました」

「母親たちが量で攻められたとしたら、幡杜は質で迫られたことになるかな」

三間坂秋蔵の感想に、僕は即座に同意しながら、

「それでも不可解な物音という共通点はある」

「音の種類や印象は、かなり違いますよ」

「屋内で体験する怪異の筆頭に、奇妙な物音が挙げられるのは確かだろうから、そこに不自然さはない。親子と彼に降りかかった怪異は、まったく別物だと判断するのが、この場合は妥当だろうな」

「つまり物件が違うため、そこで起こる怪現象も異なっている、同じはずがない、という解釈ですね」

「僕が八真嶺だったら、個々の家屋で住人たちが、いかなる怪異に遭うかを知りたいと願うだけでなく、烏合邸という異形の幽霊屋敷を建てたことにより、まったく独自の現象が起きるのではないかと、大いに期待すると思う」

「そういう意図が、最初からあったってことですか」

「前に君は、烏合邸は実験室のような存在ではないかと言っただろ。そのあと僕は、八真嶺をマッドサイエンティストに見立てた。あれは暗に、そんな彼の黒い願望を臭わせたつもりだったんだ」

「なるほど」

「ただ、二つの記録を見比べても、明らかに似ていると思える怪異はなかった」

「そうですね」

「サンプルが少な過ぎるのかもしれないけど、烏合邸という幽霊屋敷の集合体が齎《もたら》したかに見える現象は、残念ながら今のところ見出《みいだ》せない」

「残念ながら……ですか」

普通なら皮肉《ひにく》や非難に受け取れる返しだが、もちろん三間坂の場合は違う。むしろ共感めいて聞こえるのだから面白い。

「二つの記録の類似点を見つけようとして、怪異よりも体験者にそれを認めたのは、ちょっと興味深かったな」

「親子と幡杜の間に、似た点などありましたっけ？」

「怪異に対するスタンスだよ」

「それは八真嶺が入居者を決める際に、そういう者を選んだからじゃありませんか」

「うん、そこは間違いないだろう。とはいえ黒い部屋や白い屋敷のような物件に、何らかの曰《いわ》くがあると知ったうえで住んだ場合、ほとんどの人は二、三日で出て行くと思わないか」

「やっぱり高額の報酬が、物を言ったとか。母親には実際、お金が必要でしたよね。幡杜は詳しく書いていませんが、絶対に実家には帰れない訳が、きっとあったんでしょう」

「そういった事情を踏まえても、二人とも非常によく耐《た》えている。もし八真嶺が、そこまで見込んで人選をしたのだとしたら、とんでもなく恐ろしいことだよ」

「依頼主にとっては、またとない人材だったわけですね」

「それは間違いない。ただ母親と幡杜では、よく見比べると少なからぬ差異が見出せるのも、また事実ではないかと思うんだ」

「どういったところです？」

三間坂の眼差《まなざ》しが、とたんに鋭《するど》くなる。

「母親は最初から怪異を、そういうものだと受け取っている節がある。だから入居早々、臭気と物音に悩まされたときも、怖いという感情を覚えるよりも先に、困ったなという迷惑に思う気持ちの表れのほうが強く感じられる。さすがに息子の心配はしているけど、そこに恐怖はまだ芽生えていない。なぜなら八真嶺から説明を受けたように、自分たちが暮らすのは曰《いわ》くのある部屋だという認識が、彼女にはあったからだ」

「怪異が起きて当然、という覚悟があったわけですね」

「その覚悟を支えていたのが、高額の報酬になる。それもこれも、すべては息子のためだった。本当に『母は強し』だよ」

「一方の幡杜は、何らかの事情で実家を飛び出し、行く所がなかった。小説を執筆して新人賞に応募するためにも、住む家が必要だった。母親に比べると、彼には切実さが足りない気もしますが……」

「それを第三者が判断するのは、まぁ酷《こく》だろう。本当に実家には戻れない訳があったのなら、完全な宿無しだからな」

「作家になるという彼の決意が、父親に認められなかったんでしょうか」

「幡杜の小説『七艚小舟《しちそうこぶね》』は――」

僕は鞄から大学ノートを取り出すと、それを捲りながら該当箇所を捜した。

「半自伝小説らしい。内容は『暴力的な父親と、その血を濃く受け継いだ長兄、祖母と母親の陰惨《いんさん》な確執、跡取《あとと》りである父親を溺愛《できあい》する祖母、同じく長男を猫可愛《ねこかわい》がりする母親、出戻った実家で人間関係を掻《か》き乱《みだ》す叔母《おば》、皆から唯一《ゆいいつ》愛される甥《おい》、そんな家族の中で孤立《こりつ》する次男の視点から、地方に伝わる七艚小舟という習俗を通して、この一家の悲劇的な運命を綴《つづ》る』というものだ。その前に『未《いま》だ故郷《こきょう》に蔓延《はびこ》る封建《ほうけん》的な家の問題を描きたい』とあることからも、かなり深刻な家族小説だと分かる。恐らく『家族の中で孤立する次男』というのが、彼自身なのだろう」

「確かに日記の母親とは、随分と背景が違いますね」

「それは怪異に対する解釈にも表れている」

「母親が最初から在りのままを受け入れているのに、幡杜は懐疑的《かいぎてき》である点ですか」

「日本人の『幽霊』に対する概念の変化を述べている件《くだり》を読んだとき、彼は合理主義者なのだろうと思った」

「私も同じでした。二軒隣の母親と息子をモデルに、小説が書けるかもしれないと幡杜が考えるところも、そうじゃありませんか」

「えーっと、ここだな。『無論それは幽霊の出現する恐怖小説ではなく、怪異は起きるものの厳然《げんぜん》たる心理小説になる筈《はず》である』と彼は書いている。本人にその知識はなかったかもしれないが、この台詞はまさにヘンリー・ジェイムズ『ねじの回転』だよ」

「ところが幡杜は、白い屋敷で奇妙な出来事が起こりはじめても、特に否定しません。自分が感じたままを記しています。母親と似ていますよね」

「うん。ただ彼女と大きく違う点がある」

「何でしょう？」

「それを指摘する前に、母親の日記のときと同様に、幡杜が体験した怪異をこのノートから抜き出してみよう」

　僕は大学ノートの一頁目から、彼の文章を追いはじめた。

「最初は、誰かが訪ねてきたような気配を覚える。この現象は夕方になると起こるらしいと、そのうち彼は気づく。次は夜中に、畳《たたみ》の上を何かが擦《こす》っている物音を聞く。ただし小動物のせいだろうと、極めて冷静な判断を下している」

「完全に合理主義者の考え方ですね」

「その次は……あっ、その前にこれは別件だけど、古本屋で池田弥三郎《いけだやさぶろう》『日本の幽霊』を購入していることから、このノートが書かれた時代が、ある程度は推察できるかもしれない」

「私もそう思ってネット古書店で検索したところ、昭和三十七年刊行の単行本を見つけました」

「それは二刷か三刷だよ。一刷は昭和三十四年になる。僕が持っている同書は初版で、それを見たから間違いない」

「つまり早ければ、昭和三十年代の後半になるわけですか」

「手掛かりが古書のため、昭和三十年代後半から何年までと、お尻《しり》のほうを決めるのは難しい。ただしノートに、『古本とはいえ汚《よご》れておらず綺麗《きれい》である』と見えるので、初版から二十年も三十年も経っていると考えるのは、ちょっと有り得ないかな。保存状態の良い古書というのも確かにあるので、なかなか判断し難いけど」

「そうなると昭和三十年代後半から五十年前後の、十五年の間といったところでしょうか」

「ここで新たな手掛かりとなるのが、母親の息子が大喜びしたカラーテレビだ」

「あっ、そうか。テレビのカラー放送がはじまったのは、いつです？」

「調べてみると一九六〇年で、白黒テレビを普及率でカラーテレビが抜いたのが、一九七二年ごろらしい」

「息子の様子から考えると、それまで白黒テレビを観ていたか、もしくはテレビそのものがなかったかですね」

「廉価《れんか》なカラーテレビが出たのはいつか、そこまでは調べられなかった」

「母親の経済状態は、かなり悪かったと思えます。仮に廉価版のテレビでも、果たして買えたかどうか」

「八真嶺が金に糸目をつけなかったとすれば、まだカラーテレビが高価だった時代、すなわち昭和三十年代後半の可能性もあるけど、それにしては母親の反応が大人し過ぎる。ここはある程度の普及があったあと、と考えるべきだろう。そこに古本の手掛かりを加えると、昭和四十年から五十年の間と見るのが、まぁ妥当だと思う」

「それでは今後は、その期間に発生した事件に絞って調べられますね」

三間坂は素直に喜んだが、実はそれほど前進したわけではない。

「ただ気になるのは、古本に比べるとカラーテレビの手掛かりが弱過ぎることかな」

「だったら昭和三十五年から、としましょう」

「もっともらしい推理をした割には、あまり年代を絞れずに申し訳ない」

「そんなことありません」

「仮に年代を絞れても、該当する事件を見つけるためのヒントが、依然として少な過ぎる。黒い部屋の場合、現場は団地で、そこで子供の虐待が行なわれ、そして火事になったことくらいしか分かってないんだから」

「……言われてみれば、そうですね」

「それにカラーテレビの件は、確かに年代を特定する手掛かりになるけど、それよりも気になったことがあって……」

「何ですか」

「今まで白黒テレビしか知らない、もしくはテレビがなかった子供に、いきなりカラーテレビを与えたら、どうなる？」

「もちろんテレビの前に……」

と言いかけて三間坂は固まった。

「座りっ放しになると、誰でも思うよな。ところが息子は、母親が仕事をしている間、ほとんど黒い部屋に居つかなかった」

「それほど怖がっていた……という証拠ですか」

「母親も分かっていたようだが、どうにもできなかった。黒い部屋での生活は、何よりも息子のためだったからだ。そして息子も、きっと母親の気持ちを理解してたんじゃないかな。そう考えると、何とも遣り切れない気持ちになる」

「互いに相手のことを想い、ひたすら耐えていたわけですからね」

「特に息子が感じたであろう恐怖を想像すると……」

しばらく二人の間に、重い沈黙《ちんもく》が降りた。料理に手をつける気にもならない。それは三間坂も同じらしく、互いにビールを飲み干した。新しいビールが来るのを待って、仕切り直しの乾杯を軽くしてから、再び大学ノートの検討に戻る。

「最初と次の現象をもう一度読み上げると、夕方になると誰かが訪ねてくる気配を覚える、夜中に畳の上を何かが擦っている物音を聞く、となる」

「はい、そうでした」

「その続きを拾い出すと――」

僕はノートに目を落としながら、先程と同じ作業をはじめた。

「再び夕方の訪問者を目撃して、それが三和土《たたき》に立つ白い人影だと察する。玄関から声をかけられたように感じる。八真嶺から白い服を着るように言われたことを思い出す。藁舟《わらぶね》に一本の藁で作られた人形が一体、いつの間にか乗っていることに気づく。再び畳の上を擦る物音を聞く。囲炉裏《いろり》の座敷の廊下側と玄関側と土間側で、例の物音がする。しかも玄関側には、もぞもぞと蠢《うごめ》く黒い塊《かたまり》を認める。森へ入ると、誰かが跟《つ》いてくる気配を覚える。森の小山の上から烏合邸を眺めていたとき、子供の泣き声を聞く。そして白い屋敷の二階の窓に、子供の影らしきものを目にする。白い人が訪ねてきて土間に回り、何か話している。誰かが階段を下りてくる物音を耳にする。寝ていると畳を擦る音がして、蒲団《ふとん》と囲炉裏の間に蹲《うずくま》る黒い影が見える。同じ物音と影が廊下側と玄関側と土間側でも認められる」

「あのー、すみません。前言を撤回します」

三間坂が恥じ入るように片手を挙げた。

「うん？」

「母親と息子の体験に比べると、幡杜が遭遇《そうぐう》した怪異の数は少ないけど、より濃厚だったという指摘です。怪異の濃さだけでなく、その数もかなりのものでした」

「それを最初に言ったのは、僕だからなぁ」

「私も賛同しました」

「それにしても二人とも、母親たちは量で、幡杜は質だと感じたのは、どうしてなのか」

「書き方の差でしょうか。母親の文章の短い日記に比べると、幡杜のノートは記述が長くて濃いですよね。そのため日記では怪異が目立ち、逆にノートでは怪現象が埋もれてしまった。それが読後感に出たのかもしれません」

「説得力のある分析だな」

僕が実感の籠った口調で感心すると、彼が嬉しそうな顔で頭を下げた。

「恐れ入ります」

「では、続きをやろう。いったん白い屋敷から逃げ出して戻ると、玄関前に白い人影が立っている。藁舟の人形が四体に増えている。座敷の囲炉裏の周りを歩き回っている気配を覚える。それが客間にやって来て、真っ白なのっぺら坊の顔を覗かせる。藁舟の人形が五体に増える。厠《かわや》に入っていると、何者かが屋敷中を歩き回る気配を感じ、それから板戸を叩《たた》かれる。藁舟の人形が六体に増える。六体の人形を認めたとたん、藁舟に引き寄せられ、座敷に五体の黒い影が現れる。二階で物音がする。六体目の影の出現かと考える。ここで幡杜は、自分が七体目ではないかと怯える。三和土に白い影が立つ。いったん白い屋敷から逃げ出す。戻ると『七艚小舟』の原稿が可怪しくなっている。誰かが訪ねてくる。やはり逃げられないと悟る。以上だ」

「やっぱり多いですよね」

「母親と息子を、むしろ上回っているかもしれない」

僕の意見に頷いてから、三間坂が問うてきた。

「それで彼女とは違う大きな点とは、いったい何でしょう？」

話が脱線したにも拘らず、ちゃんと覚えているところは、さすがである。

「最初は怪異に対して否定的だった幡杜が、途中から認めざるを得ないような状況に追い込まれていく。にも拘らず彼は、しばしば懐疑的な書き込みをしている」

「母親にはない特徴ですね」

「それを拾い出してみると――」

大学ノートの頁を捲りながら、僕は該当する箇所を読み上げた。

「どうやら知らぬ間に、可成り神経質になっていたらしい。これほど脆《もろ》い神経だったとは、我ながら呆れる。如何《いか》に環境《かんきょう》の所為《せい》があるとはいえ、まるで幽霊の存在を信じる唯《ただ》の臆病者ではないか。全ては幻聴と幻覚か。己の無意識が聞かせて見せる、これは妖《あや》かしなのか。気の所為か。矢張り子供じゃないのか。単なる目の錯覚、気の迷いに違いない。幻聴であり、幻覚である。神経が参っているだけに過ぎない。〈黒い部屋〉の子供の悪戯とは考えられないか。抜けはあるかもしれないが、ずっと以上だ」

「それにしても妙ですね」

「だろ」

「もう否定できないほど怪現象に曝《さら》され、幡杜もそれらを怪異と認めている状況になっても、まだ幻聴と幻覚を疑うのは、ちょっと矛盾《むじゅん》していませんか」

「彼が厠に入っていたとき、屋敷中を覗き回っているらしい何かの気配を覚え、震え上がる体験をしているが、そのあとの記述に『「今夜の怪異」は、今の現象で終わりだろうか』とある。ここで注目すべきは、〝今夜の怪異〟が鉤括弧《かぎ》で括られている点だ」

「他にも同じ表現がありました。烏合邸や白い屋敷を『家』と記すときや、『幽霊』に言及するときなどです」

「烏合邸や白い屋敷は、実際の家ではない。あくまでも特殊な『家』なのだ、という考えからだろう。幽霊についても、その実在を決して認めているわけではないため、鉤括弧つきの表記にした。別に珍しくもない技法だよ」

三間坂は少し考える仕草をしたあとで、

「幡杜は完全に合理主義者だった。けど白い屋敷での体験は、それを無残に打ち砕《くだ》いた。しかし彼は認めたくない。だから矛盾した記述になった。そういうことでしょうか」

「僕も最初は、そんな風に解釈した。でも、どうにも腑に落ちない」

「そうだ。腑に落ちないと言えば――」

忘れていたとばかりに、彼は気負い込んだ様子で、

「藁舟については、どう思われますか」

「そこなんだよ」

　僕も興奮しながら、

「藁舟は白い屋敷と、まったく何の関係もないはずだろ。一応の可能性として、あの家で過去に起きた事件に、実は藁舟が関わっていた場合はある。しかし本当にそうなら八真嶺が事前に、必ず藁舟を持参するようにと、幡杜に注文をつけたはずだ」

「白い屋敷に因《ちな》んで、白い衣服を着るようにと言ってるわけですから、それほど重要なアイテムを忘れるわけありません」

「にも拘らず何の注意もなかったのは、藁舟が白い屋敷に齎《もたら》されたのが、あくまでも幡杜の都合だったからだよ。きっと八真嶺は大学ノートに目を通すまで、藁舟の存在など知らなかったに違いない」

「それなのに藁舟が、なぜ白い屋敷の怪異に絡むのでしょう？」

　さらに三間坂は畳みかけるように、

「藁舟の藁の人形と、囲炉裏の座敷に現れた——そこには二階から下りてきた何者かも含まれますが——影の数が一致する、この薄気味の悪い暗合にも意味があるのでしょうか」

　彼の期待の籠った強い眼差しを、わざと僕は躱《かわ》すように、

「他にも暗合があったことに、君は気づいてるかな」

「幡杜の家族構成ですか」

「そうだ。半自伝小説である『七艚小舟』に出てくる家族は、筆者である次男を除くと六人に

なる」

「三つも重なると、もはや暗合とは言えないのではありませんか」

「大いに引っかかったのは、その点だよ」

僕は同意しながらも、すぐ首を振りながら、

「とはいえ黒い部屋の親子と違って、白い屋敷の幡杜の場合は過去の事件の情報がないと、これ以上の解釈は無理かもしれない」

「だったら調べます」

即座に返した彼に、僕は半ば困っていて半ば笑っている、という妙な表情を見せた。だが、それだけで相手には通じたらしい。

「もしかして先生は、何かご存じなのですか」

「残念ながら、そこまでの確信はない。ただ大学ノートを読んでいる間も、また読み終わってからも、既視感《きしかん》に近いものを覚えただけで……」

「白い屋敷で起きた、一連の怪異に対して？」

「はっきりと断定はできない。確かなのは、このノートに目を通すことにより、記憶が刺激されたってことだな」

「それで、何か思い出せたんですか」

再び向けられた期待の眼差しに、今度は僕も応えた。

「しばらく悩んでいたけど、そのうち過去に読んだ犯罪の実録物の中に、既視感の正体である事件があったに違いないと、ようやく察することができた。あとは資料部屋に籠って、該当す

る本を片っ端から引っ張り出して、その事件を捜すだけだった」

「見つかったんですね」

こっくり僕が頷くと、三間坂が笑みを見せた。

「ただ、今回の件を『どこの家にも怖いものはいる』と同じように発表するときは、かなり暈《ぼか》す必要があると思う」

「事件が発生した年月日、場所、関係者の氏名などに関してですね」

「うん。それを踏まえたうえで話すと、事件が起きた時期は、我々が絞った期間に当て嵌まっている。場所は関東の某県の集落とだけ言っておこう。ある日の夕方、その村の素封家《そほうか》のH家に、一人の訪問者があった。この男の姿は、実は数日前から近所の人たちに目撃されていた。ただし、特にH家を窺《うかが》っているような素振りはなかったらしい。ぶらぶらと村の中を歩いている。そんな感じだった」

「村人たちは、不審に思わなかったんでしょうか」

「当時は外部から村に、色々な種類のセールスマンが入り込んでいた。『東京から来た』と言うだけで、あっさり家に上げてくれた。訪問販売が、あまり難しくなかった時代だな。しかも問題の男には、ある特徴があった」

「何ですか」

「白衣《はくい》を着ていたんだよ」

あっという顔を彼は見せた。

「だから『白い屋敷』なんですね」

「この事実だけで決めつけるのは、ちょっと乱暴だろ。とはいえ恐らく、そうではないかと僕も感じた」

「H家で何が起きたんです？」

「白衣の男が訪ねた翌日、H家の者が朝から誰も姿を見せない。田舎《いなか》のことなので、近所同士で顔を合わさない日など、まず有り得ない。それでも夕方まで、近所の人たちが可怪しいと思わなかったのは、不運としか言い様がないな」

「すると事件の発見は、丸一日経ったあとですか」

「その日の夕方、誰一人としてH家の人間を見ていないと、隣家の老人が知った。全員が風邪《かぜ》で倒れたのかと心配して訪ねたところ、囲炉裏の座敷で死んでいる五人を見つけた。さらに駆けつけた駐在《ちゅうざい》が、二階の座敷でもう一人の死亡を確認している」

「死因は何です？」

「毒だよ。どの遺体の側にも茶碗《ちゃわん》が転がっており、そこから毒物が検出された。念のため毒物の種類は秘しておこう」

「犯人は白衣の男ですね」

「何かの薬だと言って騙して、五人ほぼ同時に毒を飲ませたのではないか、というのが警察の見立てだ」

「……あれ」

三間坂が突然、そこで怪訝な表情を浮かべた。だけど僕には、その理由が非常によく分かっていた。

「もしかしてこの事件に、既視感を覚えたんじゃないか」

「えっ、どうして分かったんです？」

「この事件を読んだとき、僕も同じ感覚に囚《とら》われたからだよ。でも、すぐに既視感の正体には気づけた」

あえて自慢《じまん》げに言うと、彼は熱心に考え込み出したが、答えたのは意外に早かった。

「そうか、帝銀《ていぎん》事件ですね」

「正解。昭和二十三年の一月、帝国銀行に白腕章《わんしょう》を着けた男が訪れた。彼は厚生省技官の名刺《めい し》を出して、『近所で赤痢《せきり》が発生した。感染者がここに来ているため、予防薬を服用して欲しい』という意味の説明をして、十六人に青酸化合物《せいさんかごうぶつ》を飲ませた。その結果、十二人が殺され、現金と小切手が盗まれた」

「横溝正史《よこみぞせいし》『悪魔が来りて笛《ふえ》を吹く』は、この事件をモデルにしていましたね。それで私も、ぴんと来たのだと思います」

「白腕章の代わりに白衣を着ており、全員ほぼ同時に毒を飲ませている手口からも、犯人は帝銀事件を参考にしたに違いない」

「でも一人だけ、二階で殺害されたんですよね」

「それが、ちょっと酷《むご》くてな」

「被害者は子供ですか」

「一階で五人を毒殺したあと、恐らく犯人は二階の物音に気づいたんだろう。それで上がってみると、子供がいたので手にかけた。顔を見られたわけでもないのに、まったく非情だよ。しかも殺害の方法が、また鬼畜だった」

「無理に毒を飲ませたとか」

「明らかに、その形跡《けいせき》があったそうだ」

しばしの沈黙のあと、三間坂が尋ねた。

「動機は金でしょうか」

「ところが、屋内を物色した痕跡《こんせき》は皆無《かいむ》だった」

「では、怨恨《えんこん》？」

「警察はH家の住人の人間関係を洗ったが、その線でも容疑者は一人も浮かばない。だいたい人間関係といっても、ほぼ村の中に限られている。村外の付き合いも少しはあったが、殺人事件に発展するほどの濃い関係は出てこない」

「一家惨殺《ざんさつ》ですから、よほど深い恨みがあったことになります」

「かといって村の中で、そこまでH家に禍根《かこん》を持つ者もいない。つまり動機の見当が、まったくつかない事件だったんだ」

「白衣の男を目撃した村人の証言は？」

「そいつがH家を訪ねたあと、同家の人が姿を見せないことに、疑問を覚えた者は一人もいなかった。これは村人たちが白衣の男を、決して不審者と見做していなかった証拠だろう。新手の薬売りくらいにしか認めていなかったことが、実はあとから分かっている」

「現場の詳細も、ご存じなんですよね」

三間坂が何を訊きたいのか、わざわざ考えるまでもなかった。

「囲炉裏の奥に父親、土間側に祖母、玄関側に母親、廊下側に成人した息子と叔母、二階の座敷に叔母の息子の遺体が、それぞれ倒れていた」

「白い屋敷に現れた影と、まったく同じか」

そこで彼は急に、はっとした様子で、

「H家に次男は、いなかったんですか」

「男は成人した息子だけで、その上に姉が二人いたが、どちらも他県に嫁《とつ》いでいる。もちろん姉たちの周辺も調べられたが、やっぱり容疑者に成り得る人物はいなかった」

「通り魔でしょうか」

「そう考えるのが妥当かもしれない。ただし通り魔事件は、往々にして都市部で起こる。たまたま通りかかった家に目をつけて、という犯行だからな。でもH家の現場は田舎だ。これで類似の事件が、関東周辺の集落で連続発生していれば、新手の通り魔事件と見做せただろうが、他には一件も起きていない」

「なんか気味悪いですね」

「それ以上の無気味さが、幡杜明楽の体験にはある」

「あっ、まさか！」

いきなり三間坂が、興奮した声をあげた。

「H家殺人事件の犯人が、実は幡杜だったとか……」

「慧眼《けいがん》だな」

と褒《ほ》めたあとで、僕はにんまり笑うと、

「同じ推理を、僕もした。けど年齢が合わないと、すぐに却下《きやっか》した」

「……そうですよね」

「君はH家殺人事件が起きた年を知らないんだから、そんなにしょ気《げ》ることはないよ」

「でも幡杜の年齢を考えると、あまり蓋然性《がいぜんせい》のない推理だと分かるはずです」

念入りに反省しつつも、立ち直りが早いのも彼らしい。

「すると藁舟の怪異は、かつてはH家だった白い屋敷の過去の事件の被害者たちと、このとき当家の住人だった幡杜の家族構成とが、偶然にも一致したために起きた。そういうことになるでしょうか」

「僕も同じように考えたけど、それでは彼の怪異に対する態度が、どうにも解せない」

「認めているのに、否定したがってる」

「その矛盾を説明できる推理が、まだ残っているのではないかな」

「何ですか、教えて下さい」

身を乗り出す三間坂をはぐらかすように、僕は大学ノートを示しながら、

「ところで、幡杜が烏合邸や白い屋敷に言及するとき、しばしば『この「家」』という風に、家を括弧つきで表記したと、君は言ったろ」

「はい。幽霊などと同じ表現をしている言葉が、他にもありました」

「ところが、その家に関する表記で、二ヵ所だけ該当しない文章があったことに、君は気づいたろうか」

「えっ、どこですか」

　僕は大学ノートを開くと、問題の箇所を指差しながら、

「最初に白い屋敷を飛び出したとき、『あの家には当たり前だが絶対に帰れない。かといって他に当てなどない』と書いている」

「……本当だ。けど、これが烏合邸の白い屋敷を指してることは、まず間違いないんじゃありませんか」

「そうだろうか」

「だって他に、彼が帰るべき家など……」

「ないかな。ノートのはじめに、『あの家では絶対に無理だが、この「家」でなら可能かもしれない』と、彼は書いている。ここに記された『あの家』とは、もちろん実家だ。ということは、『あの家には当たり前だが絶対に帰れない』の『あの家』も、やはり実家と見做すべきではないだろうか」

「言われてみればそうですが、それが何を意味するのか……」

「二度目に幡杜が『あの家』と書いたとき、彼はかなり追い詰められていた」

「白い屋敷を逃げ出したのも、二度目でしたね。そして彼は戻る際に、ほとんど悲壮《ひそう》な決意を固めていたようです」

「小説の執筆に理解がなく、それで実家を飛び出したにしても、とてつもない怪異に見舞われている現実を考えたら、『あの家には当たり前だが絶対に帰れない』と断定するほど、頑《かたく》なに意地を張るだろうか」

「うーん、それだけ決心が固かった……」

「とも考えられるけど、本当に正真正銘《しょうしんしょうめい》、絶対に帰れない事情が別にあった、とも解釈できるんじゃないか」

「例えば？」

「幡杜が町の定食屋のテレビで、ニュース報道されるのを見た一家殺害事件があった家と、彼がノートに記した『あの家』とが、同じ家だったとしたら——という解釈だよ」

「………………」

「幡杜明楽はH家殺人事件の犯人ではないが、幡杜家殺人事件の犯人だったとしたら、どうだろう？」

「つまり例の矛盾は……」

「本人の罪悪感のせいとは考えられないかな。自分が殺した家族の幽霊なら、別に見ても不思議ではない。そんな思いが心のどこかにあって、藁舟の存在と白い屋敷で起きた怪現象が、それを増幅させたのかもしれない」

「しかし彼はテレビでニュースを見たとき、犯人の動機や逃亡《とうぼう》先、なぜ捕まらないのかなど、疑問に感じていませんでしたか」

「いや、そういう謎を列記するだけで、『依頼主の喜ぶ顔が浮かびそうになる』と言っているに過ぎない。八真嶺が烏合邸を建てている最中だったら、『きっと多大な興味を持ったに違いない』と指摘しているだけで、本人は『全く厭《いや》なニュースを見てしまった』と記している」

「動機は何です？」

「大学ノートの記述からは、さすがに動機までは分からない。ただし『故郷の封建的な漁師町の実家に於《お》いて、長年に亘《わた》り心の奥底に溜め込んで来た情念の数々が、ここで「七艚小舟」という創作物を通すことにより、再び爆発している様に思えてならない』という文章は、かなり暗示的ではないだろうか」

「………」

「ここで僕が引っかかったのは、『再び爆発している』という件だ。『再び』というからには、一度目があったことになる」

「それが実家での一家殺害事件だった……」

三間坂はノートを受け取ると、しばらく頁をあちこち捲《めく》っていたが、

「すると最後に、幡杜を訪ねてきたのは？」

「警察じゃないかな」

「あっ、そっちですか」

「僕も最初に読んだときは、怪異的な存在だと感じた。けど推理を重ねた結果、幡杜の犯行に思い至り、ぱっと目の前が開けた」

「ノートを読んで覚えた疑問や矛盾が、一気に解決したからですね」

「実はその前に、幡杜がテレビで見た一家殺害事件の重要参考人の件と、彼本人が重なることに気づいたんだよ」

「どういうことです？」

「一家殺害事件の重要参考人は、一人だけ姿の見えない家族だと判明している。にも拘らず未だに捕まらないのは、いったいなぜか」

「烏合邸の白い屋敷という特殊な住居に、その人物は身を潜《ひそ》めていたから……」

「殺人事件の犯人の逃亡先として、これほど理想的な場所もないだろう」

「ところが恐ろしさのあまり、幡杜は町へ出てしまった。二度までも」

「指名手配こそされていないが、彼の資料は各県の警察に回っていて、恐らく巡回中の警察官にでも見つかったんだろう。どこに潜伏《せんぷく》しているか確認され、そのうえで警察が烏合邸を訪ねてきた。そんなところだと思う」

「八真嶺は、どこまで察していたんでしょう？」

「すべて分かったうえにしろ、まったく知らなかったにしろ、どっちであろうと恐ろしいことに変わりはないな」

「例の嬬花が、幡杜明楽の正体を見抜いたんでしょうか」

「そう考えたほうが、まだ救いがあると思わないか。自分の同居家族を皆殺しにした男が、過去に一家殺害事件のあった家に、まったく偶然に入居したと見做すよりは……」

「確かに」

三間坂は重々しく頷いてから、

「それで先生は、推理の裏を取られたんですか」

「いや面目ない。まだなんだ」

「では私のほうで、これは調べておきます。幡杜明楽という名前が分かっているので、それほど難しくないでしょう」

「よろしく頼みます」

僕が一礼してから頭を上げると、彼がノートの最後の頁を開いて小首を傾《かし》げていた。

「まだ気になるところでも？」

「あっ、はい。幡杜が執筆していた『七艚小舟』が、完成間近で大きなダメージを受けたらしい記述がありますよね。ここはどう読まれましたか」

「怪異が原稿にも降りかかったのかと、最初は思った」

「私もそうです。はじめに彼は『ゲシュタルト崩壊を体験しているのか』と疑いますが、すぐに否定している。それから『あれほど脳髄《のうずい》を酷使して執筆に励んだというのに。こんな馬鹿なことがあるのか。いや、ある訳がない。だったら、どういうことなのか』と続けています」

「その文章からは、苦労が少しも報われていない、まったく無駄になっている、という彼の叫びが感じ取れないか」

「痛いほど伝わってきます」

「そのうえで『七艚小舟』の執筆に関わる記述だけを見直すと、一つの事実が見つかる」

「何でしょう？」

「執筆が滞《とどこお》ったときは、大学ノートをつけると捗《はかど》る、という本人の指摘だ」

「ああ、ありましたね」

「僕は大学ノートに書かれた文章の文字量を、四百字詰め原稿用紙に換算《かんさん》してみた」

「はっ？」

「すると約百枚あることが分かった」

「それが……」

「新人賞に応募する『七轖小舟』は、百枚の短篇小説だと幡杜は書いている」

「えっ、まさか……」

「原稿用紙に記されていたのは、大学ノートの記述と一字一句まったく同じ文章だったんじゃないだろうか」

「そんな……」

「だからこそ執筆に行き詰まると、彼は大学ノートをせっせと書いた。ノートの書き込みが捗《はかど》れば捗るほど、その分だけ執筆も前へ進んだ」

「でも、どうして……」

「もちろん本人には、その自覚がなかった。小説の執筆に邁進《まいしん》していると、彼は信じ込んでいたはずだ」

「これも白い屋敷が見せた、怪異の一つだったんでしょうか」

「どうだろう。幡杜自身の心の中にあった、まったく別の怪異だったとも考えられる」

「いずれにしても、絶望ですね。その事実を知った瞬間、彼は物凄い絶望感に囚われたに違いありません」

「だからこそ自分には、もう大学ノートしか残されていないと、きっと思ったんだろう」

三

三間坂秋蔵を最寄りのM駅の改札口まで送って別れると、十一時を過ぎていた。都内なら二軒目に行くところだが、ここら辺りの店では無理である。そこでダイニングバーを出る前に、今後の予定だけ決めておくことにした。

まず三間坂は、烏合邸に関する他の記録がないか、引き続き実家の蔵を探すこと。発見次第そのコピーを僕に送ること。

そして僕は、黒い部屋で起きた事件と幡杜家殺人事件の詳細を調べること。もっとも前者は調査の困難さが予測できるため、あまり深入りしないこと。

過去の事件についても自分が調べると三間坂は言ってくれたが、彼だけに負担を強いるのは心苦しいので、礼を述べて断った。それに蔵の中を漁《あさ》るほうが、どう考えても難儀であり、かつ重要だった。できるだけ彼には専念して欲しい。

「あれ、先生も電車ですよね」

「行きはそうだったけど、帰りは歩くよ」

呆気に取られたあと、しきりに「寒いですから」と引き留める三間坂に、「大丈夫だから」と納得させるのに少し苦労した。

「作家になってから、ほとんど夜道なんて歩かないから、いい経験だよ」

「相変わらず酔狂《すいきょう》ですね」

「君にだけは言われたくない」

そんなやり取りをして、三間坂とは別れた。そのときの心配そうな彼の顔を、それから数十分も経ってから思い出す羽目になろうとは……。

拙宅まで二駅ほど離れているため、徒歩で一時間はかかる。昼食を摂《と》るついでにする散歩と、ほぼ同じ距離になる。この日は頭三会があったので、昼は家で簡単に済ませ、日課の散歩もしていない。だから帰路を歩けば、ちょうど良いと思っていた。

次のK駅までは線路の高架《こうか》下の舗装路《ほそうろ》を辿《たど》るため、まだ人通りは辛うじてあった。それでも季節と時間を考えると、ぽつん、ぽつんと僕の前後に数人いるくらいで、なんとも物淋しい。近くに民家は一軒もなく、車が一台も走っていない道路と、疎《まば》らに埋まっている駐車場、あとは空き地が広がっている。陽気の良い週末など家族連れが歩いて賑やかなのだが、今は見る影もない。両駅とも周辺が発展しているため、その中間の何もなさが、夜ともなると余計に目立つ。しかも今は十二月である。寒々とした冷気が周囲の虚《うつ》ろさを、より一層際立たせていた。

電車にするべきだったか。

遅蒔《おそま》きながら少し後悔する。とはいえ戻るのは莫迦《ばか》らしい。もう半ばまで来てしまった。このまま次のK駅まで行って、そこから乗れば良いだろう。

ところが、いざ着いてみると、やっぱり平気に思えてきた。わずかながらも人の姿を目にしたこともあり、どうやら安心したらしい。せっかく半分まで歩いたのだから、という気持ちもあったと思う。あと半分も大丈夫だと、浅はかにも考えてしまった。

これがとんでもない間違いだった。

いや、まだしも住宅街を抜けるルートを選んでいれば、別に問題はなかったかもしれない。しかし僕は、ふと遊歩道沿いに帰ろうと気紛れを起こした。

拙宅の真ん前から別の路線の三駅ほど先まで、所々に土道と砂利道《じゃりみち》を挟みながら舗装された遊歩道が延びている。その途中には公園、小学校、四阿《あずまや》、池と沼、野原、小さな丘などが点在しており、日課の散歩でもよく利用しているコースだった。

少し遠回りになるが、そっちの遊歩道から帰ったほうが、雰囲気もあって良いかと考えた。奈良の実家に住んでいたころ、夜遅くに帰宅したとき、わざわざ城跡《じょうせき》に建つ母校の中を通って帰ることが、数年に一度くらいあった。もちろん遠回りなのだが、深夜零時に石段の下から学校を見上げると、校舎ではなく城が見える……という七不思議を持っていた夜の中学校の雰囲気に浸りたくて、そういう愚行をしていた。いかに母校とはいえ不法侵入なので、読者は真似をしてはいけない。

そんな当時の思い出が、ふっと脳裏を過《よぎ》った。母親の件も、もしかすると関係していたのかもしれない。

人気の少ないK駅前の広場を直進し、静まった商業ビルの間を通り、一台だけ車をやり過ごして道路を渡り、階段を上がって歩道橋に出て、その先の住宅街を抜けると、やがて緑に覆《おお》われた狭い広場が現れる。そこから谷のように落ち込んでいる斜面《しゃめん》を覗くと、東西に通った二本の遊歩道が見下ろせる。

拙宅は東方向にあるため、右手の坂道に入れば良いのだが、ここで急に尿意《にょうい》を覚えた。仕方なく左手の階段を下り、小さな橋を渡ると、少し西へ進んだ先にある公衆トイレへ向かう。

長方形の建物の右が男子用で、左が女子用になっている。男子トイレに入ると、すぐ右手に洗面台があり、奥の左側に小用の便器が二つ、右側に個室が一つある。出入口から内部は簡単に覗けるが、もちろん誰もいない。小便器の前に立ったところで、幡杜明楽の厠での体験をふいに思い出した。

しまう。

何かが家の中を動き回っている。今の僕と同じ状態のとき、彼は屋内の異様な気配を感じ取り、そのあと恐ろしい目に遭って

いやいや、ここは外だし……。

そう考える自分が滑稽《こっけい》なはずなのに、なぜか笑えない。むしろ一刻も早く小用を終わらせ、さっさとトイレを出たいと焦った。

とた、とたっ。

そのとき、妙な物音が聞こえた。外で響いたのは間違いないが、どこからかは分からない。そのせいか、急にぞっとした。

いい歳《とし》の大人が……。

自分をなだめようとしたが、少しだけ両脚《りょうあし》が震えている。今すぐ小用を済ませたいのに、それができない。幡杜と似たような有様である。

とた、とた、とたっ。

さらに連続して聞こえたとたん、ついさっき僕が下りてきた階段らしいと察しがついた。同じような物好きがいるのか、本当に帰宅するための近道なのか、いずれにしろK駅の方向から誰かが来たようである。

そんな風に理解できたところで、すっと小用が終わった。人間の身体とは、まったく不思議なものである。

とた、とた、とた。

それなのに足音が急に止まり、辺りが寂として静まり返ると、またぞろ不安感が頭をもたげてきた。

何をしてるんだ？

階段を下りると、そこから遊歩道が左右に延びている。目の前には小さな橋が架《か》かり、渡ると同じく東西に通る二つ目の遊歩道に出る。つまり川を挟んで二つの遊歩道が設けられているのだが、どちらを選んでも通行に大差はない。舗装路と土道と砂利道が交じっている割合も、ほぼ同じである。一番の違いは、北側より南側の道が狭いことだろうか。

足音が止んだときの様子から考えて、その人は階段を下り切った地点で、急に立ち止まっているとしか思えない。

どちらに進むか悩んでる……わけないよな。

仮に帰宅者でなくても、こんな時間にこんな場所に来るのだから、目的地がないことなど有り得ないだろう。それとも僕のように、夜の散歩を楽しもうとしているのか。

した、したっ。

再び歩き出した足音が聞こえてきた。どうやら橋を渡り出したらしい。

した、した、した。

再び立ち止まる。左右のどちらに進むべきか、またしても迷っているのか。

した、したっ。

西を選んだようである。となるとトイレの前を通るわけだ。

どんな人物なのか、ちらっとだけ覗こうと思った。しかし次の瞬間、はっと僕は耳を澄《す》ませていた。

した、した、したっ。

足音はトイレに向かっていた。まっすぐ迫ってくるのが、手に取るように分かる。そう察したとたん、胸の鼓動《こどう》が速くなった。僕と同様、単に催《もよお》しただけだろうが、なぜか納得できない。あの奇妙な立ち止まりがあったせいだ。あれはいったい何だったのか。トイレの存在なら、階段を下りる前から目に入っていたはずなのに。

僕がどっちへ行ったのか、それを見極めようとしていた。

そのうちトイレの存在に気づき、まずここを検《あらた》めようとしている。

とんでもない考えが浮かんだ。まったく莫迦げた空想である。第一そんなことを誰がするというのか。

……川谷妻華。

ふっと彼女の名前が脳裏を過る。自分よりも先に日記と大学ノートを読んだ者の下に、彼女がやって来ているのだとしたら……。

有り得ない。こちらの住まいを、彼女が知るはずがない。いや、その前に日記とノートが僕の手元にあることを、どうやって彼女が……。

三間坂秋蔵のあとを尾《つ》けていたとしたら……。

僕は引《ひ》き攣《つ》った苦笑を漏らしつつも、急いで出入口近くの洗面台まで忍び足で移動すると、そこの壁に身を張りつけるようにして屈《かが》んだ。ひやっとしたタイル壁の冷たさが、コート越しでも伝わってきて、ぶるっと身体が震える。

表からトイレを覗くだけで、二つある小用便器と扉の開いた個室が目に入り、誰もいないことが確認できる。上手《うま》くいけば、それで相手は満足するかもしれない。ここは壁が死角になって、恐らく見つからないはずである。

なぜそんな行動をとっさに取ったのか、自分でも不思議だった。その人が普通にトイレに入ってきて僕を目にしたら、きっと腰を抜かすほど驚くだろう。そこまで分かっているのに、どうしても止められなかった。むしろ身を隠すべきだと、強く感じていた。

した、した、した。

トイレの前まで来た辺りで、ぴたっと足音が止んだ。壁一枚を挟んだ向こうに、誰かが立っている。凝《じ》っとトイレの中を見詰めながら、そこに佇《たたず》んでいる。

息遣いはまったく感じられない。

微かに動いている様子もない。

寂と静まり返っている。

まるで生命活動をしていないかのようだ。にも拘らず気配がある。とにかく忌まわしくて厭な、なんとも悍《おぞ》ましい気配が、タイル壁の向こうに突っ立っている。

ひたすら息を殺しつつ、どうぞ入ってきませんように……と僕は祈った。両目を瞑《つぶ》りたかったが、もしも壁の裏を覗かれたら……と考えると、そんな無防備な真似はできない。向こうは僕を見下ろしているのに、こちらは気づいていない、という状況を想像しただけで、ざわっと二の腕に鳥肌《とりはだ》が立った。

した、した、したっ。

ようやく「それ」が歩き出した。もはや誰とも、その人とも思えなかった。まったく正体不明の存在として、僕は足音の主を認めていた。

幸いにもそれが向かったのは、拙宅とは逆の方向だった。西へと歩き出したのである。次第に遠ざかる足音に耳を澄ませながら、なおも僕はタイル壁に身を寄せていた。身体を起こして壁の陰から離れたのは、完全に足音が聞こえなくなり、さらに十秒以上が過ぎたあとである。それでもトイレから出る前に、まず首だけ出して右手を確認した。

街灯の淡《あわ》い明かりの中に、舗装路から土道へと変わる遊歩道の境目が見え、その右手に竹藪《たけやぶ》と森が、左手に大小の二つの岩と川の一部が、ぼうっと浮かび上がっている。

……何もいない。

ほっとした次の瞬間、さらに先の街灯の明かりの中を、ゆらっと通り過ぎる影が映った。まるで墨汁《ぼくじゅう》が滲《にじ》んだような、それは真っ黒な人影に見えた。人間の格好をしているのに、輪郭《りんかく》がぼやけている。半紙に墨汁を染み込ませ、わざと墨の周囲をぼさぼさにしたような朧《おぼろ》な影が、ゆらゆらっと明かりの先の暗闇へ消えて行くところを目にした。

僕が眼鏡《めがね》をかけていなかったせいか。だからそんな風に見えたのだろうか。そう考えようとしたが、

『窓の向こうに見えたのは、まっ黒な顔だったからです。目も鼻も口もない、黒々とした人影でした』

黒い部屋の住人だった母親の体験が、ふと思い出された。

今のも……。

それと同じだったのではないかと認めかけ、慌てて首を振る。

……有り得ない。

あの日記に書かれた怪異は、今から四、五十年も前の出来事なのだ。しかも僕は、その記述を読んだだけである。廃墟《はいきょ》となった烏合邸の黒い部屋に入ったのならまだしも、体験者の日記に目を通したに過ぎない。たったその程度で、そこに記された怪現象を再体験したなどとは、とても受け入れ難い解釈ではないか。

ただの酔っ払いだ。

不可解な動きは、すべて酒のせいに違いない。まずトイレの場所を忘れ、次に前まで来たものの尿意が治まり、それで帰ることにした。きっと真相は、そんな他愛《たわい》のないものだろう。

僕はトイレから出ると、そのまま北側の幅の広い遊歩道を東へ進みながら、早々にそう結論づけた。

あまり多いと言えない街灯の明かりは、ぼおっと仄《ほの》かでなんとも頼りない。それでも夜道を安全に歩けるので有り難かった。とはいえ淡い光の届かないところは、黒々とした闇に包まれている。そんな明暗が交互に訪れる。光に照らされている箇所は問題ないが、闇に沈《しず》む場所では急に不安になる。そのため左右を見上げ、谷間の上に建つ巨大なマンションの窓の明かりや道路を走る車のヘッドライトを、鬱蒼《うっそう》と茂《しげ》る常緑樹を通して眺《なが》めた。その程度の光でも、やはり目にすると落ち着く。周囲が暗いだけに、ほっとできた。

ただし効果があったのは最初だけで、すぐに威力《いりょく》がなくなり出した。あの足音の主について、気がつけば考えている。

本当に酔っ払いだったのか。

いくら酒に溺《おぼ》れていたにしろ、あの行動は奇っ怪ではなかったか。

そして黒い部屋の怪現象から四、五十年が経っている事実に関しても、心の奥底で囁《ささや》く声が次第に高まっていた。

ならば『四谷怪談《よつやかいだん》』のお岩様《いわさま》はどうなるのか。あれは二百年近くも前の話である。にも拘らず芝居《しばい》を打つとき、映画を撮るとき、本に書くときなど、今でも祟《たた》られると恐れられている。しかもモデルとなる事件が実際にあったとはいえ、その多くは四世鶴屋南北《つるやなんぼく》の創作である。それなのに障《さわ》りが起こるという不条理さを持っている。お岩様と尊称《そんしょう》をつけるのも、「お岩」と呼び捨てにしただけで、怪異が降りかかると伝わっているからだ。そもそも名前を口にするだけで、彼女が背後に立つと言われている。

拙作の短篇「あとあとさん」(『誰かの家』講談社ノベルス／講談社文庫)では、『四谷怪談』に関する考察を行なっている。興味を持たれた読者はぜひ。

話を戻そう。

烏合邸は実在した。黒い部屋も邸の一部だった。日記を書いた母親と息子は、実際そこに住んでいた。その体験談を僕は読んだ。

目も鼻も口もない、黒々とした人影が現れても、別に不思議ではないのかもしれない。

高架の下に入ったとたん、目が利かなくなった。その前後にある街灯が消えており、かつ高架下の隧道《ずいどう》には明かりがないため、ほとんど何も見えない。日中とは大違いである。上には道路が通っており、車の走行音も微かに響いている。しかし真下の暗がりは静かだった。自分の足音が無気味に反響するばかりで、他には物音一つ聞こえない。

……いや。

何か耳についた気がして、高架下の隧道を出る直前で立ち止まる。そこで聞き耳を立てていると、遠くのほうから微かに伝わってくる気配があった。

たっ、たっ、たっ。

足音だった。しかも速足で、こちらへ次第に近づいている。それが分かるほど少しずつ大きくなっている。そんな足音が薄気味悪くも響いている。

あれが戻ってきた？

その可能性に思い当たり、たちまち震え上がった。西へ進んだものの、いつまで経っても僕の姿が見えない。そこで回れ右をして、今度は東を目指しているのではないか。

莫迦莫迦しい。

隧道の暗闇を出たところで、急に自分の想像が恥ずかしくなった。単に誰か別の人が来ただけだろう。これまで確かに人っ子ひとり見かけていないが、絶対に皆無だとは当然ながら言い切れない。ようやく仕事を終えた人が、きっと夜のジョギングをしているのだ。

しかしながら、さらに迫ってくる足音を聞いているうちに、少しずつ不安感が募《つの》りはじめた。

高架下から離れるにつれ、居ても立っても居られなくなってきた。

このまま何事もなく歩き出して、もしも先程のあれだったら、どうするのか。

むざむざ追いつかれてしまったあと、いったい何が起こるのか。

とっさに目についた左手のベンチの裏に、とにかく隠れることにした。日中なら丸見えだろうが、今なら充分に身を潜められるだろう。

たっ、たっ、たっ、した、したっ。

足音の主が高架下の隧道に入ったのか、突然その響きが変わった。

した、した、したっ。

そこから速度が落ちたように聞こえたのは、やはり暗がりで目が利かないせいか。それなら生身の人間ではないのか。黒い部屋に現れた存在なら、暗闇でもお構いなしに走り抜けるのではないか。

ふと頭に浮かんだ疑問を確かめたくて、少し迷ったものの僕は覗き見ることにした。もちろん相手に見つからないように、まず四《よ》つん這《ば》いになった。そうしてベンチの陰から、そっと首だけ出してみた。

上半分が円形で下半分が四角形の、そんな隧道の暗闇の中で、ぼうっと白い影が蠢いている。まるでブラック珈琲《コーヒー》にミルクで人形《ひとがた》を描いたような影が、ゆらゆらと揺らめきながら少しずつ近づいてくる。徐々に迫ってくる。確実にこちらへ出てこようとしている。

それが明るい場所へ出る前に、僕は首を引っ込めた。

真っ黒ではなく白い人影……。

黒い部屋の怪異ではないのか。

あれは白い屋敷の訪問者なのか。

僕は二つの影に追われていて、まず黒いほうが西へ進み、そのあと白いほうが東に向かっているのだろうか。

とても信じられない解釈だったが、トイレで遭遇した影を黒い部屋の怪異だと認めるのなら、白い屋敷の影が現れても一向に不思議ではない。

した、したっ。

混乱のあまり片頭痛を覚える僕の前を、それが歩いていた。ベンチとベンチの間から覗こうとして、辛うじて思い留まる。

こっちを見てる……。

そんな気がした。それは歩きながらも周囲を見回し、どこかに僕が隠れていないか、用心深く目を凝らしている。そういう気配が、ひしひしと伝わってくる。

……危なかった。

こうなると相手が何者であれ、とにかくやり過ごして関わらないのが一番である。

した、した、したっ。

次第に遠ざかる足音を耳に、もう覗いても大丈夫だろうと判断して、ひょいとベンチの陰から首を出した僕は、

「えっ……」

とっさに声を上げていた。非常に小さかったが、思わず漏らさずにはいられなかった。

街灯の明かりから外れた暗がりに、それは入ろうとしている。だが白い人影ではなく、なんと黒かった。周囲の闇と見紛うばかりの、真っ黒だった。

やっぱり先程の黒い影なのか。では高架下の隧道の中にいた、あの白い影はいったい何なのか。

僕が呆然としていると、暗がりに消えようとしていた影が、くるっと振り向いた。目も鼻も口もない、真っ白な顔……。

その容貌《ようぼう》をまともに認める前に、僕は蹲《しゃが》んでいた。それが完全に振り返る前に、ベンチに隠れたつもりだった。

……見つかったか。

でも不安で堪《たま》らない。不用意に顔を出したことを後悔した。それ以前に電車で帰らなかったことを心から悔いた。

辺りはしーん……としている。時折ざぁーっと車の走行音が小さく響くだけで、あとは何も聞こえない。つまりそれは立ち止まっているのだ。恐らくこちらを向いているのだろう。今にもベンチの裏を覗きにくるのではないかと、もう生きた心地がしない。

何分もの時が流れたように感じたが、実際は十数秒だったかもしれない。

した、した、したっ。

それが動きはじめた。だが問題は、どこへ向かっているかである。

こちらに近づいていると分かった瞬間、すぐベンチ裏から飛び出せるように、そっと身体の向きを変える。取り敢えず全速で高架下を戻り、あとは上の道路へ出る脇道《わきみち》へ向かい、ひたすら駆けるつもりだった。上の道路に出られさえすれば、仮に人通りが皆無でも、何台か車が走っている。そこまでは影も追いかけてこないのではないか。そう睨《にら》んだ。

特に根拠はない。ただ、怪異に見舞われたのが日記と大学ノートを読んだせいだとしたら、その存在さえ知らぬ他の人間がいる場所では、あれも姿を現せないのではないか。漠然《ばくぜん》とだが、そんな気がした。著作のネタにしてきた「経験」の賜物《たまもの》だろうか。

したっ、した、したっ。

幸いにも足音は、再び東へ向かったらしい。次第に遠ざかっていく。

どうしたものか。

それを尾ける格好で、このまま僕も進むべきか。または一刻も早く脇道を上がり、とにかく遊歩道から離れるべきか。

普通に考えれば後者だろう。正直に書くと、このとき僕はかなり怖かった。怪談は読むのも聞くのも大好きだが、別に体験したいとは思わない。それでも心のどこかで、自分が足を突っ込んでしまったらしい怪異について、もっと確かめたいという好奇心も芽生えている。

けど……。

ここから先は、しばらく脇道がない。身を隠せるような場所も、確かなかったはずだ。もしまたあれが引き返してきたら、今度は見つかってしまう確率が高い。

問題は暗がりだ。

すでに僕は一つの仮説を立てていた。あまりにも莫迦らしく、かつ間抜けな解釈なのだが、これ以外に考えられない。

あれの後ろ姿は黒いけど、正面は白いのではないだろうか。

境目が灰色なのか、はっきりと白黒の区別がつくのかは不明だが、そんな格好をしているのではないか。なぜかは分からない。強いて理由を挙げれば、僕が烏合邸の黒い部屋と白い屋敷の、その両方の怪異を知ってしまったせいではないか。

としたら……。

そんな存在のあとを尾けて、もしも知らずに暗がりで追いつき、それが気づいて振り向いたら、暗闇の中に突然、ぱっと白い顔が浮かぶ。すぐに全身が白い人形となり、こちらに襲《おそ》いかかってくる。そういう想像をしただけで、もう駄目だった。

僕は遊歩道の東の方向を、それこそ何度も振り返りながら、高架下の隧道を足早に戻った。そして少しでもあれと距離を置くために、南側の遊歩道に移ってから一番近い脇道を上がった。そこから先は最短ルートを選びつつ、ひたすら拙宅を目指した。

なんとか無事に帰宅できたときには、もう疲労困憊《こんぱい》だった。温かい風呂《ふろ》が、どれほど有り難かったことか。

翌朝の起床後、昨夜の体験を吟味しようとして、すでに夢のような記憶になりつつある事実に気づき、愕然《がくぜん》とした。このまま放っておけば、どんどん細部を忘れてしまいそうで、物凄く怖かった。

この現象も、あれの手なのか。

本当に夢だと思い込ませることができれば、こちらは油断する。すると次の機会が巡ってきたとき、きっと有利に働くのではないか。あれにとって……。

この考え自体が病的なのは間違いないが、かといって無視するつもりは毛頭ない。まだ記憶が明確なうちに、僕は昨夜の体験を記録しておくことに決めた。しかも書き上げたデータは、すぐさま三間坂秋蔵にメールで送った。データの保存と、彼に対する警告のために。

その日の夜、彼から返信があった。仕事が忙《いそが》しくて返事が遅れたことを詫《わ》びると共に、こちらの身を気遣った内容だったが、その大半を占《し》める文章を読んで驚いた。僕の体験に比べると随分と増しだが、すでに彼も怪異に遭っていたのである。

三間坂のメールの該当箇所のみを以下に記す。


私は地下鉄のホームの一番端に立っていました。電車の後尾側です。近くに若い男性が一名、少し離れたところに男女一組が見えるだけで、他の人たちからは離れていました。ちなみに三人ともスマホに目を落としている状態でした。

私は読みかけの本を鞄から取り出そうとして、ホームの端にいる人物に気づきました。もっともそこは柵《さく》の外で、ほとんどトンネル沿いでしたので、きっと駅員が立っているのだと思ったのですが、よく見ると違うのです。ただ何がどう異なっていたのか、今となっては上手く説明できません。

最初は黒い制服を着ているように映りました。でも、そんな駅員などいませんよね。それで喪服《もふく》かと考えたのですが、そういう格好で柵の外に出ているのは変です。

あの人はいったい……と首を傾げていると、ゆっくりと片手を私のほうに差し出し、ゆらゆらと振り出しました。それは「お出《い》で、お出で」の仕草でした。真っ黒な衣服に対して、抜けるように白い掌《てのひら》が、私を呼んでいるのです。

ぞっとしました。そこで、ようやく気づくのですが、その顔も真っ白でした。いいえ顔だけではなく、あれは頭部全体が白かったのかもしれません。

思わず私が声を漏らすと、近くにいた男性が少し動いて、トンネルの中を覗き込む格好をしたのが分かりました。しかし何も見えなかったのか、ちらっと私を一瞥《いちべつ》しただけで、またスマホに戻ってしまいました。

　そのときには、もう怪しい人影は消えていました。ホームをこちらへ戻ったのなら、間違いなく私が気づいたはずです。近くの男性も、きっと目撃したでしょう。でも、そういう素振りは少しもありませんでした。

　ということは、あれはトンネルに消えたのでしょうか。

　電車に乗ってからは、窓の外を見るのが怖かったです。あれが外の暗闇から、また手招きするように思えたせいです。

　それは幸いなかったものの、ふと気づくと車内で、誰かに見られているように感じました。けれど周りを確かめても、そんな人はいません。あの妙に粘《ねば》りつく視線は、いったい何だったのでしょうか。


　その後は幸い何事もなく、三間坂は無事に帰宅できたらしい。こうして返信を書いているのだから当たり前だが、それでも僕は彼のメールを読んでいる間、ずっと心配していたのだから滑稽である。

　車内の粘りつく視線について、「川谷妻華だったとか」とメールしたところ、すぐに「止めて下さい」と返事があった。

　取り敢えず互いに注意を怠《おこた》らず、当分は大人しくしていようと決めたにも拘らず、ほどなく三間坂は蔵の検めを再開したというから、見た目と違って剛毅《ごうき》な男である。その結果、年も押し迫った年末に届いたのが、以下に紹介する奇っ怪な内容が録音されたカセットテープだった。

ただし日記や大学ノートに比べると、情報量が圧倒的に少ない。テープ起こし原稿をそのまま掲載《けいさい》した場合、徒《いたずら》に読者の混乱を招く懼《おそ》れがある。そのため僕と三間坂が相談して纏《まと》めた、このテープに関する推測を次に挙げておきたいと思う。


一つ、録音者は二十歳くらいの女子学生。建築学部の大学生か。

二つ、収録の日時は不明。午後四時で「まだ当分は明るい」と言っているため、季節は夏かもしれない。

三つ、彼女の「仕事」は物件に住むことではなく、その探索にある。ただし家屋内のすべての部屋を回る必要があるらしい。また何らかの異変を感じた場合は、できるだけ調べることも求められている模様。

四つ、どうして八真嶺が、この物件だけ別の扱いにしたのかは不明。

五つ、彼女が選ばれた理由は、年齢の割に描写力があることではないかと考えられる。建築の知識がありそうにも思われる。

六つ、彼女が応募した理由は不明。やはり高額の報酬が目当てか。

外部の業者が担当したテープ起こしは、一字一句を正確に再現したものだが、それを以下にそのまま載せているわけではない。「あのー」や「えーっと」など繰り返しが多い言葉で、特に必要ないと判断した言葉は削除《さくじょ》した。録音されている物音は、できる限り擬音《ぎおん》語で表現してもらったが、補足が必要と判断したものは、僕と三間坂の二人で、その都度（　）内に説明を入れた。彼女の口調から感じ取れる心理状態なども同様である。そこには二人の主観が入っているが、互いに相談した結果、削除あるいは追加した補足説明もある。テープの劣化《れっか》のせいで聞き取り難い箇所についても同様の処理をした。了《りょう》とされたい。

なお、次のテープ起こし原稿に目を通している間、ぜひ注意してもらいたいことがある。少しでも不審に感じられるメールや電話や訪問者があった場合は、ただちに本を閉じること。万一それに応答してしまったときは、必ずその場から逃げること。ちなみに「不審」の判断は、読者各自の直感に委《ゆだ》ねるしかない。

いったん読むのを止める、または他の場所へ移動する。これだけで対処できるはずである。恐らくは。

赤い医院　某女子大生の録音

これから録音を開始します。最新の小型テープレコーダーを使うので、心配していたほど重くなく、また邪魔《じゃま》にもなりません。

時刻は四時十一分です。まだ当分は明るいので助かります。

私は今、元は歯医者さんだった建物の前にいます。看板は出てるけど、読まないほうが良いでしょう。ここでは「赤い医院」と呼ばれているそうです。

歯医者さんの建物と言いましたが、その家族の住居も兼《か》ねていると聞いています。あまり詳しくは教えてもらえなかったので、あとは分かりません。

ここで事件が……、人が死ぬような出来事が起きたのは、確かみたいです。でも、どんな事件だったのかは知りません。人が亡くなってるのですから、殺人事件ですよね。ただ、そういう知識は必要ないと言われました。

ふうっ（気持ちを入れ替えるように息を吐《は》く）。

それでは実況をはじめます。専門用語は使わずに、なるべく平易《へいい》な言葉で、目に映ったままを伝えるように心がけるつもりです。

目の前には大きな窓があります。左隣にも同じ大きさの窓があって、どちらも表に格子《こうし》がついているのは、きっと泥棒除《どろぼうよ》けでしょう。

窓の右側が玄関で、その右横に防火用水が見えます。ちゃんと水が入っていて、それを汲《く》む桶《おけ》も置かれています。

玄関は表から少し引っ込んでいて、戸は横開きです。

それでは開けます。

ぎゃ、がちっ（鍵《かぎ》を差《さ》し込んで解錠《かいじょう》しているらしい音）。

がら、ががらっ、がら。

お、お邪魔します。

（少し間が空く）

なんか薄暗いですね。まだまだ外は明るいのに、まるで家の中は早くも日暮《ひぐ》れを迎えたかのようです。

すぐに広い三和土《たたき》があります。正面は格子入りの曇《くも》り硝子《ガラス》戸で、右側は壁《かべ》です。左手に式台《しきだい》があって、そこから八畳《じょう》間の座敷が見えています。襖《ふすま》戸も障子《しょうじ》戸もありません。ここが患者《かんじゃ》の待合室だからでしょうか。

家に上がるときは、靴《くつ》を脱《ぬ》ぐように言われています。ただ、靴下だけで歩き回るのは不安だったので、足袋《たび》を持ってきました。

ぎぃぃ（式台に腰かけたらしい）。

ちなみに服とズボンは、汚《よご》れてもいいものを着ています。

（ややもたつきながら足袋に履《は》き替えている様子）

八畳間に上がりました。

正面と右手に板戸があります。正面の板戸の右には、かなり急勾配《きゅうこうばい》の階段が見えます。座敷から板間や廊下《ろうか》を挟《はさ》まずに、すぐに階段という作りは、なんだか落ち着きません。畳《たたみ》からいきなり階段が生えたように映るからでしょうか。

部屋の左側は窓です。私が表に立っていたとき、目の前にあった窓がこれでしょう。

あっ、玄関を閉めてない。

(少し間が空く)

別にいいですよね。泥棒が入るとも思えませんし……。

そうだ。これからも開けて通った襖戸や障子戸は、そのまま閉めないことにします。こうしておけば、どの部屋に入ったか、まだ覗《のぞ》いていない場所はどこか、一目で分かるからです。

ざっ、ざっ、ざっ(歩いている)。

足の裏が妙にざらざらして、なんだか気持ち悪いです。足袋を持ってきて正解でした。ここは靴下でなんか歩きたくありません。

正面の板戸を開けます。

がたっ、ず、ず、ずっ。

ちょっと硬《かた》いです。敷居に砂でも入り込んでいるような感じがあります。

ず、ずーっ。

応接室ですね。椅子《いす》が四脚とテーブル、奥の壁は本棚です。その右手に机と椅子があるので、院長先生であるご主人の書斎《しょさい》も兼ねているのかもしれません。

あっ、兼ねていた、ですね。過去形で。

左側の窓は表に面しているのに、なんだか薄暗いです。急に曇ったのでしょうか。私が家に入る前は、ちゃんと晴れていたのに変ですね。

言い忘れましたが、この家の玄関は北向きです。だからといって突然、こんなに暗くなりませんよね。きっと窓が汚れているのでしょう。

ざっ、ざっ、ざっ（歩いている）。

待合室に戻りました。南側の板戸を開けます。

ず、ず、ずっ。

四畳間ですが、畳が縦《たて》に敷かれています。正面と右手が硝子の入った障子戸で、左側が襖戸です。その襖の右隅《すみ》には電話台が置かれ、黒電話が載っています。畳敷きの部屋ですが、むしろ廊下と言うべき空間かもしれません。

（少し間が空く）

このまま一階の探索《たんさく》を続けるつもりでしたが、待合室の階段が気になります。先に二階へ上がってしまいましょう。

ざっ、ざっ、ざっ（歩いている）。

階段の上は真っ暗です。なぜこんなに暗いのでしょう。

表から見上げたとき、二階の窓に雨戸《あまど》は閉められていませんでした。だったら日の光が入っているはずです。応接間と同じく窓が汚れているのでしょうか。それでも少しくらい光は射《さ》すでしょう。これほど真っ暗になるはずありません。

（しばらく間が空く）

正直ここを上がるのは怖いです。

でも、まだ三部屋しか検《あらた》めていません。先は長そうです。後回しにするよりも、苦手なものは先にすませよう。

みしっ（一段だけ上がった様子）。

ぎぃぃぃ、きゅぃぃぃ、みしっ、ぎしっ（ゆっくりと階段を上がっている）。

もう何も見えません。

階段は急なだけでなく、幅も狭《せま》過ぎる気がします。上がりと下りで擦《す》れ違うことは、絶対に無理ですね。

ぎぃぃ、ぎぎっ。

ようやく目が慣れてきました。もうすぐ二階に着きます。

階段が終わるところで、右側の壁は切れていて、左手に扉《とびら》があります。正面は壁です。右に進むと……、ここが待合室ですね。南側を除く三方の壁に、横長のソファが一つずつ置かれています。南の壁には扉が見えますが、引き戸のようです。

この部屋に窓は、どうやらありません。扉のある北と南、それに西の壁は分かります。そっちは家屋内ですから。でも、どうして東側にないのでしょう。

暗くてよく見えませんが、東側の壁は……。

（室内を歩き回っている様子）

この壁は、あとから作ったものかもしれません。南東の隅が、不自然に斜めになっているのも変です。

南側の引き戸を開けます。

がら、がら、がらっ。

診察室《しんさつしつ》です。南に向いた窓の側に、二脚の診察台が置かれています。西側には出窓があって、採光は充分なようですが……。

やっぱり薄暗いですね。それに空気が、なんだか重いです。閉め切ってあるため、汚れて淀《よど》んでるんでしょうか。マスクを持ってくるんだった。

歯医者さんの診察台って、この世で一番座りたくない場所かもしれません。ここが廃墟《はいきょ》で、目の前の診察台も廃棄物《はいきぶつ》のせいか、余計に恐ろしく見えます。

出窓の右に扉がありますが、外へ出てしまうんじゃないでしょうか。

開けます。

がちゃ。

あっ、物干し台が見えます。建物の南西に当たる一階の屋根の上に、物干し台が据《す》えられています。そこまで行けるように、ここから板が渡してあるようです。それにしても手摺《てすり》が低くて怖そう。洗濯物《せんたくもの》を抱えて、こんな板の上を歩いたのでしょうか。それも診察室から。ちょっと変ですよね。

では、行きます。

みし、みしっ。

高所恐怖症ではありませんが、これは恐ろしい。中途半端な高さだからでしょうか。板の古さも不安です。

みし、みしっ。

中庭の上まで来ました。梯子《はしご》があります。きっと下で洗濯して、ここから物干し台まで行ったのでしょう。納得しました。けど雨の日は大変です。

みし、みし、みし、みしっ。

そうか。物干し台に屋根はないので、雨の日は干さないんだ。

みし、みし、みしっ。

ようやく物干し台に着きました。結構広いです。

家の中よりも、もちろん明るいのですが……。外の明るさと、どうも違う気がします。ここも外なんですけど、この家の表に立っていたときとは、まったく異なってるように思えます。どちらも外に変わりはないのに。

それとも建物の前は、完全な外部に当たるけれど、ここは家屋内だからでしょうか。でも、それって変ですよね。こうして日の光を浴びてるのは、まったく同じなのに、その明度にこれほど大きな差を感じるなんて。

眺《なが》めは……良かったのかな。

ここから見えるのは、かなり壮絶《そうぜつ》な家屋の有様です。まず講義には出てこない建築物の姿だと思います。しかし今、それを描写している暇《ひま》はありません。私の役目とも違います。

戻ります。

みし、みし、みしっ（無言で板の上を歩いて戻っている）。

がちゃ。

思わず扉を閉めてしまいましたが、まぁいいか。

この赤い医院は烏合邸《うごうてい》そのものと、実は似ているのかもしれません。元の木造家屋に、あとから色々な建て増しをした結果、今のような物干し台が出来上がったと思われるからです。

そうか。元は普通の民家だったんだ。そこに無理矢理、この歯科医院部分を付け足した。だから階段も狭くて急で、おまけに座敷からいきなりはじまる羽目になった。

ようやく納得できた気がします。それでもこの家が持つ歪《いびつ》さは、やっぱり気味が悪いです。

ここで生活してるうちに、歪《ゆが》んだ家の影響を受けそうで……。

診察室の東の壁には、二つの大きな棚があります。医療《いりょう》器具や薬品やカルテなどが置かれていた――いえ今も入ってるようです。

本当にそのまま、家の中身もそっくり、ここに持ってきたんですね。歴史的な建造物を已《や》む無く移築するときみたいに（呆《あき》れたような口調）。

棚の左側に、少しスペースを空けて、また棚があるようなのですが……。

あっ、通路です。待合室の南東の隅が、不自然に斜めになってると言いましたが、その裏から建物の正面に向けて、ずらっと棚が並んでいます。それらの棚と待合室の東の壁との間に、非常に狭い通路が作られています。待合室の壁には、こういう意味があったんですね。

ちなみに通路は、ほぼ真っ暗です。棚が窓を塞いでいるからでしょう。辛うじて前方が薄明るいのは、表の窓から日の光が入っているからと思われます。

ふうっ（大きく息を吐き出す）。

では、行きます。

右に棚が、左は壁が続きます。本当に狭いです。棚から物を取り出してる人がいたら、絶対に通れない幅しかありません。

もしも今、前からも後ろからも何かがやって来たら、どこにも逃げ場が……。

私は何を想像してるのでしょう。

こんな所で、そんなことを考えるなんて……。

(急に速足になった様子)

もうすぐ通路が終わります。

出ました。建物の正面側です。長方形の部屋で、窓側一杯に作業台のようなものが据えられています。

どうやら技工室のようです。反対側には棚があり、その横の扉は、階段を上がり切った左手にあったものでしょう。

がちゃ。

やっぱりそうです。これで二階は一通り見ましたので、あとは階段を下りて……。

(少し間が空く)

物音がしました。

診察室から聞こえたようです。家鳴りでしょうけど、確かめる必要があります。

(少し歩き出してから)

先程うっかりと、診察室に入る引き戸を閉めたようです。待合室は真っ暗です。棚と壁の間の通路を戻るほうが、まだ増しかもしれません。あっちにしましょう。

こちらも暗いですが、診察室に射し込む日の光が、前方に見えているだけ助かります。それにしても変わった造りの家です。こんな通路まであるなんて。歯医者さんとしては、流行《はや》ったんでしょうか。

（戻っている気配）

あと少しで通路を出ますが……。

（急に足取りが鈍《にぶ》った様子）

壁が斜めになってる箇所から、ちらっと診察室を覗いて、それで戻りたいと思います。充分ですよね。ちゃんと確認するわけですから。

（声も落としている）

二つの棚が見えますが、先程と同じです。手前の診察台も、奥の……。

（立ち止まった気配）

ううっ（喉《のど》が鳴ったような音）。

……ふううっ、ふうううっっ（必死に息を殺しているのに、それが漏《も》れている様子）。

お、奥の診察台に……（小声で）。

だ、だ、誰かいました。よ、横になってます。

しかも、妊婦《にんぷ》のように見えたんですけど……。

（しばらく息遣いだけが聞こえる）

見間違いでしょう。暗い通路から薄明るい診察室を覗いたため、そんな風に映っただけだと思います。

どうやら見落としていたようです。

（少し間が空く）

もう一度、確認します。

（少し間が空く）

やっぱり誰もいません。

（歩いている物音）

診察室に変わったところは、何も認められません。

これから一階に戻ります。

がら、がら、がらっ。

待合室に入りました。診察室からの明かりで、どうにか……。

あれ？　西の壁に引き戸があります。長ソファの横です。さっきは暗過ぎて、どうやら見落としていたようです。

二階を見終わったと思ったのは、どうやら早計でした（がっかりした口調）。

引き戸は待合室の床より、一段高くなってます。

ずず、ずず、ずっ。

畳の部屋です。真っ暗ですが、四畳間ですね。一階の電話室と同じく縦に並んでいます。正面と左に襖が、右に板戸があります。

（室内に入った様子）

まず板戸を開けます。

がたっ、ざ、ざっ。

ここは物置でしょうか。またしても一段高くなった八畳ほどの板間に、古い箪笥《たんす》や柳行李《やなぎごうり》や木箱などが、雑然と置かれています。

ぎしっ（板間に上がった様子）。

正面に窓がありますが、家の表側のはずです。お蔭《かげ》で薄明かりが射し込んでいて、なんとか室内を見渡すことができます。

左手にあるのは、押入《おしいれ》ですか。元は部屋として使っていたのかな。

がた、がたっ。

襖が開きません。

がた、がた、ず、ずっ。

蒲団《ふとん》が入ってるようです。やっぱり元々は部屋だったのでしょう。

ぎし、ぎしっ。

四畳間に戻って、待合室から見て左手の襖を開けます。

ここは六畳間ですね。左側に机と椅子が、右側に本棚があります。正面は窓です。

ざ、ざ、ざっ。

あっ、子供部屋だったんだ。勉強机ですね。本棚に並んでいるのも、子供向けのものばかりです。けど、本の種類に開きがあるような……。お兄ちゃんと妹の、二人の部屋だったのかもしれません。

窓の外は、ああっ、あの恐ろしい空中廊下です。ちょうど目の前に、中庭に下りる梯子が見えています。

物置もそうでしたが、窓があっても相変わらず薄暗いです。

それにしても待合室の隣に、こんな子供部屋と座敷があるとは、ちょっと驚きました。子供たちは待合室から、いちいち自分たちの部屋に入ってたのでしょうか。いくら何でも不便ですし、患者さんたちにも迷惑ですよね。それとも別の出入口があるのか。

四畳間に戻り、待合室から見て正面の襖を開けます。

あれ、開かない。建てつけが悪いんじゃなくて、これは……。

がたっ、ずずっ。

左側の襖は動きませんが、右側は開くようです。

ず、ず、ずっ。

……真っ暗です。ここは何でしょう。

みしっ、ぎしっ（ゆっくりと足を踏み入れた様子）。

板間ですね。

ずざざっ。

うわっ！

……痛ぁぁっ。危なかったぁ。

何ですか、穴ぁ？

いえ、階段ですね。こんなところに階段が……。

このまま下りるのは危険です。もう少し目が慣れるまで待ちます。

（少し間が空く）

襖がありますね。四畳間から出て、左手です。危うく見逃すところでした。いったい二階だけで、何部屋あるのでしょうか。

開けます。

ざ、ざっ、ず、ずっ。

三畳間、いえ四畳あります。横向きの畳が縦に三つ並んだ右側に、もう一畳が縦にくっついているようです。そのため床の間っぽく見えますが、実際は違いますね。

そうか。四つの畳を不規則に並べて、わざと中途半端な空間を設けたのは、さっきの階段を通すためなんだ。

無茶苦茶に建て増しされてるように見えて、実は少しも無駄《むだ》が出ないように、少しでも隙間《すきま》があれば徹底的に活用してるのかもしれませんね。

ここの部屋の窓の右半分は、ちょうど物干し台に向いています。あまり眺めは望めなかったわけです。

さて、これ――。

(ここでテープのA面が終わったらしい。以下はテープのB面と思われる)

さて、さすがに二階は、これで終わりでしょう。

(部屋から出て、板間に戻っている気配)

ここの階段も急勾配です。ただ、こっちには踊《おど》り場《ば》があります。かなり狭いですけど、左に折れているようです。

ぎぃ、ぎぃぃ(階段を下りている音)。

さっきは、ここを落ちかけました。踊り場があるので、もし足を踏み外したとしても、それほど大事にはならなかったと思いますが……。どんな状況かも分からずに落ちるのは、ぞっとしません。

今も右側の壁に手を添えながら、ゆっくり下りています。

踊り場で左に曲がりますが、少し背の高い人なら、きっと階段を下りかけたところで頭を打つでしょう。この踊り場の空間を作るために、先程の四畳間の畳の並びが、あんな風に変になっていたわけです。

ぎぃ（立ち止まった様子）。

一階は真っ暗ですね。

まるで地下室へ下りていくようで、なんだか厭《いや》です。でも、ここから戻るのは、もっと気が進みません。

目が慣れるまで、少し待ちます。

（しばらく無言の間があり、微《かす》かな息遣いだけが聞こえる）

……物音がしました。

二階です。診察室の方向でしょうか。

（少し間が空く）

ここにいたくありません。こんな暗闇の中、凝《じ》っとしているのは厭です。

少しは見えるようになったでしょうか。あまり改善したとは思えませんが、もう我慢《がまん》できません。とにかく進みます。

ぎぃぃ、みしっ、ぎぃぃぃ。

右側の壁に手をつきながら、ゆっくり階段を下りていきます。もうすぐ一階に着きます。

ここは……三和土ですか。

階段を下り切って左を向くと、足元に式台代わりの板が敷かれていて、その向こうに踏台がありります。この二つを伝って、さらに先の式台まで渡り、曇り硝子格子の障子戸まで行けるようになっています。

それから階段がある壁に……、これは膳棚《ぜんだな》ですね。ということは障子戸の向こうは、恐らく居間でしょう。そこで家族が食事をしていたわけです。となると正面に居間を見て、右手に当たる引き戸の先は、間違いなく台所ですね。

左手の曇り硝子戸の向こうは、位置関係から考えて、玄関ではないかと思います。きっと玄関の三和土が、ここと奥の台所まで続いているのでしょう。

まず左側を確認します。

がた、がたっ。が、がっ、がらがら。

やっぱり玄関の三和土でした。ここから右手の座敷へ上がり、二階へ上ったわけですが、こうして元に戻ってきたことになります。

これで残るは、一階だけになっ……（唐突《とうとつ》に途切れる）。

（少し間が空く）

玄関の横開き戸って、確か閉め忘れましたよね。

それに気づいて「しまった」と思いましたが、すべての戸を開けたままにすれば、どこを通ったかが分かって良いと、あのとき考え直したはずです。

それなのに、なぜか閉まってます。

（少し間が空く）

表を通った烏合邸の住人が、不用心だと閉めて下さったとか。けれど今、ここに住んでる人はいるのでしょうか。その件については、何も教えてもらってません。今日ここへ来たときも、誰とも会いませんでした。

実は最初に、烏合邸を一周しました。赤い医院以外の建物は、私には関係ないと分かっていますが、やっぱり興味があったので……。

そのときは人の気配など、少しも感じませんでした。火事で焼けたらしい部屋や、ほとんど廃墟と化している家屋など、とても人間が住めないような物件も多く、本当にここで暮らす人がいるのかと、かなり疑問に思ったくらいです。

やっぱり住人はいないのでしょうか。

だったら玄関の戸は、誰が閉めたのか。

（しばらく間が空く）

一階の残りの部屋を検めます。

じゃ、ざ、ざっ、じゃ、じゃ（足袋で三和土を歩く足音）。

二つ目の三和土に入ったところで、左手に曇り硝子戸があります。先程は指摘するのを忘れていました。

開けます。

が、がっ。

ここは……電話室ですね。畳が縦に並べられた、あの四畳間です。

三和土の奥へ進んで、式台に上がり、左手の曇り硝子戸を開けます。

がら、がら、がら。

予想通り居間でした。四畳半間の中央に卓袱台《ちゃぶだい》が置かれ、その周りに座布団《ざぶとん》が、一つ、二つ、三つ、四つ、五つ、六つあります。六人家族だったのでしょうか。

隅にテレビがあります。ちょっと古い型のような気がします。

（式台から三和土に下りた様子）

奥の引き戸を開けます。

やはり台所です。ほんの少し薄明かりが射し込んでいます。左手に竈《かまど》が、右手に調理台が見えます。

がた、がた、がたっ。

正面の引き戸の向こうは……。

が、がっ、がた、がらがら。

中庭です。外へ出ました。しかし三和土は、まだ続いています。

左手の長方形の地面は、土ですね。そこに梯子があります。二階の空中廊下から見下ろした、あの梯子です。

えっ。

（少し間が空く）

たった今、二階から見下ろされてるような気がしました。けど見上げても、誰もいません。当たり前です。

（しばらく間が空く）

居間から中庭に向けて板敷が延びて、それが渡り廊下に繋がっています。その先には曇り硝子戸があって、風呂場《ふろば》に行けるようです。

台所から出て、すぐ右手に手押しポンプと流し台があります。ここまで台所と見るべきでしょうか。その先は物置で、向かいに風呂場の焚口《たきぐち》が見えます。

がた、がた、がたっ。

物置を開けました。

大きな樽《たる》や甕《かめ》が入っています。この臭いは……漬物《つけもの》でしょうか。しかし、こんなものまで持ってきますか。

本当に元のように復元しているとしたら、凄《すご》いことです。

この家でどんな事件が起きたか知りませんが、ここまで検めた感じでは、少なくとも土台となる建物は、戦前のものではないでしょうか。空襲《くうしゅう》で焼けなかったか、そもそも戦災に遭わなかった土地に建ってたのか。それに増改築を施《ほどこ》したのでしょう。

物置の隣は厠《かわや》で、そこで敷地は終わっています。厠の向かい、風呂場の奥には井戸があり、ポンプが取りつけられています。

塀の右隅に、小さな木戸が見えますが……。

がち、がちゃ。

開きません。ここは閉め切られているようです。

戻ります。

これで一階の西半分に、恐らく入ったことになります（少し嬉《うれ》しそうな口調）。残っているのは一階の東半分です。

例の電話室から上がっ……。

（しばらく間が空く）

中庭の地面に、足跡《あしあと》がついてます。

さっきもあった？

目にした覚えはないのですが、見逃したのでしょうか。

梯子を下りてきて、奥の厠へ向かっているような、そんな跡です。

でも、こんな風に足跡が印されてたら、きっと気づいたと思うのですが……。

戻ります。

とにかく残りの部屋を見てしまいます。

じゃ、じゃ、ざっ、ざっ、じゃ、じゃ（速足で歩いている様子）。

電話室に上がります。非常に暗いですが、このまま奥の襖戸を開けます。

がた、がたっ。

建てつけが悪いです。

がた、がた、がたっ、ずずずっ。

ここも真っ暗ですね。

さすがに、これでは進めません。目が慣れるのを待ちます。

（荒《あら》い息遣いが聞こえる）

閉め切られてたせいでしょうか、空気が重いです。さっきまで中庭に出ていたので、余計にそう感じるのかもしれません。

でも……この家に入ったときに覚えた空気の重さより、もっと酷《ひど》くなってる気がするのは、どうしてなのか。

こんなことをしていて、本当に良いのでしょうか。

けれど、せっかくここまで頑張《がんば》ったのに……。

（少し間が空く）

西の階段のほうで、とん、とん……と物音がしました。

あの踊り場のある階段です。そこを誰かが、まるで上っていったかのような……。

梯子から下りて、また階段から上がる。

そんな……。

（少し間が空く）

続けます。

部屋は六畳間で、正面の左手に一畳分の板間が設けられ、そこに箪笥が置かれてます。箪笥の上にはラジオがあります。板間の右横は押入です。部屋の北側は壁で、南側には襖戸が見えます。この部屋の左隣が、書斎に当たるはずです（かなり早口になっている）。

では、奥の襖戸を開けます。

ここは……客間ですね。中庭から仄《ほの》かに明かりが入ってるお蔭で、室内の様子も分かり易《やす》くて助かります。

右側は壁、正面は曇り硝子格子の障子戸で、左側に床の間があります。その隅に茶釜《ちゃがま》が見えてるので、茶室としても使われていたのでしょうか。ただし肝心《かんじん》の炉《ろ》は、どこにも見当たりませんので、もしかする……。

(少し間が空く)

上で物音がしました。

きゅぃぃぃん……という音です。

歯医者さんが、患者の虫歯を削《けず》るような……。

(少し間が空く)

きっと空耳ですね。

この真上が診察室だと知ってるから、いかにも歯科医院で響きそうな音が、ふと耳についた気になるのでしょう。

正面の障子戸を開けます。

縁側《えんがわ》と沓脱《くつぬぎ》石があって、こぢんまりとした庭が見えます。縁側の右手には風呂場へ続く渡り廊下が、左手にも廊下が延びていますが、途中に手水《ちょうず》があるため、その先は厠でしょう。

左の廊下を進みます。

庭に生えた南天《なんてん》の赤みが、妙に毒々しく映るのは、どうしてでしょう。赤いと言えば、日の光も随分と赤茶けているようです。まだまだ夕暮れには時間があるはずなのに、もう七時を過ぎてるような薄暗さです。

廊下の突き当《つ》《あ》たりは、やっぱり厠でした。庭の奥には板塀があり、南天越しに木戸が見えていますが、恐らく閉め切りでしょう。

だけど、ちゃんと行っておいたほうが、いいですよね。

（廊下から庭に下り、奥の板塀まで進んでいる気配）

がた、がたっ。

やっぱり開きません。

さて、この家のすべての部屋と空間に、これで入ったことになります（満足そうな声）。

あとは……。

あっ、違う。お風呂場を忘れてました。あそこだけ、まだ見てません。庭の物置まで覗いたのですから、お風呂場も検めておくべきでしょう。

客間の縁側から渡り廊下に出て、お風呂場の戸を開けます。

入ってすぐが、簀子《すのこ》板を敷いた洗い場で、その右側に湯船があります。これは……あぁ、五右衛門《ごえもん》風呂ですね。

ふうっ。

これで本当に終わりです。戻るとき、居間へと続く廊下のような板敷を通れば、家屋と敷地内のすべてを歩いたことになります。

ぎ、ぎ、ぎっ、みし、みし、きしっ（渡り廊下から板敷を歩いている様子）。

障子戸を開けます。

居間に入りました。ここから電話室を抜けて、最初に待合室かと思った、階段のある八畳間を通り、玄関の……。

（少し間が空く）

上で物音がしました。

今も聞こえてます。これって、録音されてる？

（しばらく何も聞こえない。彼女が小型テープレコーダーを、必死に天井に翳《かざ》しているらしい気配がしている）

診察室から待合室へ、誰かが歩いているような音です（小声）。

（少し間が空く）

あっ、階段を下りはじめました。

このままだと八畳間で、それと鉢合《はちあ》わせする……。

居間から三和土に下りて、玄関に行きます。

（座敷から式台へ、式台から三和土へと移動して、速足で進みかけたところで、急に立ち止まった様子）

駄目《だめ》、間に合わない。

それが階段を下り切って、もう八畳間にいる。

（足早に戻っている気配）

あれが電話室に入ってきても、玄関の三和土に下りても、私は見つかってしまう。

ぎぃぃ。

西の階段は無理。軋《きし》む音でばれてしまう。

まだ三和土には下りてない（振り向いて確かめている様子）。

あれが三和土に出てくる前に、中庭まで逃げなきゃ（玄関から外の手押しポンプと流し台辺りまで三和土は続いており、かつ途中の戸は開けっ放しのため、あれが三和土に下りると、彼女が丸見えになることを恐れていると推察できる）。

はぁ、はぁ、はぁ（息が荒いのは、速足のせいというより、何度も後ろを振り返っているからと思われる）。

外へ出た。

えっ……。

振り向いたら、影のようなものが、ふっと右手に消えるのが見えた。

あれは……八畳間に戻ったの？

あれは誰？　いったい何者？

どうしよう……。

（少し間が空く）

あれが二階へ戻ったのなら、三和土を走って玄関まで行き、そのまま逃げられるけど……。

もしも八畳間にいるなら、玄関の前で捕まってしまう。

（少し間が空く）

裏の木戸は閉め切りになってる。第一この家の背後は、別の家屋と接してるから、仮に木戸を開けられても、外には出られない可能性が高い。

唯一の出入口は、どう考えても玄関しかないわけか。
ふうっ。
玄関まで行きます。ただし走らずに、忍び足で。
(ほとんど足音を立てずに、彼女が移動している気配が、しばらく続く)
……今、八畳間まで来ました（小声）。
誰もいません。
あれは二階に戻ったようです。
これから玄関の戸を、ゆっくり物音を立てずに開けます。
がちっ。
が、が、がっ。
あ、開きません。
どうして……（泣き声に近い声音）。
がた、がた、がたっ（物凄く大きな物音）。
がた、がた、がた、がた、がたっ（それが連続で響く）。
(突然の静寂)
……そんな、やだ。
あれが階段を下りてくる。
がん、がん、がんっ（戸を蹴飛《けと》ばす大きな音）。
ひいいぃぃぃ。

（三和土を走って戻っている様子）
ちらっと見た。少しだけ見えた。
（三和土を走っている）
何なの、あれ……。
（急に立ち止まった気配）
来る？
来ない？
……やだ。
（再び走り出すが、すぐに物音が変わる）
ぎぃ、ぎぃぃ、ぎぃ、ぎっ（中庭の梯子を上っている様子）。
とにかく二階へ（息切れがしている）。
ぎぃ、ぎぃぃ、ぎっ。
ふうっ。
みし、みし、みしっ（空中廊下を歩き出した様子）。
診察室に入って、それから……。
みしっ（立ち止まる）。
……えっ？
診察台に、誰か寝てる。
起き上がった。

来るな！　来ないで……。
厭だ。
みし、みしっ（空中廊下を戻り出した様子）。
いやぁ。
子供部屋の窓に、何かいる。
こっちを見てる。
そんな……。
梯子の下にも、いる。
みし、みし、みし、みしっ。
来る、来る、来る。
みし、みし、みしっ。
物干し台だけど、どこにも行けない。
もう逃げられない。
ぎ、ぎ、ぎっ（物干し台の奥まで逃げている様子）。
厭だ。
来るな、来ないで……。
お願い……。
厭だぁぁぁ。
うわぁぁぁぁぁっ。

おおぉぉぉぉぉぉぉぉぉぉぉぉっ。

ごごごっっっ、うううううっっっっっっ。

(急に静かになる)

(しばらく何の物音も聞こえない)

(もう何も録音されていないのかと思うころに)

………………。

(微かな物音が聞こえる。何度も聞き返すが、何の物音か分からない)

(何回も繰《く》り返《かえ》して聞いているうちに、それが囁《ささや》き声《ごえ》のように思えてくる。しかも再生回数が増えるに従い、徐々にはっきりと聞こえ出している気がしたため、そこで止める)

幕間（一）

—

三間坂秋蔵《みまさかしゅうぞう》から届いたカセットテープを僕が聴いたのは、年明けまで一週間を切った年末も押し迫った時期である。

そのとき妙な既視感《きしかん》を覚えた。最初は訳が分からなかったが、しばらく考えているうちに、あっと思い当たることがあった。そこで調べてみると、昨年の一月四日から短篇「死人のテープ起こし」を「小説すばる」二〇一三年三月号のために（現在『怪談のテープ起こし』集英社／集英社文庫に所収）書きはじめている事実を確認できた。つまりほぼ二年の時を挟み、年末と年始の違いがあるとはいえ、曰《いわ》くのあるテープに関わっていることになる。

もちろん単なる偶然に過ぎないが、こういう似た状況はやはり薄気味が悪い。しかも、この忌まわしい一致擬《もど》きは、それだけでは終わらなかった。

その日の午前中は、いつも通りに仕事をした。朝から曇り空の広がる、すっきりしない天気だったが、昼食に出るついでに日課の散歩も普通にした。そして帰宅して少し休んでから、問題のテープを聴きはじめた。

一回目は何もせずに、ただ虚心《きょしん》に耳を傾《かたむ》けただけだったが、二回目はメモを取りながら視聴した。あと違っていたのは、最初はヘッドホンを使ったが、次はカセットレコーダーのスピーカーで聴いたことだろうか。

テープは劣化が激しい箇所もあり、二回目といえども油断はできない。むしろ初回では正確に聴き取れていなかった台詞《せりふ》に、改めて気づくところも多々あった。そうして僕が、いつしかテープにのめり込んでいたときである。

ピンポーン。

微かにインターホンのチャイムが聞こえた。そのとき家には僕しかいなかった。執筆中なら無視することもあるが、今は違う。それに少しでもテープから離れられるのが、実は少し嬉しかったのかもしれない。

すぐに仕事部屋を出ると、二階の廊下を辿って階段を下り、一階の廊下を進んで居間に入り、インターホンの親機の通話ボタンを押す。すると小さな画面に玄関の映像が出て、子機の前にいる訪問者と会話ができる。こちらは相手の姿を見られるが、向こうは僕の声しか聞こえない仕組みである。

ところが、玄関は無人だった。誰もいない空間が、寒々しく映し出されている。しかし、よく見る光景なので、僕は「またか」と思った。二階の仕事部屋から一階の居間まで下り、インターホンに応えるまでの間、ほとんどの訪問者は痺れを切らして、どうやら留守だと判断してしまうらしい。そうでない人――特に宅配便や郵便職員など――は、僕が階段を下り切る前後で、二度目のチャイムを鳴らす。インターホンに出るまでに、三度目を鳴らす人もいる。ほとんどの訪問者が、少しでも待つことを嫌うのである。

他の家庭では、そんなに早く応答してるのか。

いつもの疑問を覚えつつ、僕が階段を上がっていると、
ピンポーン。

再びチャイムが鳴った。まだ帰っていなかったのだと思い、少し速足で居間へ戻ると、親機の通話ボタンを急いで押した。

……誰もいない。

家の陰に隠れることは、もちろん可能だろう。だが、いったい何者がそんな行為をするというのか。

子供の悪戯《いたずら》か。

次にチャイムが鳴っても、もう無視しようと決めながら廊下を歩いているとき、いきなり違和感と既視感を同時に覚えた。

あれ……。

違和感の正体は、すぐに分かった。居間と一階の廊下の間、そして仕事部屋と二階の廊下の間には、それぞれ扉がある。この二つの扉のうち片方だけでも閉めていたら、仕事部屋までチャイムの音は届かない。しかも今は冬のため、両方の扉を閉めている。つまり絶対に聞こえるはずがないのだ。

これは……。

一階の廊下に佇《たたず》みながら、何が起きているのか、それを考えようとしたところで、既視感の

正体にも気づいた。

かつて『異形コレクション　京都宵』（光文社文庫）のために短篇「後ろ小路の町家」（現在は『赫眼《あかまなこ》』同文庫に所収）を書いていたとき、同じような体験をしたことを、まざまざと思い出したのである。

あのときもインターホンが鳴って……。

親機の送受器を取ると……。

ピンポーン。

三たびチャイムが鳴った。

僕はとっさに廊下を駆けると、サンダルも履《は》かずに靴下《くつした》のまま三和土《たたき》に下り、素早く玄関の扉を開けた。

……誰もいない。

すぐに家の左右と庭を検《あらた》めたが、やっぱり何者の姿もない。玄関前から外の道へ戻るには、門と階段と駐車スペースを通らなければならない。相手が三度目のインターホンを押してから、僕が表へ飛び出すまでに、そこまで逃げるのは絶対に不可能だろう。

ぞくっと背筋が震えた。

曇天とはいえ日中である。外は明るい。にも拘《かかわ》らず妙に薄暗く感じた。どんよりと沈んだような気分になる。

靴下越しにタイルの冷たさを覚え、はっと我に返るまで、僕は玄関扉を開け放したまま、その場に呆然《ぼうぜん》と立ち尽くしていた。

なぜ表に出たのか。

自分の衝動的な行動に戸惑《とまど》いながらも、のろのろと家の中に戻る。三和土に入ったところで、今度は二の腕に鳥肌が立った。

反応が遅いんじゃないか。

己に突っ込みつつも、足の裏を掌《てのひら》で払ってから廊下に上がり、脱ぎ散らかしたスリッパを揃えて履く。それから廊下を進み、階段を上っている間も、四回目のチャイムが今にも鳴るのではないかと、実はびくびくしていた。

しかし幸いインターホンが響くことはなく、無事にテープの視聴を再開できた。こんな目に遭いながら……と自分でも呆《あき》れたが、実害はなかったから問題はないと判断する、もう一人の己がいた。そもそも先日、得体の知れぬ影に追われても止めなかったのだ。インターホンが薄気味悪く鳴ったくらいで、すべてを放り出すわけがない。

カセットレコーダーのスピーカーから流れるテープの音声に集中しながら、せっせと熱心にメモを取っていると、

どんっ。

階下で物音がした。どうやら玄関の辺りらしい。テープを止めて耳を澄ます。

……何も聞こえない。

またテープを再生させて、しばらく経ったとき、今度は階段で物音がした。すぐにテープを止めて、凝《じ》っと耳を澄ます。

やっぱり何も聞こえない。

テープを再生させながらも、僕の耳は完全に扉の外に向けられている。

……たんっ。

すると誰かが、まるで階段に足をかけたような物音がした。カセットレコーダーの停止ボタンに指を伸ばしかけたが、今度は思い留まった。テープを切ると、どうやら物音も止むらしいと分かったからだ。

……たん、たんっ。

その証拠に足音は途切れることなく、なおも階段を上り続けている。

……たん、たん、たんっ。

今やテープの音声よりも、その異様な足音のほうが、はっきりと僕の耳朶《じだ》を打っている。

……たん、たん、たっ。

やがて階段を上り切ったらしい、そんな気配が伝わってきたと思ったら、

……した、したっ。

二階の廊下を歩き出したような足音が、次いで聞こえてきた。それも仕事部屋に向かっているらしく、次第に大きくなっている。

さっき扉を開けっ放しにしたとき……。

もしかすると僕は知らぬ間に、とんでもないものを家の中に入れたのかもしれない。だから三和土に戻ったとたん、二の腕に鳥肌が立ったのではないか。図《はか》らずも招き入れてしまったそれが今、こうして僕の下に来ようとしているのだとしたら……。

そう考えているうちに、

……した、した、した、ひた。

それが仕事部屋の前まで来て、ぴたっと止まった。

次に何が起こるのか、はっきりと確かめることなく、僕は急いでテープを止めた。これ以上は危険だと、さすがに本能が告げていた。

身動き一つせずに、扉の向こうの様子を窺《うかが》う。だが先程までひしひしと迫っていた気配が、まったく感じられない。

仕事部屋でテープの続きを聴く気はしなかったので、カセットレコーダーを持って居間に下りることにした。それでも部屋から出られたのは、十数分が過ぎてからである。

居間でテープを再生しつつメモを取っていると、今度は二階で物音がした。そのまま耳を澄ませていたところ、いったん仕事部屋の前まで行ったそれが、居間まで下りて来ようとしているらしいと分かり、ぞくぞくっと項《うなじ》が粟立《あわだ》った。

慌ててテープを止め、どうしたものかと考える。こんな風に二階と一階を、何度も行ったり来たりするわけにはいかない。そもそもあれと同居するなどご免である。

僕はコートを着ると、カセットレコーダーとヘッドホン、メモ帳と筆記用具を持って、ひとまず家を出た。しかしながら玄関前に立ったところで、はたと困った。

ここで扉を開け放しにして、テープを聴くのか。

それが「合理的な」方法だと思ったものの、あれが家から離れたことを、どうやって察知すれば良いのか分からない。再び背筋が震えるのを待つか。だけど必ず起こる現象とは限らない。何もせず突っ立っているうちに、あれの障《さわ》りを受けないと言い切れるだろうか。

拙宅の前には道路を挟んで遊歩道が、その先にこんもりと盛り上がった連山がある。連山といっても単なる小山の連なりだが、仕事部屋からの眺めは良い。その連山の東西に、それぞれ公園があった。東側は規模こそ小さいが、遊具と砂場が設けられている。西側は広々としているものの、芝生《しばふ》の広場と数脚のベンチしかない。

僕は迷わず西の公園へ向かった。そして家から一番離れた南側のベンチに座ると、テープを聴きはじめた。

広場では十数人の子供たちが、三つのグループに分かれて遊んでいる。周囲のベンチに座っていたのは老夫婦や主婦たち、また独りで来ている年配者などで、正直かなり場違いな気がした。実際ちらちらと僕のほうに視線を送る人も多く、たちまち居《い》た堪《たま》らなくなる。とはいえ他に行く当てもない。覚悟を決めて両目を閉じた。

すると一分も経たないうちに、後悔の念に囚われた。あのテープの録音を、ヘッドホンをつけた状態で、しかも両目を閉じたまま聴くのである。絶対にやるべきではない視聴の仕方ではないだろうか。

何度も止めようと考えながら、もう少しだけ続けようと思う。あれを拙宅から追い出すためだったが、そのうち自分が烏合邸《うごうてい》の赤い医院の中を、あたかも録音した女子大生自身になって、ふらふらと彷徨《ほうこう》しているような感覚に陥り出した。ほとんど擬似体験をしていたと言っても良いかもしれない。

このままでは赤い医院の屋内に、本当に囚われてしまうのではないか。そんな恐怖を覚えたとたん、ぱっと両目を開けていた。

ところが、周囲の風景が見えるや否や、ぞわっとした悪寒《おかん》が背筋を伝い下りた。一瞬、訳が分からなかった。

広場とベンチから、そこにいた人が消えていた。

子供と大人を合わせると、二十人近くいたはずなのに、それが綺麗にいなくなっている。僕が公園に来てから、まだ十分も経っていないのに……。

原因は、恐らくこのテープだろう。具体的に何かが起きたわけではなく、一人、また一人と、ここを去る者が増えていったのではないか。きっと当人たちも、なぜ急に帰る気になったのか、まったく理解できなかったに違いない。

いや、一人だけ残っていた。僕がいる場所のほぼ向かいのベンチに、ぽつんと一人で座っている者がいる。ただ距離があるうえ、眼鏡を持って来るのを忘れたため、どんな人物かは少しも分からない。

普通の人に比べて鈍いのか。

そんな失礼な想像をしてしまったが、たった一人とはいえ誰もいないよりは増しである。ヘッドホンを使わず、両目も閉じないで、僕は改めてテープの視聴を続けた。

視覚があったとはいえ、何かを見ていたわけではない。右手の先に眺められる小山の常緑樹の茂りを、ぼんやりと見詰めていただけである。それで気づくのが遅れた。

意味もなく視線を正面に向けると、一人だけベンチに座っていた人物がいない。

ついに僕だけか……。

思わず落胆したが、ほぼ同時に視界の左隅に、ふっと何かが映った。とっさに目を向けると、その人物が左隣のベンチに座っている。どうやら正面から移動したらしい。

なんだ、いるんじゃないか。

妙な安堵感を覚えながら、僕は視聴を続けた。視線はともすると、右手の小山に向けられる。昔から樹々の緑は好きだったので、つい目が行くのだろう。

しばらくして何気にベンチの人を見やり、ぎょっとした。またしても移動しているのだ。しかも僕のほうに、なぜか近づいている。

このときその人が新たに座ったベンチまで、十メートルほどしか離れていなかった。しかし眼鏡がないため、どんな服装をしている何歳くらいの男なのか女なのか、全身がぼやけて、まったく見当もつかない。

じろじろ見るのも失礼なので、僕はテープの視聴に戻った。だけど絶えず左側を意識した。その人物を視界に捉えるようにし続けた。

それなのに気づくと、またしてもベンチを移動している。それも僕のほうに、さらに近づいているではないか。

距離は五、六メートルまで縮《ちぢ》まっている。にも拘らず依然として相手がはっきり見えない。これほど視力が悪かっただろうか。いや、そういう問題では……。

はっと気づいたとき、それは隣のベンチに座っていた。

僕は慌ててカセットレコーダーを抱えると、即座に立ち上がった。すぐさま速足で広場の右側を回り、とにかく急いで帰宅した。

三間坂に電話すると会社で仕事中だったが、ただならぬ僕の気配が伝わったのか、

「何かあったんですか」

すかさず心配そうに訊かれた。

「つい数分前なんだけど――」

そこでテープを聴きはじめてからの体験をすべて話すと、

「やっぱり」

聞き捨てならない反応があったので、僕は悪い予感を覚えながら尋ねた。

「どういうことだ？」

「実は私もテープを聴いたとき、気味の悪い体験をしました」

さらっと口にする三間坂に、僕は皮肉っぽい口調で、

「それって聞いたっけ？」

「いいえ、お話ししていません」

「どうして？」

「そのテープを先生がお聴きになる前に、妙な先入観を持たれないほうが良いだろうと、そう判断したからです」

「いや、けどな……」

と抗議の声を上げかけたものの、あっさり止めた。逆の立場だったら、恐らく同じことをしたに違いない。

「警告くらいはしてくれよ」

「ベテランの先生に、警告なんて失礼です」

「何のベテランだよ」

突っ込みを入れつつも、三間坂が本気で言っているのが分かるだけに、かなり始末に悪いと思った。

「それで、君の体験というのは?」

「やっぱり先生、ただでは起きませんね」

感心されているのか、揶揄《やゆ》されているのか、どちらとも取れる返しを彼はしてから、

「そのお話も含めて、近々お会いできませんか」

こうして年末も押し迫った時期に、わざわざ我々は頭三会《とうさんかい》を開くことにした。

二

三間坂秋蔵と頭三会を持ったのは、前回と同じダイニングバーだった。拙宅から地下鉄で二駅ほど離れた商業施設の中の店である。

「なんか思わぬ形で、忘年会をする羽目になったな」

僕が苦笑すると、

「あっ、そうですね」

忘年会ではなく怪談会しか頭にないらしい彼が、はじめて気づいたとばかりの顔で応えた。

「早速だけど、君の体験を聞かせて欲しい」

もっとも顔を合わせてすぐに、そう言った僕も大概かもしれない。

「先に注文を済ませてしまいましょう」

「そ、そうだな」

遥かに年下の三間坂のほうが、随分と大人だったのは間違いない。

ビールだけでなく料理も揃い、当分は店員も席には近づいて来ないと分かったところで、改めて彼に尋ねられた。

「ご自宅を訪ねてきたのは何だったのか、それは分からないんですよね」

「気配だけだったからな」

「この前の白黒の影ってことは……」

「有り得るけど、あれは日記と大学ノートの障りのような気がする。今回は、恐らくテープが原因だろうな」

「ベンチの体験もそうですか」

そう言われた刹那《せつな》、知らぬ間に近づいていた人影を思い出し、ぶるっと身体が震えた。

「どんな姿をしていたか、まったく見えなかったんでしょうか」

「……うん。ただ今になって考えると、いくら眼鏡をかけていなかったとはいえ、何も覚えていないのは明らかに変だよな」

「色合いとか格好とか、何か記憶に残るでしょうからね」

「それが一切ないのは、やはり人ではなかったからだろうか」

「私の実家を訪ねてきた、川谷妻華《かわたにつまはる》に対する伯母の記憶と、とても似ていませんか」

「……言われてみれば」

もっと早くに気づいて然るべきなのに、なぜ思い当たらなかったのか。僕が少しショックを受けていると、

「その伯母に関して、実は一つご報告があります」

三間坂が意味深長《しんちょう》な物言いをした。

「わざわざお知らせするのも、変かなと思ったので、今日になってしまいましたが」

「良い話ではなさそうだな」

「ええ。川谷妻華の再訪について、伯母が『一ヵ月後の日曜にしましょうか』と提案したのを、先生は覚えておられますか」

「もちろん。それに対して川谷が、『私は大丈夫ですが、そちらが無理ではありませんか』と答えたのも、まだ記憶にあるよ」

「その通りになったんです」

「どういうことだ？」

僕は普通に驚いたが、その訳を彼が説明したとたん、急に不安を覚えた。

「その週の木曜に、伯母の大学時代の友人が亡くなったそうです。通夜は金曜でしたが、葬儀《そうぎ》は先方の都合で日曜日になったとか」

「川谷妻華には、それが前以《まえも》って分かっていた……」

「としか思えません」

しばらく二人とも黙り込んでしまったあとで、

「彼女のことは、ひとまず置いておこう」

僕がそう提案して、ようやく今回の話題に移ることにした。

「それで、あのカセットテープはどこで再生したの？」

「どんな内容か分からないだけに、用心して日中に会社で聴きました」

無防備に自宅で視聴した僕とは、えらい違いである。

「不審に思われなかったのか」

「そこは何とでもなります。ただ通常の仕事がありますので、ずっと集中できないのが、なんとも困りものでした」

「本来の仕事に手を取られてるうちに、気がつくと夜になってたとか」

「その心配を一番にしたので、むしろ急ぎでない仕事は、さっさと後回しにしました」

「病《や》んでるな」

「お褒めの言葉と受け取っておきます」

その夜、二度目となる乾杯をしてから、僕は先を促した。

「一度目は普通に、二度目はメモを取りながら聴いたのですが――」

僕とまったく同じ方法である。

「その最中に後輩から、『お電話です』と言われました。本来なら『どこどこの何々さんからお電話です』と取り次ぎます。ちょっと変だなとは思ったのですが、『どこの誰から？』とも訊き返さずに、『お待たせしました、三間坂です』と、そのまま出ました」

「すると？」

「何も言わないんです。黙ったままで……」

「電話は繋がってた？」

「はい。しかも微かな息遣いが、確かに聞こえてました」

「電話の向こうに、確実に誰かいたわけか」

「何度か『もしもし』と呼びかけてるうちに、妙な物音がしてることに、そのうち気づいたのですが――」

「どんな？」

「ぎぃ、ぎぃぃぃ……という軋《きし》み音なんです。まるで古い木造家屋の中を、ゆっくりと歩いているような、あれは足音だったと思います」

「……赤い医院か」

「私もとっさに、同じ想像をしました。急いで電話を切って、取り次いだ後輩に『どこの誰からだった？』と尋ねたのですが、どうも要領を得ません」

「相手が名乗らなかったのか」

「いいえ、それが違うんです。ちゃんと聞いた覚えがあるのに、どうしても思い出せない。そのうえ相手の名前は、確かに私に伝えたと答えるんです」

「まさか二度目が、かかってきたとか」

　こっくりと三間坂は頷きながら、

「電話を取ったのは、同じ後輩でした。取り次ぎ方も、まったく同じです。そのとき後輩の様子を観察しましたが、特に変わったところはありません。本人は普段通りに、電話の取り次ぎをしているつもりだったのでしょう」

「あとで確認したら、同じ答えが返ってきた？」

再び彼は頷いてから、

「ただし電話の向こうの様子は、少し違ってました。何の応答もなく、誰かが木造家屋内を歩いてるところは一緒だったんですが、そこに気味の悪い声が加わっていて……」

「相手は喋《しゃべ》ってないのに、声が聞こえたのか」

「電話の主ではなくて、遠くの部屋で誰かが、あぁぁっ……と微かに叫んでいるような、そんな声音でした」

僕の二の腕に、ぞわっと鳥肌が立った。

「その、あぁぁっ……が、あああぁっ、あああぁぁっ、ああああぁぁっ……と次第に大きく聞こえてくるのです。段々と電話の主に近づいている感じなんです」

「で、どうした？」

「すぐに切りたかったですけど、好奇心もありました」

三間坂の気持ちが分かるだけに、僕も急に胸が苦しくなった。

「とはいえ手遅れになる前には、なんとか切りたい。そう思いながら、ギリギリまで耐えようとしていたら、まだ聴くの……と耳元で声がしました」

僕が何も返せないでいると、

「慌てて電話を切りました」

「その声って……」

「電話の主か、遠くから近づいてきた何か……でしょうか」

「すると視聴は、二回目の途中で止めたのか」

「申し訳ありません」

頭を下げる彼に、僕は急いで付け加えた。

「非難したわけじゃない。僕と同じだって、言いたかっただけだよ」

「でも、これではテープ起こしができません」

真面目に応える三間坂に、僕は尋ねた。

「する必要が、あるかな」

「先生は今回の件を、著作として纏《まと》められるおつもりですよね」

そう訊かれると、僕も弱かった。

「これまでに黒い部屋、白い屋敷、赤い医院と、三つも読ませてもらった。確かにこれらだけで、一冊に編めるかもしれない」

「そのためには、赤い医院のテープ起こしが必要です」

「しかし当然、その作業はこちらの役目になる」

そこで三間坂に見詰められ、あっさりと僕は本音を漏らしてしまった。

「正直なところ、最後までやれる自信はないけど」

彼は少し考えてから、

「外注しましょう」

「御社の仕事ってことで？」

「もちろん」

「それは不味《まず》いだろう。経費の面でも問題がある」

「ご心配なく。何とかなります」

「いいや、駄目だよ」

三間坂は一瞬、口籠った。だが彼の様子は、どう説明すれば僕に伝わるのか、それを瞬時に考えたからのように見えた。

「経費を先生にご負担いただく件は、もしかするとお願いするかもしれません」

「うん。それは当たり前だと思う」

「ただし、外注は弊社《へいしゃ》からさせて下さい」

「どうして？」

「先生とテープの間に、言わば緩衝材《かんしょうざい》を置きたいからです」

「これ以上の怪異に遭わないためにか」

「そうです。先生が直接外注した場合、テープとの関わりが密接になり過ぎます」

「同じことが、君にも言えるだろ」

当然の心配を僕はしたのだが、三間坂のほうが上手《うわて》だった。

「私の場合は個人の発注ではなく、あくまでも会社の仕事になります」

「……なるほど」

「それに我々の体験を比べると、私より先生が遭われた怪異のほうが、明らかに濃いです。これは先生が意識されているか、または無意識かに関わりなく、日記帳や大学ノートやカセットテープを題材にして、一冊の作品に纏《まと》めようとされているからではないか――と私は睨んでいるのですが、どう思われますか」

「それを掘り出してきたのは君で、元の所有者も君のお祖父さんなのに？」

「はい。一番の問題は、今後これらの記録がどう扱われるのか――そこにあるからではないでしょうか」

彼の心配には確かに一理あった。怪異に対して「一理ある」という表現は可怪《おか》しいけれど、そう僕は強く感じた。

「うん、分かった。ありがとう。それじゃお言葉に甘えます」

ここから二人で、外部の業者にどのような依頼の仕方をするのか、それを細かく打ち合わせした。テープの内容が内容だけに、ちゃんと詰めておく必要があった。

「それにしても今回のテープは、なかなか厄介ですね」

打ち合わせを終えたところで、三間坂がしみじみと嘆息《たんそく》した。

「まず語り手の女性の素性が、親子や幡杜明楽《はたもりあきら》に比べると、ほとんど分からないからな」

「日記やノートは文章ですから、やっぱり情報量が多い。本人たちに書く気がなくても、つい自分のことを記してしまう。それに対してテープの録音ですからね。しかも彼女は、赤い医院に住んでいたわけではありません」

「今ここでテープに対して、できる範囲の推測をやっておこうか」

「それは良い考えです」

こうして二人で纏めたのが、先に記した六つの推測である。普通にテープを聴けば分かることばかりで、あまり役立たなかったと思うが、少しでも読者の助けになっていればと願う。

「ところで――」

三間坂が改まった声を出したので、僕は「来たな」と思った。

「テープで語られている赤い医院について、黒い部屋や白い屋敷のような解釈をすることが、果たして可能でしょうか」

「いずれ、その話になると思ってた」

「それじゃ……」

「いや、期待を裏切って悪いけど、それは無理じゃないかな」

「あっ、やっぱりそうですか」

とたんに気落ちした彼に、僕は少し同情しながら、

「そもそも黒い部屋については、僕たちは何も考察していない。あれは幡杜が書いた大学ノートのお蔭だろう」

「黒い部屋の正体に関してはそうですが、その他の出来事について、先生は色々と解釈されたじゃないですか」

「けど同じことを、赤い医院に対してできるとは思えない。なぜ赤い医院なのか、色の意味さえ見当がつかないんだから」

「一応ネット上で、前に推測した時代区分を対象に、歯科医院と殺人事件といった、いくつかのキーワードを入れ替えながら検索したのですが、それらしい事件はヒットしませんでした」

「妊婦《にんぷ》という項目も入れた？」

診察室の診察台に横たわる妊婦らしき人影を、語り手の女子大生は見ている。

「はい。歯科医院で妊婦が殺害された事件があれば、高い確率でヒットすると思ったのですが、駄目でした」

「その二項目で引っかからなければ、ちょっとお手上げだな」

「かなり特徴的なキーワードの組み合わせですからね」

「実は僕も、ちょっと違う観点から調べてみた」

そう言ったとたん、三間坂が期待に満ちた顔をしたので、

「いや、結局は駄目だったけど」

僕が急いで否定すると、目に見えてがっかりした。

「どんな調べ方をされたんですか」

それでも調査方法をすぐに尋ねるあたりが、いかにも彼らしい。

「昔から建築には興味があったので、少し変わった設計図面や間取り図や見取り図が載っている本が目につくと、なるべく購入するようにしている」

「小説の舞台《ぶたい》設定の参考にも、そういう本はなりそうですね」

「うん。ただ買った当初は、熟読《じゅくどく》するというよりも、ぱらぱらと図を見て楽しむ程度だけど、そのとき似た建物を目にしたような覚えがあって……」

「赤い医院と？」

「そうなんだ。元は普通の民家を医院に改築して、その後も建て増ししたと思しき家屋だな。該当する書籍を片っ端から確かめたところ、確かにあった」

「でも、違っていたんですか」

「その家は大正時代に建てられ、昭和の戦前までは使われていたようなんだが、どうも戦争で焼失したらしい」

「なんか惜しいですね。こうなると問題のあのテープしか、我々には手掛かりがないことになります」

「お手上げという意味では、テキストそのものがそうだからなぁ」

「前の二つに比べて、いったい過去に何が起きたのか、それを推理すること自体が難しい、という点でですか」

「黒い部屋の正体については、幡杜のノートがないと分からなかったかもしれない。だが、そこで子供の虐待死があったらしいことは、あの日記に書かれた怪現象からでも、充分に読み取れたと思う。白い屋敷もそうだ。白衣の犯人の正体までは推理できないけど、一家惨殺があったらしきことは、おおよそ推測が可能だった」

「でも赤い医院は、どんな事件が起きたのか、さっぱり見当もつきません」

「最後は診察室、子供部屋、中庭の梯子《はしご》の下と、三方向に怪異が現れたことから、あの家で複数の人死にがあったのは、まず間違いない気がしたけど……」

「被害者も犯人も、殺害方法も動機も、一切が謎ってわけですか」

「カセットテープ以外の記録でも見つからない限り、そうなるだろうな」

「引き続き蔵を探してみます」

決意を新たにしたような三間坂の顔を見て、

「年末年始は休もうよ」

とっさに僕は釘《くぎ》を刺したのだが、むしろ彼なら帰省に託《かこつ》けて蔵の探索をやるに違いないと、改めて思った。

「そうだ、ご報告を忘れるところでした。幡杜家殺人事件ですが、実際に起きていました」

「黒い部屋と白い屋敷の事件は、僕が調べることに……」

思わず漏らした抗議に、

「いえ、ついでがありましたので」

三間坂は明らかな嘘で応えてから、鞄からルーズリーフを取り出すと、古い新聞記事のコピーが差し込まれている箇所を、僕に開いて渡した。

「被害者は幡杜家の父親と、その母親、その妻、その長男、その妹と彼女の息子の六人です」

「この記事によると、父親は漁師だったんだな」

仕方なく彼の好意を素直に受けることにする。

「そうです。幡杜の半自伝小説『七艚小舟』の構想と、まったく同じでした」

「あれ、記事には続報がないのか」

僕がルーズリーフを捲《めく》りつつ呟《つぶや》くと、

「それがいくら捜しても、幡杜明楽が逮捕《たいほ》されたという記事が見つからなくて……」

なんとも困惑した顔を彼が向けてきた。

「続報がない？」

「変ですよね。これだけの事件です。犯人が逮捕されたら、必ず記事になったでしょう。しかも犯人は、その家の次男なんですから、報道機関が関心を持たないはずありません」

「つまり犯人は、幡杜明楽ではなかった……」

「もしくは逃げ切ったのか」

「事件は迷宮入りってことか」

「そうなるとノートの最後に記されていた、彼を訪ねてきた者とは、いったい誰だったのでしようね」

「結局……」

僕は急に虚《むな》しくなってしまった。

「何らかの解釈を下せた気になっていたけど、実際はすべて謎のままなのかもしれない」

「そんなことありませんよ」

三間坂が強く否定した。

「先程も言いましたが、先生が推理された――」

「うん、そうなんだけど、それが当たっているとは限らない。黒い部屋の母親を最後に訪ねてきたのは、本当に児童相談所の人だったんだろうか。確かに彼女は『お役人のようですが』と記しているが、僕の推理の根拠は、それだけとも言える」

「そんな……」

なおも反論しようとする彼を、やんわりと制止するように、

「今回のテープは論外として、先の二つのテキストも手掛かりが充分だったとは、決して言えないんじゃないか」

「それはまぁ、そうですね」

「だったら新たな資料が見つかるまで、烏合邸には関わらないと決めたらどうかな」

「今の状態でいくら議論しても、これ以上の進展は望めないからですか」

「うん、不毛だと思う」

三間坂は納得してくれたが、それが本人にとって良かったのかどうか。なぜなら蔵を探索しなければという気概を、よけいに彼が感じたようだったからだ。

だが、その甲斐《かい》は大いにあった。三間坂には骨を折ってもらう羽目になったが、烏合邸に関する四つ目の記録が見つかったのだ。拙宅に問題の原稿が速達で届いたのは、なんと一月三日である。彼には本当に頭が下がる。

その原稿を以下に掲載する。

青い邸宅　超心理学者の記録

初めに

今回の調査を開始する前に筆者の立ち位置を明記しておきたい。

筆者は某大学の某学部に属する助教授である。それが表の立場だが、裏では超心理学の研究者という別の顔を持っている。わざわざ「裏」と断ったのは、現代の日本でこの学問に真正面から取り組むことは、ほとんど不可能に近いからだ。下手《へた》をすれば今の職を失い兼《か》ねない。仮に失職は免《まぬか》れても教授への道は確実に閉ざされる。筆者が仮に男性であってもこの危険は変わらない。まして女性であれば尚更《なおさら》である。

かといって別に絶望している訳ではない。まず確固たる学問上の業績を残す。次いで業績に相応《ふさわ》しい大学での地位を得る。このお膳立《ぜんだ》てが揃《そろ》うまで待つ。すると従来の研究を発展させる格好《かっこう》で、極自然に超心理学の研究を行なうことができる。そう筆者は考えている。言わば学界での実績と立場を後ろ盾《だて》にするのである。

とはいえ環境《かんきょう》が整ってから具体的な実験に手を染《そ》めていては遅過ぎる。今から密《みつ》に取り組んでおかなければならない。尤《もっと》も慎重《しんちょう》に行なう必要があるため、そういう意味でも今回の調査は非常に貴重《きちょう》である。該当《がいとう》物件の所有者が何よりも調査結果の秘匿《ひとく》を求めているからだ。幸い一生ではない。それなりの年月が経《た》てば発表しても問題はないという。正直この曖昧《あいまい》さに一抹《いちまつ》の不安は残る。しかし完璧に環境や状況や条件が整っている物件など存在しない。むしろ今回は理想的な舞台《ぶたい》設定が揃っていると喜ぶべきだろう。

問題の物件に触れる前に、超心理学について簡単に講義しておく。この学問の最大の特徴《とくちょう》は既知の自然律では説明できない現象を扱うこと。所謂《いわゆる》「超常現象」が研究対象となる。一口に超常現象と言っても、予知、念写、精神感応、物体移動など様々な種類がある。だが大切なのは個々の現象の特異性や差異《さい》ではない。如何《いか》なる状況下で起きるのか。この条件面にこそ注目すべきなのである。それは三つに分けられる。

第一は日常生活の中で突発的に起こる現象。

第二は実験室の中で誘発《ゆうはつ》的に起こされる現象。

第三は特殊な能力を持つ個人に関連して起こる現象。

超心理学者が主として扱うのは第二と第三である。超常現象には自然法則に必要不可欠な反復可能が認められないという最も大きな批判を考えると当然だろう。

一八八二年にロンドンで設立された世界最初の心霊研究協会（ＳＰＲ）の六つの委員会の順番にも、それがよく表れている。穿《うが》ち過ぎる見方かもしれないが、当を得ているのではないか。六つの委員会とは、読心（思念伝達）委員会、メスメリズム委員会、ライヘンバッハ現象委員会、物理現象委員会、霊姿と幽霊屋敷委員会、文献《ぶんけん》委員会を指す。

この中で協会が最も有望視したのが第一の委員会だった。特定の単語や記号や色彩《しきさい》を表した複数のカードを用いて、思念伝達の実験を繰《く》り返《かえ》すことから、裏付けとなる具体的な証拠を得られ易《やす》かったせいだ。その一方でトリックの疑念に悩まされる心配も常にあったが、結果を数字で示せるのが何よりの強みだった。

この思念伝達委員会に加えて、暗示療法《りょうほう》から催眠《さいみん》療法まで研究の幅を広げたメスメリズム委員会も、磁石《じしゃく》や水晶《すいしょう》や人体から光が放射《ほうしゃ》されると説くライヘンバッハ現象委員会も、結果的に物理霊媒《れいばい》を拒否した心霊主義運動に進むことになる物理現象委員会も、要は客観的な検証が求められることになる。故《ゆえ》にライヘンバッハ現象委員会のように、現象の実在が確認できずに結局は暗示の産物である事実が明らかになった例もある。というよりも証明に成功した委員会は皆無だったと言うべきか。

これら第一から第四の委員会に比《くら》べると、第五と第六は明らかに傾向《けいこう》が違う。この二つの委員会で扱われる現象はあくまでも偶発《ぐうはつ》的だからである。霊の姿の目撃など幽霊屋敷で起きる出来事の再現性を証明することは、まず不可能と言える。特定の人物が体験した超常現象の様々な事例の文献収集も、その中身の証明までは絶対にできない。

だからこそ筆者は惹《ひ》かれるのかもしれない。突発的で自然律を無視しているからこそ、実在を認める困難さが多大なるが故に、逆に挑《いど》みたい気持ちが起こるのだろう。そんな筆者の研究対象の最たるものが「幽霊屋敷」である。海外取り分けイギリスでは物件探しに困らないほどこの手の不動産情報が豊富だが、残念ながら日本ではかなり事情が違う。あちらではオープンな情報もこちらでは隠されてしまう。彼方《かなた》では調査に支障《ししょう》を来すことなど少ないのに、此方《こなた》では調査そのものがまずできない。

ところが今回の物件は別である。兎《と》にも角《かく》にも破格なのだ。これほどの規模と事件性と期待値を併《あわ》せ持った幽霊屋敷など絶対に他にはないだろう。世界中を探し回っても決して見つからないと思われる。
興奮《こうふん》のあまり筆が走ってしまった。本稿は冷静かつ客観的に記す必要がある。
以下に問題の物件と依頼内容について簡単に纏《まと》めておく。とはいえ明記を禁《きん》じられている情報もあるため、そこは伏字《ふせじ》とした。
名称　烏合邸《うごうてい》及び青い邸宅。
住所　××県××郡××町四丁目（その郊外の野山の中を切り拓いた土地）。
施工主　×××××（男性、六十代後半）。
烏合邸の特徴　殺人や自殺や事故死や病死など（できるだけ悲惨《ひさん》な死が対象となる）、そこで人間が命を落とした家屋（一軒家に限らず団地やアパートや長屋などの一室の場合もある）を先の住所地に移築し、一つの巨大な建築物として建て直したのが烏合邸である。ただし家屋同士の行き来はできない。その烏合邸の中で筆者が調査を任されたのは「青い邸宅」と呼ばれる一軒家である。なぜ「青い」のかは不明。調査する中で判明できればと願う。下見のときに外観を眺《なが》めただけで内部には入っていない。入居であろうと調査であろうと事前の内覧《ないらん》は禁止されている。先入観を与えたくないからだと説明された。
青い邸宅について　木造二階建ての洋風の一軒家。築十年以上に映るが、間取りと共に詳細は不明。この家で如何《いか》なる事件があったのかも不明。尤《もっと》も通常の死に様でなかったことだけは間違いない。仮にそれが自殺や事故死でも、異様な状況下での人死にを施工主が求めたと思われるからだ。烏合邸に加えるための物件選びの決め手は、事件の異常さや歪《いびつ》さにあったのではないかと推察される。

依頼内容《いらい》　依頼者は施工主と同一人物。青い邸宅内で起こるかもしれない超常現象を科学的に捉《とら》えて記録すること。

調査方法　家屋内に赤外線フィルムを使用した動体検知カメラなどの調査機器の設置を行ない、超常現象が起きた証拠を写真や音声や足跡《あしあと》や温度差によって認《したた》め記録する。

筆者の要望　依頼者との打ち合わせの中で霊媒らしき人物の名前が出た。烏合邸の普請《ふしん》に関して助言を得たようである。そこで今回の調査の協力を頼んだのだが意外にも良い顔はされなかった。この手の調査では屋内に各種の機器を据《す》える場合、何処《どこ》に設置するべきかの判断が非常に難しい。本来なら事件の詳細を調べて人が死んだ現場を明確にする。または体験者に超常現象が起きた部屋や場所を明示してもらう。そのうえで該当する箇所に調査機器を集中させて設置するのだが、今回の家屋ではどちらも無理である。あとは霊媒による指示くらいしか手はない。そこで相談という形でお願いしたのだが、依頼者は最後まで難色を示した。何の予備知識もない状態で取り組むのが相応しいと考えているためらしい。そのせいで時間が掛かっても問題ないと言われたが、生憎《あいにく》こちらは割ける日数が限られている。これには困った。ただ依頼者の主張にも頷《うなず》けるところはあるので、できる範囲で最大限の努力をしたいと思う。

一日目

三月某日の夕刻、烏合邸の青い邸宅の前に立つ。

そこは×××町四丁目から延びる坂道を進んで辿《たど》り着く烏合邸の正面の、ほぼ裏に当たる。尤《もっと》もこの驚くべき巨大建造物には正面も裏もない。何処に立とうが某家の正面になるからだ。

建物全体で見ると青い邸宅はその西側になる。ただ目の前に森へと続く細い小道が見えているため、町から延びる坂道と対比《たいひ》した場合、こちら側が感覚的には「裏」かもしれない。

玄関には「××」という名字が記されている。名前が伏字では不便なため便宜《べんぎ》的に「山峰《やまみね》」としておく。その山峰家の玄関前には車から降ろした調査機器が積まれている。最初の数日は町のビジネスホテルに宿泊するため、それ以外に荷物はない。今日は機器の設置を行ない、明日の朝その確認をする予定である。ただし設置場所の検討に時間が掛かりそうなため、日暮れまでにそれほど余裕《よゆう》はない。直感だけが頼りになるだろう。

そう覚悟して玄関の扉《とびら》を開けると、タイル張りの縦《たて》に長い三和土《たたき》が現れた。左手は白漆喰《しろしっくい》の壁《かべ》だが、右手は半透明《とうめい》の硝子《ガラス》壁になっている。陽光を取り入れる造りだが、今は別の家屋に接しているため真っ黒である。それでも三和土の空間が薄暗かったのは、硝子壁が玄関側まで延びており、そこから西日が射《さ》し込んでいるからだ。

左手の壁に靴箱《くつばこ》と傘立《かさた》てがあり、正面には内扉が見える。玄関が防犯性の高い重厚な扉だったのに対し、こちらは上部に曇り硝子を入れた装飾《そうしょく》性の強い扉である。この対比が何とも言えぬほどお洒落《しゃれ》に感じられる。これで硝子壁から日が射し込んでいれば、恐らくもっと垢抜《あかぬ》けて映ったに違いない。

三和土にすべての機器を運び入れてから玄関の扉を施錠《せじょう》する。こんな家に侵入する物好きはいないだろうが念のためである。ちなみに他の物件に入居している者がいるのか、調査に入っている者が存在するのか、まったく何も聞かされていない。担当する青い邸宅の情報さえ得られないのだから当然かもしれない。

調査機器の一部を手に内扉を開けようとして、ぼうっと曇り硝子に浮かぶ影に気づいた。それが人間の頭のように映ったので、もう少しで悲鳴を上げながら機器を放り出すところだった。辛《かろ》うじて堪《た》えられたのは、それなりの場数を踏《ふ》んでいるからだろう。

「だ、誰なの」

尤も誰何《すいか》する声は震えていた。無人の廃屋に女が独《ひと》りで入るのである。超常的な恐怖だけでなく極めて現実的な脅威《きょうい》にも備えておくべきだろう。

機器の組み立てに使うレンチを右手に持つと、そっと左手で内扉のノブを摑《つか》む。呼吸を整えてから、ぱっと扉を内側に開けた。

誰もいない。

一瞬ぞっとして怖気《おぞけ》立つ。だがそう映ったのは内扉の向こうが薄暗かったせいと、十六、七に見える少年が黒っぽい洋服を着ていたからだと、すぐに理解できた。

「もう、脅《おど》かさないで」

学生に小言するように軽く睨《にら》むと、彼がぺこりと頭を下げた。その仕草が年齢よりも幼《おさな》く感じられ、たちまち怒りが収まる。綺麗《きれい》な白い肌の童顔と細い身体《からだ》つきが、また如何《いか》にも頼りなげに見えて、逆にこちらが心配してしまった。

「大丈夫。あなたこそ、びっくりしたわよね」

「いえ。来るって分かってたから……」

人見知りをするのか、それだけ口にするのも大変な様子である。だが筆者は彼の台詞《せりふ》に舞《ま》い上がりそうになった。

「あなた、×××さんが寄越してくれた霊媒でしょ」

依頼者の名前を出して確かめたが、そんな力はないとばかりに首を振るので、

「私の調査のお手伝いをしてくれるのよね」

優しい感じに言い直すと、弱々しくではあったが頷いた。

「名前は」

少し口籠《くちごも》ってから、たどたどしく彼が答えた。

「サトオ」

もしかすると「サトウ」の聞き間違いかもしれない。しかし訊《き》き直すことはしない。「里尾」や「三十尾」の漢字が浮かんだものの、その確認も行なわなかった。本来なら仮名で記すべき人物である。耳に入ったまま彼はサトオで通すことにする。

それに名前よりも、依頼者の×××とはどんな付き合いをしているのか、あなたにはどういう能力があるのか、普段は地元の高校に通っているのかなど、尋《たず》ねたいことは山ほどあった。しかし我慢《がまん》する。まだ慣れない初日は色々と大変なうえに、彼の受け答えでは時間が掛かると判断したからだ。

そこで筆者も名乗ってから、簡単に調査内容を説明するに留めた。それから彼にやって欲しい仕事（アルバイトと言うべきか）を伝えると、ようやく安堵《あんど》したような表情を見せた。自分の得意な話題になったからだろう。

内扉を入ると正面と右側の壁に飾り棚が見え、その左手に居間が広がっている。横長の長方形をした居間の南西の角に、ちょうど玄関の三和土の部分だけ食い込む格好である。三和土の

白漆喰壁の後ろは暖炉《だんろ》で、玄関と同じ西側は大きな硝子窓が並び、北の壁半分は出窓になっており、東壁の真ん中には扉がある。居間の中央には応接セットが配され、北側のもう半分の壁にテレビが、その近くの東の壁にはステレオが置かれている。これが何年前の光景なのかは不明だが、かなり裕福な家だったことは間違いない。

事件が起きた当時の状態のまま移築した。

確かに依頼者からはそう聞いていた。だがここまで再現されているとは考えもしなかった。そのため筆者が受けた衝撃は相当だった。

思わずサトオに同意を求めようとして、彼の興味《きょうみ》がそんなところにないことを察する。家の状態など恐らく関係ないのだ。そこに何がいるのか、あるいはいないのか、彼が気にするのはその点だけだろう。

「ちょっと待ってね」

早くも退屈しているように、詰まらなそうに佇《たたず》んでいるサトオに声をかけると、一通り部屋の中を検《あらた》める。そこで筆者の目に留まったのが、南側の壁に置かれた飾り棚の中の幾つもの写真立てだった。かなり前に撮られたらしい子供《こども》のポートレイトから、それよりは新しそうな家族の集合写真まで何枚も飾られている。

一番古そうな子供の写真を取り出して裏を見ると「ともあき　五才」と記されている。その面影《おもかげ》が家族写真の男性に認められたので、この家の主人の幼い頃のポートレイトらしいと当たりをつける。

この家の前で撮ったと思《おぼ》しき家族写真には、六十代半ばの綺麗な老婦人、四十代後半の学者然とした男性、四十前後と三十代後半の面差しのよく似た福々しい二人の女性、十四、五歳の病弱そうな少女、十歳くらいの覇気《はき》のない少年の六人が写っている。二人の女性は姉妹で、一人が男性の妻ではないかと思われた。老婦人の容姿に女性たちと近しいものを感じるため、きっと彼女たちの母親なのだろう。そして少女と少年は姉妹どちらかの子供か。

同じように写真立てから写真を取り出して裏返すと、名前と年齢が記されていた。

晶子（66）、智明（44）、裕子（41）、祥子（38）、裕美（17）、智朗（11）。

老婦人が晶子で、学者然とした男性が智明（五歳の子供のポートレイトは彼だろう）、彼の妻がふくよかな姉妹の姉である裕子、その妹が祥子で、智明と裕子の長女が裕美、長男が智朗に違いない。年齢の読みはほぼ合っていたが、裕美の見た目の幼さに少し驚く。病弱と感じた写真の第一印象が当たっていたことになる。如何《いか》にも健康そうな母親には似ずに、神経質さが感じられる線の細そうな父親の遺伝子を多分に受け継《つ》いでしまったのかもしれない。元気のない弟の智朗にも同じことが言えそうである。

「この部屋は、どうかな」

振り向いてサトオの顔を見ながら尋ねると、すぐさま彼が首を振った。ここでは何も感じないらしい。

調査機器は居間に置いたまま、取り敢《あ》えず先へ進むことにする。個々の部屋を検めつつサトオの反応を確かめて、まず何処に機器を設置するかを決めなければならない。

東側の扉を開けると、すうっとした冷気に顔が曝《さら》された。顔面の産毛《うぶげ》が総毛立つ。今にも目の前の真っ暗闇から何かが出て来そうで生きた心地がしない。これほど怖気が立ったのは何処の幽霊屋敷以来だろうか。

　尻込《しりご》みしそうになるのを必死に耐《た》えて、コートのポケットから懐中《かいちゅう》電灯を取り出す。明かりの中に浮かび上がったのは、ずうっと奥まで続く陰気《いんき》な廊下だった。無数の細かい埃《ほこり》が舞っているのは扉を開けたせいに違いない。足を踏み入れるのを躊躇《ためら》わせるほどの淀《よど》んだ空気が、大量の埃と共に漂《ただよ》っているのが分かる。原因は閉め切っていたせいだが、同じことが居間にも言える。居間には窓があったが、風通しなど一切していないと聞いている。移築のあと放置されたままという条件は居間も廊下も一緒なのだ。

　咄嗟《とっさ》に回れ右をしかけて、もう少しで悲鳴を上げるところだった。真後ろにサトオが立っていた。

「ちょっと」

　脅かさないでよと言おうとして、彼の平気な様子に気づいた。まったく怖がっていないらしい。その冷静沈着《ちんちゃく》な態度を見ているうちに筆者も落ち着いてきた。

「ついて来てね」

　まるで最初から予定していたように呟《つぶや》くと、そろそろと廊下に足を踏み入れる。両側の壁を検めると左手にスイッチがあった。何度かパチパチさせたが明かりは点《とも》らない。電気は通じていると聞いていたので首を傾《かし》げる。一階の廊下だけ電灯が切れているのだろうか。

　スイッチの反対側には、ぽっかりと四角い穴が開いている。懐中電灯を向けて中を探ると、すぐにキッチンだと分かった。奥に外開きの扉を見つける。開けようとしたが少し動くだけで閊《つか》えてしまう。恐らく勝手口だろう。僅《わず》かしか開かないのは隣家の壁か何かがすぐ向こう側にあるからかもしれない。

そのとき突然、冷蔵庫がブーンと鳴り出した。本当に心臓《しんぞう》が止まるかと思うほど怯《おび》えてしまった。誰も住んでいないのに電源が入っているとは。

冷蔵庫を開けかけて、やっぱり止《や》めておく。この分では中身もそっくり在《あ》りし日のままという可能性が高い。いくら電気が通っているとはいえ、それが今どんな状態になっているのか想像しただけで吐《は》き気《け》を覚える。

そそくさとキッチンを出る。その左隣には二階へ上がるための階段があり、途中で折り返しているのが一階からでも分かる。折り返した階段の下の狭い空間に入ると、最初に上がる階段の真下に小さな扉を見つけた。収納スペースだろうと睨んで開けると、手前に箒《ほうき》と塵取《ちりと》りとバケツなどの掃除《そうじ》用具があり、奥には雑多な荷物が詰め込まれている。家具などの調度類だけでなく本当に有りのままの状態で、そっくり全部をこの地に持って来たらしい。改めて烏合邸の凄《すご》さに感じ入る。

階段下の空間の向かいには扉が一つある。確認のため廊下の左手に懐中電灯を走らせたが、そこまでは壁が続くだけで何もない。

扉を開けると食堂だった。ここも明かりが点《つ》かない。正面に窓があり、右側の壁に大きな食器棚が置かれ、中央に食卓と六脚の椅子が見える。キッチンと微妙に離れている点が気になる。この位置関係で不便はなかったのだろうか。

廊下に戻って扉を閉めたところで、ふと誰かに見られている気がした。急いで視線を感じた奥を照らしてみたが、扉が右側に三つ、左側に一つあるだけで何もない。サトオは先に進むことなく後ろに控《ひか》えている。

気の迷いか。

もう一度じっくり廊下の奥を照らして調べてから、部屋の検めに戻る。右手前の扉から順に開けると、四畳半くらいの洋室、トイレ、風呂《ふろ》と続く。洋室は大人《おとな》の女性用に映ったので、妹の祥子の部屋ではないかと推測した。この家の所有者が晶子であれば、ここは祥子にとって実家になる。しかし智明のものだった場合、彼女の立場は居候《いそうろう》となる。いずれにせよ姉家族と同居していた事実を考えると、一階の四畳半間は祥子に相応しく思われた。

ちなみに洋室もトイレも風呂も、やはり明かりは点らなかった。全室の電灯が切れているのか。それなのに冷蔵庫は動いている。このチグハグさが何とも気持ち悪い。

一階で最後に残った左奥の引き戸を開けて、ぎょっとする。和室だったのだが、いきなり仏《ぶつ》壇《だん》が目に飛び込んできたからだ。部屋の右手に床の間と仏壇があり、左手の半分は押入《おしいれ》で、その横に簞笥《たんす》が置かれている。正面は床まである大きな窓で、外から僅かながらも日の光が射し込んでおり、辛うじて室内を観察することができた。だが廊下から一歩も動けない。またしても両脚は止まっている。

和室には冷え冷えとした冷気だけでなく抹香臭《まっこうくさ》さも漂っており、それが筆者の記憶《きおく》を刺激した。父方の実家にある薄暗い仏間の子供の頃の怖い思い出が、不意に脳裏に蘇《よみがえ》る。そこで何か恐ろしい目に遭《あ》ったかというと違う。別に何もなかった。見慣れぬ部屋の薄闇《うすやみ》に幼子らしく怯えただけである。だが幼かったが故に仏壇のある和室が恐怖の原風景と化してしまった。この家の一階奥の部屋のように。

かといって日本家屋の幽霊屋敷の調査を行なう度に、仏間に怯えていた訳ではない。むしろ今日まで実家のあの部屋は久しく忘れていた。それが突然、なぜか思い出された。

後回しにしよう。

先に二階を見てから、この部屋には最後に入れば良い。そう自分に言い聞かせて振り返ると、微《かす》かに頷くサトオが目に入った。

「えっ、この部屋ってこと」

驚いて訊くと、再び彼が首を縦に振った。

「何をどう感じるの」

ところが具体的な印象を尋ねても、途方に暮れる顔をするばかりである。だからといって無視する訳にはいかない。依頼者に霊媒の協力を要請《ようせい》したのも、正にこういう示唆《しさ》を期待する故なのだから。

「調査機器の最初の設置場所は、一階の和室とします」

わざわざ声に出したのは形式的な確認のためか、それとも己を勇気づける目的があったのか。筆者自身にもよく分からない。

「居間から機器を」

持って来てとサトオに頼みかけて止める。無駄に時間が掛かりそうである。そもそも彼の役目は力仕事ではない。

居間に戻って調査機器を両手に持つと再び和室の前に立ち、そのままの勢いで足を踏み入れる。期待せずに明かりのスイッチを入れるが、天井から吊《つ》るされた和風の電灯は少しも反応しない。もしかすると全室の電灯をわざと使えなくしているのだろうか。

見たくないと思うのにどうしても仏壇に目が引き寄せられる。さすがに位牌《いはい》は見当たらなかったが、内部には掛《か》け軸《じく》がかけられており、妙な生々しさが残っている。そこに神仏ではない得体の知れぬものが、まるで棲《す》みついているような気がして仕方ない。眺めているうちにまたしても仏間の記憶が蘇りそうになったので、急いで窓のほうに視線を転じた。

そこで遅蒔《おそま》きながらなぜ窓から日の光が入っているのか疑問に思う。烏合邸は家屋同士を隣接させて建て直したというよりも融合《ゆうごう》させたというべき代物《しろもの》である。どれほど大きな窓があっても外光は取り込めない筈《はず》なのだ。

近づいてみて驚いた。床まである窓の外には、なんと縁側《えんがわ》がついていた。確かにこの部屋は和室だが、家屋全体は洋風の造りだったため余計に意外だった。ここだけは徹底的に和風にしたらしい。その縁側の幅だけ隣家と離れているため、上から日の光が降り注いでいる。ただし隣に聳《そび》える家屋の壁のせいで光量は乏《とぼ》しい。それが夕暮れの残照だったため更に室内の薄暗さが増したように映る。仏間に射し込む赤茶けた薄明かりは、その夜の悪夢に出てきそうなほど気色悪く感じられる。

押入と箪笥を一通り調べるが特に気になるところはない。晶子が使っていた蒲団《ふとん》や品物がそのまま収納されている光景の異様さを除けば、と但《ただ》し書きをつけなければならないが。

「どの機器を何処に設置するのが、一番いいと思う」

ひしひしと感じる恐怖を払拭《ふっしょく》するように、あくまでも事務的にサトオに尋ねた。それなのに彼は小首を傾《かし》げるばかりで何も言わない。彼にできるのは部屋を示唆するくらいで、それ以上の場の絞《しぼ》り込《こ》みは無理なのだろうか。

「何か感じたら、すぐに教えてね」

　あまり期待せずに頼んでから調査機器の設置場所の検討を行なう。

　この和室の最大のポイントはやはり仏壇だろう。最初は対面の押入の前に動体検知カメラの設置を考えたが、もう少し室内が映り込むようにしたい。そこで窓がある壁面の左隅に決める。ここなら斜めから仏壇を捉えつつ室内の半分以上を写すことができる。音声自動録音テープレコーダーは仏壇の前に置く。四つの温度自動記録計は扉と仏壇と押入と窓の側に据える。最後に黒綿土《こくめんど》を仏壇の周囲に撒《ま》いて準備を終える。

　正直なところカメラとテープレコーダーは二つ欲しい。特に前者は対象物を双方向《そうほうこう》から捉えることで死角をなくすためにも必要なのだが、如何《いかん》せん高価な商品なので二つ目をまだ買えないでいる。今回の調査の報酬《ほうしゅう》が入ったら揃える心算《つもり》だ。

　サトオを促して和室を出ると、廊下を階段まで戻ったところで、やはり二階が気になった。幽霊屋敷を調査する場合、最初に屋内の全部を見て回るようにしている。そうしないと調査計画が立てられないからだが、今回はかなり事情が違う。家屋と事件に関する情報は何も得られない代わりにサトオという霊媒の協力がある。その彼が和室に反応したのだから、まずは試してみるべきかもしれない。

　居間と玄関の三和土を通って外へ出ると、今にも日が暮れようとしていた。明日はもう少し早い時間から始めるべきかもしれない。

「明日は何時に来られるかな」

そこでサトオに尋ねたのだが、夕方にならないと無理だという。やっぱり昼間は普通の高校生らしい。

彼を車に乗せて烏合邸の横を走り出すと、まるで家に見られている気がした。特定の家屋ではなく烏合邸という巨大な家の集合体そのものが我々を凝視している。そんな風に思えてならなかった。

町に入る手前でサトオを降ろし、明日の夕刻ここで落ち合う約束をしてから、一旦ホテルまで戻って車を置く。徒歩で夕食の摂《と》れる店を探しがてら町中を散策する。少なくとも一週間は滞在する予定なので、何処にどんな店舗《てんぽ》があるのか知っておきたい。動体検知カメラのフィルムを現像する店だけは既に依頼者から紹介されていたので、その場所の確認もしておく。あとは夕食を済《す》ませてホテルに戻る。

シャワーを浴びてビールを飲んで一休みしてから、この原稿に取り掛かる。依頼者に提出する報告書だが、同時に筆者の「烏合邸調査記録」の基礎《きそ》資料にもなる。実際の記録はもっと詳細まで記した内容を帰宅後に纏《まと》める心算《つもり》である。

さすがに今日は疲れた。明日は朝から烏合邸に行く必要があるので、まだ寝る時間でもないが就寝する。

二日目
ビジネスホテルの一階の喫茶店《きっさてん》で朝食を摂ってから烏合邸へ向かう。都会と違って渋滞《じゅうたい》に巻き込まれることもなく予定の時刻よりも早く到着する。

そこで烏合邸を少し見て回ろうと思った。下見のときに建物を一周しているが、この巨大な家屋の塊はどれほど眺めても飽きそうにない。何度でも繰り返して観賞できる。見る度に新たな感慨を齎《もたら》してくれる。

大きな家は眠っているように映った。蹲《うずくま》った格好で寝入っている巨大な生き物のようである。昨日の夕方、筆者とサトオが車でここを離れるとき、この家は間違いなく起きていた。我々に視線を注いでいた。だから今よりも大きく見えた。建築物が伸び縮みする筈《はず》がないのは分かっているが、そうとしか思えなかった。譬《たと》えるなら寝そべった格好のまま目覚めた猫が、ぶわっと全身の毛を逆立てたために、急に身体が大きく見えたような感じだろうか。そんな感覚に囚《とら》われる幽霊屋敷など世界の何処を探してもないに違いない。

烏合邸の家屋の全調査ができたら幽霊屋敷研究にとってどれほど有益《ゆうえき》か。

ただ依頼者と話していて感じたのは、一つの家屋に一人の入居者（または調査をする者）を当てたいという願いである。その方が超常現象を捉えられる可能性が広がるからだろう。しかし優れた資質を持った入居者が一人でも現れれば、その人には他の家屋も依頼したいと思っている節も多分にあった。つまり青い邸宅の調査結果次第では、引き続き烏合邸に関われるかもしれないのだ。

そんな風に考えを巡らせたせいか、青い邸宅の和室が物凄く気になり出した。四分の一周もしていないところで踵《きびす》を返してしまう。

山峰家の玄関の扉を開けて三和土から居間へ、そして廊下を辿って一番奥の和室まで進む。引き戸に手を掛けて、しばし躊躇《ためら》う。昨日の入室時を思い出したせいである。あの感覚を再び味わうのかと思うと、どうしても尻込みしてしまう。幽霊屋敷の調査を何軒も行なっていると必ず特別な部屋や場所に当たる。そういう空間に入るときは、ほぼ間違いなく厭《いや》な感じを覚える。それに慣れることは絶対にない。

覚悟を決めて引き戸を開ける。怖気づく前にとすぐさま入室したものの、特に何も感じずに拍子《ひょうし》抜けする。部屋の中ほどまで進むが別に変化はない。

あのときだけの感覚だったのか。

原因が筆者の子供の頃の記憶にあるのなら納得できる現象かもしれない。昨日は和室に入った途端《とたん》にそれが唐突に蘇ったために怯えてしまった。しかし今日は心構えができていた。だから何も感じないのではないか。

なんとなく安堵したところで、まず仏壇の前の黒綿土を調べる。だが撒いたままの状態で残っており、まったく何の痕跡《こんせき》も認められない。次に温度自動記録計を見る。すると夜中に一度だけ室温が下がった事実を記録していた。急いで動体検知カメラを検めたところ、明らかに複数回シャッターが切られていることが分かり興奮した。

一体どんな動きに反応して何を撮ったのか。

少し震える手でフィルムを巻き戻し、カメラから取り出す。最後に音声自動録音テープレコーダーを調べると、こちらもテープが回っていた。

どのような物音を録音したのか。

初日から収穫《しゅうかく》があったことを喜び、テープを巻き戻してから取り出す。そして和室を出ようとしたところで、不意に妙な感覚に囚われた。

違和感。

昨日とは何処か違う気が、なぜか急にした。決して大きな変化ではない。でも何かが異なっている。そう思えてならない。

部屋中をぐるっと見回すが、目に留まるものは特にない。にも拘《かかわ》らず何かが変だと本能が告げている。しかし見当もつかない。肝心《かんじん》の違和感の正体がまったく摑《つか》めない。

そのうち怖くなってきた。

急いで和室を出ると小走りで玄関へ向かう。この家が目を覚ますよりも前に、なんとか車に乗って逃げ出すことしか考えられない。

ようやく落ち着けたのは烏合邸前の坂道を下って、最初の民家が目についたときである。ここにも普通の人の暮らしがあると分かり、ほっとした気持ちになれたからか。

町まで戻ると動体検知カメラのフィルムを現像に出す。本来なら数日は待たされるが、その店は依頼者から特別な注文を受けているようで、今日の夕方には出来上がるという。烏合邸にサトオと行った帰りに寄って、紙焼きされた写真を受け取る予定である。

車をビジネスホテルの駐車場に停めてから、小型のテープレコーダーを持って近くの喫茶店に入る。中途半端な時間のせいか客は少ない。それでも一番隅の席を選び、注文した珈琲《コーヒー》が来るのを待つ。それからイヤホンで和室から回収したテープを聴き始めた。

ところが、さぁぁっという微かな雑音めいたものしか聞こえない。自動録音が作動したのは一回だけだが、そのときテープが何かの物音に反応した証拠である。それなのにノイズしか入っていないのはどうしてなのか。

何度も聴き直すが、さぁぁっという数十秒の物音の他はやはり何も聞こえない。それも微かに響いているだけで決して大きくはない。どう耳を傾けてもただの雑音である。無音の状態と言い切っても間違いではないだろう。

誤作動《ごさどう》か。

この手の調査ではよくある現象と言える。一度しか起きていないのが何よりの証左かもしれない。それとも超常現象の一種と考えるべきなのか。

気分転換《てんかん》に××公園を散歩してから少し早めに昼食を摂り、あとはホテルの部屋で今回の調査の覚え書き作りをする。依頼者に提出する原稿には書けない、あくまでも筆者用のメモである。烏合邸に関する情報の秘匿性が高いことは充分に理解している。よって依頼者の承諾《しょうだく》を得ずに勝手に使う心算《つもり》は毛頭ない。ただ研究者としては事実を書き留めておきたい。そのための覚え書きである。原稿と同様に帰宅後に纏《まと》める記録の基礎資料にしたい。

サトオと約束した時刻よりも早めに待ち合わせ場所に車で行くと、もう彼は来ていた。車に乗せて烏合邸に向かう途中、少し迷ったものの温度自動記録計とテープの結果を話す。霊媒としての意見を訊いてみたかったからだ。

「何かいたんでしょ」

しかしサトオはそう言っただけであとは黙っている。

「何かって、霊的なもの」

筆者が尋ねても微かに頷くだけである。

「あの家で殺された被害者のものかな」

これには少しだけ首を振ったのでびっくりした。

「被害者の霊じゃないの」

思わず突っ込んだ質問の答えを耳にして更に驚く。

「殺された訳じゃない」

「えっ。なら自殺なの」

再び首を振る。

「事故ってこと」

首を振る。

「それなら病死か」

反応しない。

「まさか、自然死じゃないわよね」

無反応である。

「ちょっと、あの家で何があったのか教えてくれる」

しばらくサトオは口を閉じたままだったが、やがてぽつりと漏《も》らした。

「見ようによっては、殺されたと言えるのかもしれない」

「どういう意味なの」

だがサトオは何も応《こた》えない。依頼者から過去の事件については喋《しゃべ》るなと口止めされているのだろうか。だが彼の様子は話したくないというよりも、彼自身もよく理解できていないかのように見える。

「何か気づいたことがあったら、すぐに教えて」

仕方なくそう頼むだけに留めて、あとは世間話をしたものの一向に乗ってこない。できれば無難な話題から依頼者との関係についてなど、こちらが興味を覚える内容へと誘導する算段だったのだが見事に当てが外れた。

赤と茶を混ぜた絵の具に血を大量に垂《た》らしたような色の夕陽に照らされた烏合邸は、その人里離れた地に恰《あたか》も目覚める寸前の如《ごと》く今日も蹲《うずくま》っている。人が日の出と共に起きるとしたら、この家は日の入りを待って目を覚ますに違いない。

山峰家の玄関の扉を開けて、三和土、居間、一階の廊下、キッチン、食堂、階段下の収納スペース、四畳半間の洋室、トイレ、風呂、六畳の和室と見て回る。その都度そっとサトオを窺《うかが》うが特に何の反応も示さない。

いよいよ二階か。

念のため階段下のスイッチを入れるが、案の定ちらっとも明かりは瞬《またた》かない。足元の階段を懐中電灯で照らしながらゆっくり上がる。一段ずつ踏み出す度にもわっと大量の埃が周囲に舞う。折り返しまで来たところで二階を見上げたが、一階と同じく真っ暗である。残りの段も慎重に上り切ると、二階の廊下が右手に延びており、左側の壁に扉が見えた。廊下の先には左右に二つずつ扉がある。ただし右側は左側に比べると二つの扉の距離が近い。階段室がある分だけ右の部屋が狭いからだろう。

まず階段を上り切った左手の扉を開けると、そこは寝室だった。十畳はあるだろうか。正面の右半分が窓で、その下にベッドが二つ並んでいる。部屋の左側は大きなクローゼットだった。

どうやらここは智明と裕子の寝室らしい。

　窓は家の正面を向いているため、鉄が赤茶けて錆《さ》びたような西日が射し込んでいる。それがベッドを照らしているせいか、まるでそこが惨劇の現場かと錯覚しそうになる。ベッドの片方を凝《じ》っと見ているサトオが目に入り余計にそう思えてしまう。一体それほど彼は何を見詰めているのだろうか。

　クローゼットを覗《のぞ》くと予想通りに何着もの衣服が下がっている。夫婦の服が共にあったが女性用の方がもちろん多い。

「この部屋はどうかな」

　相変わらず片方のベッドに目をやるサトオに期待を込めて尋ねる。だが彼は素っ気なく少し首を振っただけだった。

「そのベッドに何か感じるんじゃないの」

　不審に思って訊くと、

「今は別に」

　やはり素っ気ない答えが返ってくる。ただし「今は」という表現が引っかかる。

「別の日なら、そうじゃない可能性があるってこと」

　気負い込む筆者に対して、サトオは黙ったままである。ここでも話したくないというよりは、彼自身にもよく分かっていないように見える。

「先に進みましょう」

　二人で廊下に出る。寝室の扉を閉めると真っ暗になるため開けておく。一階に下りる前に忘れずに閉めれば良い。それでも懐中電灯を手放せないほどの暗さは充分に残っている。もちろん廊下の明かりは点かない。

階段の前を通り過ぎて、次に左側手前の扉を開ける。すぐに子供部屋と分かった。それも男の子用である。智朗の部屋に違いない。

正面に窓と勉強机、左手にクローゼット、右手にベッド、ベッドの上に映画「ボディ・スナッチャー　恐怖の街」のポスター、廊下側の壁に本棚がある。窓は隣家の窓と完全にくっついているため日の光はほとんど入らない。向こう側が壁でないだけまだ増しかもしれない。

サトオに意見を求めようと振り返ると、廊下に立ったまま中を覗いている。

「入らないの」

ひょっとして怯えているのではないかと思い繁々《しげしげ》と観察する。この部屋がそれほど恐ろしければ調査結果にも期待できるからだ。だが残念ながら目論見《もくろみ》は外れた。

「ここは違うよ」

あっさり否定される。要は入室するまでもない場所ということらしい。

廊下に戻る。少し進んで右手の扉の中を確かめるとトイレだった。残るは奥の左右の扉一つずつである。先に同じく右側の扉を開けたところで少し戸惑《とまど》う。室内に据えられた机や椅子や本棚に子供部屋とは明らかに違う重厚さを覚えたからだ。このセンスは居間の調度類と間違いなく通じるものがある。

「書斎《しょさい》のようね」

正面に窓と机、左側の壁に窓、右側の壁に本棚が見える。ベッドがないことからも智明の書斎だろう。しかも本棚をよく眺めると某分野の専門書ばかりである。彼は大学か企業でこの分野の研究をしていたのだろうか。居間で目にした写真では学者然とした風貌《ふうぼう》をしていたが、実際にそのままの人物だったのかもしれない。

写真と言えば机の上に写真立てが複数あったが、どれも家族が写っている。一階の祥子の部屋の洋簞笥の上にも、智朗の部屋の勉強机の上にも山峰家の集合写真を見ているので、随分と仲の良い家族だったようだ。

意見を求めようと廊下のサトオを見やると、既に書斎の向かいの扉に顔を向けている。

「この書斎じゃなく、そっちなの」

残ったのは裕美のものと思しき部屋だけである。だがサトオは何も応えない。

廊下の左手奥の扉を開けると、果たして十代の女の子らしい部屋が現れる。正面に窓と勉強机、右側の壁に窓とベッド、左側にクローゼット、廊下側の壁に本棚があるところは、弟である智朗の部屋とほぼ一緒だった。ただし室内の雰囲気が完全に違う。十七という年齢を考えると少し幼いと感じられるほどメルヘンチックに飾りつけられている。勉強机の上の写真立ても父親や弟や叔母《おば》のものと比べると可愛《かわい》らしい。クローゼットに吊るされた衣服に関しても同じである。父親と同様、彼女も写真の印象通りの少女だったのかもしれない。

改めてサトオに確認するまでもなく二回目の調査機器の設置場所はこの部屋に決める。問題は動体検知カメラを置く位置である。彼の意見を求めたが相変わらず役には立たない。しばらく熟考した結果、勉強机とベッドが写る部屋の隅に据えることにした。その対角線上に音声自動録音テープレコーダーを、部屋の四隅に温度自動記録計を設置して、黒綿土を床に撒きながら部屋を出る。

　そこまでは慎重に作業をしたが、廊下に立つや否や一刻も早くここから離れたくなった。いつもそうである。調査機器を設置した途端《とたん》、なぜか居《い》た堪《たま》れなくなるのだ。その場に自分がいることで霊の出現を妨《さまた》げている気がするからだろうか。

　サトオを急《せ》かしてそそくさと青い邸宅をあとにする。

「昨日の夜中に撮られた写真が現像されている筈《はず》だから、良かったら一緒に見てみる」

　迷ったものの車内で彼を誘うと、予想通りの答えが返ってきた。

「いいえ」

「あまり期待してないんだ」

　皮肉《ひにく》っぽく尋ねても淡々とした口調で、

「何か映ってると思うけど、僕が見ても仕方ないから」

　まったく興味がなさそうな反応しかしない。

「ひょっとして君は、嫌々この仕事を受けたとか」

　咄嗟《とっさ》に浮かんだ疑いを口にしたところ意外な返答があった。

「僕の義務のようなものだから」

「霊媒としての」

　しかしあとは何を訊いても応えない。ただ彼なりに色々と考えるところがありそうだと分かっただけである。

　昨日と同じ場所でサトオを降ろし、明日の約束をしてから現像を頼んだ写真店に向かう。

四十半ばに見える店主の対応は非常に事務的だった。料金の請求は依頼者に行くので、こちらは出来上がった写真を受け取るだけである。それが接客に表れているのかと最初は思ったが、店主の様子を窺っているうちに何となく悟れた。

関わりたくない。

そう強く願っているような気がした。だから筆者ともなるべく喋らないようにしているのではないか。

依頼者の×××家はこの地方の有力者らしく思われる。よって同家の当主が郊外の人里離れた土地に建てた奇怪な建造物は、きっと町中の話題になっているに違いない。町の住人で烏合邸の存在を知らない者など恐らく皆無だろう。ただし依頼者の家に対する遠慮から（または畏《おそ》れからか）誰もが見て見ぬ振りをしているのではないか。

そんな想像が充分にできたので筆者もわざと事務的に応じて店を出た。

逸《はや》る気持ちを抑えながらホテルに戻り、部屋に入ったところで早速、写真店から受け取ったモノクロの紙焼きを確認する。現像された写真は六枚だった。どれにも仏壇と畳の上に撒いた黒綿土が写っている。だがそれだけである。

「何も写ってないじゃない」

筆者が思わず不満を漏らしたほど、いくら眺めても変なところが一つも見つからない。

「だったら、どうしてシャッターが下りたの」

温度自動記録計も音声自動録音テープレコーダーも、そして動体検知カメラも同じ時刻に作動している。つまりそのとき和室に何かがいたのだ。

ところが現像した六枚の写真には何も写っていない。

これは一体どういうことなのか。

三日目

昨夜はあまり眠れなかった。

烏合邸での調査が果たして上手《うま》く行なえているのかどうか。その判断がかなり難しい状況にあるため、ついベッドの中であれこれ考えてしまう。

調査機器は完全に作動したと言える。黒綿土を除く他の三つが確かに記録を残した。ただし役立ったのは温度自動記録計のみで、音声自動録音テープレコーダーと動体検知カメラは本来の役目を果たせていない。二つとも何かに反応したのは間違いない。だがノイズしか録音されていないテープと室内の光景しか撮っていない写真では、まったくお手上げである。

少しでも結果が出ていますように。

祈るような気持ちで烏合邸へ向かう。こんな思いを抱くことは珍《めずら》しい。調査対象には常に冷静に対応する必要があると日頃から肝《きも》に銘じている。ちょっとした心の揺れ、過信、思い込みが調査結果を歪《ゆが》める懼《おそ》れが多分にあるせいだ。

対象物から受ける恐怖という点では青い邸宅を遥《はる》かに超える幽霊屋敷に当たったことが過去に何度かある。それらに比べるとあの家は随分と増しかもしれない。ただし青い邸宅でしか覚えない感情がありそうな気がする。こちらに訴えかけてくる特有の何かが、あの家には漂っているように思えてならない。

それは恐怖、憎悪、怨念《おんねん》、絶望、嫉妬《しっと》、憤怒《ふんぬ》といった強烈《きょうれつ》な情動だけでなく、そこには悲《ひ》哀《あい》、後悔、無念、空虚《くうきょ》といった弱い負の感情も含まれているのではないか。

筆者に霊感はない。まったく皆無である。それでも幽霊屋敷の調査体験を積み重ねることで得たものがあると実感している。こんな風に考えられるのもそのお蔭かもしれない。とはいえ具体的な証拠（記録）がないと研究者はどうすることもできない。

祈るような気持ちのまま烏合邸に着く。青い邸宅の前に立つ。

山峰家の玄関の扉を開け、三和土、居間、一階の廊下、階段室、二階の廊下を辿る途中で、誰かに見られている気がする。誰かではなく何かだろうか。初日には一階の廊下で感じたが今回は何処か見当がつかない。覗かれているという全身に纏《まと》いつくような気色悪さだけが、ずっと消えないまま裕美の部屋に入る。

そこで気を取り直して室内を観察した。すぐ目につく黒綿土には何の変化もない。温度自動記録計を見ると夜中に一回だけ下がっている。和室と同じである。音声自動録音テープレコーダーも回っており、動体検知カメラも複数回シャッターを切っている。

見事に和室とそっくりな状態に嫌な予感を覚える。テープとフィルムを回収しながらも不安で仕方ない。その気持ちを抑えながら音声自動録音テープレコーダーと動体検知カメラを検める。しかし見たところ何処も悪くない。実際に片方はちゃんと録音をし、もう片方は普通に撮影をしている。問題があるのは機器ではなくその対象物なのではないか。

確かめるためには今すぐテープを再生するしかない。フィルムの現像は不可能だがテープなら聴くことができる。

でも室内を動き回る物音が録音されていたら。

誰かの話し声が急に聞こえてきたら。

そんなテープをこの部屋で耳にする羽目になってしまったら。

ちらっと想像しただけで慌てて廊下に出ていた。いくら幽霊屋敷に慣れているとはいえ、そういう度胸は持ち合わせていない。

そのまま階段に向かおうとして、ふと立ち止まる。たった今、裕美の部屋を出る瞬間に何か感じたような気がしたからだ。それと同じものを和室でも覚えたのではないか。

違和感。

はっと息を呑《の》む。これは重要な手掛かりになるかもしれない。

恐る恐る部屋に戻って、じっくりと室内を見回す。焦らずにゆっくりと細部まで観察する。

その一方で全体の俯瞰《ふかん》も行なう。

駄目《だめ》だ。分からない。

ここで覚えた違和感はそもそも昨日の和室のものと同じなのだろうか。だとしたら両方の部屋の共通点を探せば良い。

もう一度しっかりと裕美の部屋を眺めてから一階に下りて和室へ向かう。心臓の鼓動《こどう》が激しい。和室を覗いた途端《とたん》、たちまち違和感の正体が判明するのではないか。そんな期待をどうしても抱いてしまう。

和室の前に立つ。引き戸に手をかけて開ける。

何も感じない。

室内に入りながら周りを見回す。やはり同じである。あの違和感が消えてしまっている。それとも昨日ならではの感覚だったのか。ここへ二度目に入った瞬間だったからこそ一度目とは違う差異に気づけたのだとしたら、もうどうすることもできない。

手掛かりを摑《つか》めたと喜んだのに。

がっかりしつつ青い邸宅をあとにする。眠りについているはずの烏合邸がにやにやと嗤《わら》いながら見送っている。そんな妄想《もうそう》に囚われ、ふと後ろを振り返りそうになる。しかし我慢して車のアクセルを踏み込む。

町まで戻ると写真店にフィルムを出してから、不安と期待が入り交じった状態でテープを聴く。ホテルの部屋でイヤホンを使わずに再生してみる。

さぁぁぁぁっ。

確かに録音はされているが、やはり雑音しか入っていない。何度も聴くが同じである。少しでも意味のある音をまったく認めることができない。

音声自動録音テープレコーダーの側《そば》に、ぬぼうっと佇《たたず》む影のようなもの。

そんなイメージがふっと頭の中に浮かぶ。

それが現れたからこそテープは回った。しかし動くと物音が立って証拠が残るため、それは凝っとしているだけだった。

自分でも馬鹿馬鹿《ばかばか》しい考えだと呆《あき》れたが、そうとでも解釈しないと説明がつかない。

昼食を摂りに外出した以外は、ずっとホテルの部屋で本稿の執筆と覚え書き作りを行なう。

それと少し仮眠を取る。昨夜の寝不足が響いているらしい。

約束の時刻の前に待ち合わせ場所に車で向かうと、もうサトオが待っている。一緒に仕事をやるには理想的なパートナーである。これでもっと喋ってくれればと思うのだが、それは贅沢《ぜいたく》な悩みだろうか。

「学校はどう、面白い」

無駄と分かりつつも話を振るが、案の定うんともすんとも答えない。

尤《もっと》も自分がこの年頃で、同じように大人から訊かれたら、やはり返答のしようがなくて困ったと思う。とはいえ相手とは知り合ったばかりで、一応アルバイト上の関係があるのなら、取り敢えず無難な応答をしただろう。少なくとも無視はしない。

そんな筆者の考えをまるで察したかのように、いきなりサトオが口を開いた。

「学校には、それほど」

ただし尻切れ蜻蛉《とんぼ》である。要はあまり通っていないということらしい。

どうして。

と尋ねかけて止めた。彼が持つ霊媒の能力と関係している可能性に思い当たったからだ。有り得ないことではない。

少し霊感がある程度くらいなら、この年代の友達には受け入れられるかもしれない。むしろ人気者になるのではないか。しかしそれが洒落にならないほどの力だった場合、下手をすると忌み嫌われる懼《おそ》れがある。気持ち悪がられて仲間外れにされる。または恐ろしさのあまり攻撃の対象になる。つまり学校で苛《いじ》められてしまう。

その手の能力を持つ子供の研究に立ち会った経験が過去にあるため、似た例を幾つか知っている。他人と深く付き合おうとはせず、しかも自分の異能を隠したがる。そうなってしまう子供が多いことも理解している。

　車内の沈黙が苦痛に思われ出したころ、ようやく烏合邸に通じる坂道に差しかかる。その途中の右手に奇妙な原っぱがあることに気づいたのは昨日の夕方だった。烏合邸からの帰り道、ふと冬枯れた草木の向こうに目をやると、なんとも凹凸《おうとつ》の激しい空き地を見つけた。まるで地中を掘りつつ進む怪物が地表に現れた跡のように映るほど、原っぱ全体がデコボコしている。それは自然の迷路《めいろ》とも言える奇観だった。

　そのとき筆者の視界の隅にふっと動くものが見えた。盛り上がった土の小山の向こうから黒くて丸い何かが覗いたのである。子供の頭くらいの大きさだったが、とても人とは思われないほど黒々としていた。

「今の見た」

　すぐさまサトオに尋ねたが、彼は前を向いている。どうやら何も目にしていないらしい。がっかりしかけたところで、とんでもないことを言われた。

「あれには関わらない方がいい」

「やっぱり見たの」

　驚いて訊くとサトオが小さく首を振った。

「でも分かったのね」

　その点を確かめようとしたが彼は前を向いたままである。それでも諦めずに執拗《しつよう》に尋ね続けていると、車が青い邸宅に着くや否や逆に訊かれた。

「先生にとって大切なのは、この家ですか、あの原っぱですか」

「もちろん、この家よ」

即答するとサトオは安心したように、

「この家の気持ちも同じです」

そう言われた瞬間ぞくっとお腹の底から冷えた気がした。

調査対象に好まれていると考えれば研究者冥利《みょうり》に尽きそうだが、かといって単純には喜べない。相手は幽霊屋敷である。しかも幽霊屋敷の集合体である巨大建築物の一部なのだ。そんな代物に好意を寄せられて悦《えつ》に入る者もいないだろう。

でも嫌われるよりはいいか。

幽霊屋敷に厭《いと》われた場合どれほど恐ろしい目に遭うのか。あまり考えたくないと思ったが、そこで急に疑問が湧いた。

「それならどうして結果が出ないの」

この家に気に入られているのであれば実りある調査ができているはずである。

「調査機器は反応してる」

ぶっきらぼうな返答に、思わず大人気もなく声を荒《あら》らげてしまう。

「確かにそうだけど、録音されたテープには雑音しか入っていないし、撮られた写真には何も写ってないのよ」

「そうかな」

サトオの口調に腹が立ったので、すぐに鞄《かばん》から和室の写真を取り出して突きつけた。

「ほら、よく見なさい」

しかし彼は受け取りもせずに、むしろ筆者に問いかけるような眼差《まなざ》しを送っている。

「一体この写真の何処に」

何が写っているというのか。それを改めて訊き質《ただ》そうとしたときである。六枚の写真のうちの一枚に目が留まった。

「あれ、変ね」

筆者が怪訝《けげん》な声を出したのも無理はない。その一枚に写った黒綿土のある箇所に、あたかも足跡に見えるような窪《くぼ》みが認められたからである。

「こんな跡なんか、現像後にすぐ見たときはなかったのに」

足跡の如き窪みは三つあった。仏壇から最も離れた黒綿土の端に印されている。

「幽霊の足跡」

問いかけるようにサトオを見たがそっぽを向いている。それとも青い邸宅を眺めていると言うべきか。

「確認するわよ」

車から降りると山峰家の玄関の扉を開けるのももどかしい気持ちで、すぐさま和室を目指す。速足のせいで大量の埃がたちまち周囲に舞い始めるが、まったく気にならない。もう仏壇のある部屋に行くことしか考えられない。

引き戸を開けると同時に飛び込んだが、辛うじて黒綿土の手前で立ち止まる。ここを乱しては元も子もない。

「どういうこと」

ところが黒綿土には何の跡も残っていない。撒いたときの状態のままである。そもそも昨日チェックしたとき何ら異常はなかった。それが今日になって現れるとは思えない。

「でも、写真には変化があった」

サトオに話しかけるというよりは、ほとんど独り言である。それに彼は廊下にいたので聞こえていなかったかもしれない。

目の前の黒綿土と写真を何度も見比べる。しかし新たな発見は何一つない。実際の黒綿土は綺麗なままなのに写真のそれには足跡らしきものが印されている。どう見ても矛盾《むじゅん》する状況ながら原因は不明としか言い様がない。

「今日の部屋を決めましょう」

これ以上ここで考え込んでいても無駄だと判断して、サトオを促して居間まで戻る。そこから各部屋を巡りながら彼の反応に注意した結果、三番目の部屋は書斎と決まる。

まず部屋の四隅に温度自動記録計を置く。音声自動録音テープレコーダーは机の上に、動体検知カメラは机と本棚を撮影できる位置に据える。それから床に黒綿土を撒きながら廊下まで出て扉を閉める。

そこまでの作業をしながらも筆者が気にかけていたのは和室で撮った写真であり、これから目にする裕美の部屋で撮影された新たな写真についてだった。調査機器の設置には万全を期すべきだと理解しているにも拘らず心がお留守になっている。それほど問題の写真に衝撃を受けてしまったのだろう。

「出るわよ」

急き立てられるように青い邸宅をあとにして、同じ場所でサトオを降ろしつつ明日の約束をしてから、すぐに写真店へ向かう。昨日より早い時間だったため待たされるかと心配したが、すんなりと現像した写真を受け取れた。店主と世間話をする必要がないのも有り難い。

車内に戻ると同時に袋の中の紙焼きを一枚ずつ確認する。特に床の上に撒いた黒綿土が写っている箇所は舐《な》めるが如く目を凝らした。

だが不自然なところは一つもない。

黒綿土には何の痕跡も認められない。もちろん他の箇所も同様である。裕美の部屋の中を撮った六枚の写真に異様なものは少しも写っていなかった。敢えて気になる点を挙げるとすれば、撮影されたのが和室と同じ六枚という数の一致だろうか。

それから就寝時まで何度も和室の写真を見直す。新たな変化を期待して幾度も目をやり続ける。夕食を摂ったレストランでも決して諦めずに止めなかった。その苦労が報われたのは本当に寝る直前だった。

三つの足跡が浮かんだのとは別の写真に、よく似た痕跡が現れたのだ。それは一枚目の足跡よりも仏壇寄りに印されていた。

またしても眠れぬ夜になるかもしれない。

四日目

起床と共に和室で撮った写真の確認を行なう。例の変化は時間経過によって起こるのではないか。昨夜の就寝前にそんな仮説を立てた。

その仮説通りに三枚目を見つける。それは二枚目よりも仏壇に近い黒綿土の上に三つの足跡が印されている写真だった。

一枚目と二枚目と三枚目を連続して横に並べると、写真には写らない何者かが仏壇に向かって歩いているように見える。それとも逆に仏壇から外へ何かが出て行った痕跡だろうか。足跡の向きが分かり辛《づら》いが、いずれにしろ人でないことは確かである。

三枚の写真を眺めているうちに、もう一度テープも試してみるべきだと気づいた。まず和室で録音したテープを再生すると、前には入っていなかった奇妙な物音が聞こえてきた。

きしっ、きしっ、きしっ。

敢えて文字で表現するとこうなる。何度も耳を傾けるが音の正体は分からない。だがテープを回しつつ写真に目をやった途端《とたん》、それが黒綿土の上を歩く足音ではないかと推測できた。

テープを最初から聴く。耳を澄まして必死に数える。

きしっ、きしっ、きしっ、きしっ、きしっ、きしっ、きしっ、きしっ、きしっ。

テープに録音された足音は九つ。

一枚の写真の黒綿土に印された足跡は三つ。それが三枚あるので足跡は九つになる。数は合っている。

慌てて裕美の部屋で録音したテープを再生するが、特に何も聞こえない。同じ部屋で撮られた写真を再確認しても、やはり何も写っていない。

まだ必要なだけ時間が経っていないからか。

朝食を摂りながら色々と考察する。超常現象の調査を行なっていると不可解な目に遭うことも多いが、その一方で驚くほど理路整然とした出来事を体験したりもする。今回の足跡と足音の一致もそうである。これが生身の人間なら同じで当然だが、調査の対象者は違う。人間の理性が通用しない存在と考えるべきである。にも拘らず今回のような現象が時に起こる。超心理学を研究していて「本当に興味深い」と感じる瞬間である。

ともすればスピードを出し過ぎになるのを抑えつつ烏合邸へ車を走らせる。今こそ慎重さが求められることを肝に銘じなければならない。向こうが正体を現しかけたときが実は一番危ないからだ。こちらを喜ばせ油断させておいてから突き落とす。ここからは更なる注意が必要になる。

国内の数少ない同研究者の中には立ち直れない打撃を受けた人もいる。新築なのに一向に誰も住まないため幽霊屋敷の噂《うわさ》を立てられた、奈良のN町交差点近くにある家を彼は調べたのだが、自らの慢心のせいで想像を絶する恐怖を体験する羽目になったらしい。その二の舞を演ずるのだけは絶対にご免である。

逸《はや》ることなきように自分を戒《いまし》めると同時に、これから取るべき行動に関して迷う。写真とテープの証拠に基《もと》づく限り、今すぐに調べるべき所は和室の仏壇だろう。この判断は決して間違っていない。とはいえ一方で書斎も気になる。もちろん設置した調査機器の作動状態ではなく(すぐに結果を確認できるのは温度自動記録計だけだろう)あの部屋に入ったときに覚えるかもしれない違和感についてである。

晶子の和室も裕美の洋室も調査機器を据えた翌日に入室した際、筆者は違和感を覚えた。その正体は未《いま》だに分からないが、どちらにも似た印象を持った。同じことが書斎でも起こるのか確かめたい。それには青い邸宅を訪れたとき真っ先に書斎へ行く必要があるのではないか。和室へ寄り道すれば機会を逸《いっ》するのではないか。そんな心配が頭を擡《もた》げた。

烏合邸の青い邸宅の前に車を停め、下車して山峰家の玄関の扉を開け、三和土から居間へ、居間から一階の廊下へ、廊下の途中の階段に辿り着いてもまだ迷っていた。そこで決心して階段を上った行為に特別な理由はない。敢えて理屈づければ違和感を覚える機会は一度しかなさそうだが、そんな制限が和室の仏壇にはないと考えたからかもしれない。

二階の廊下を奥まで進み書斎の前に立つ。前の二つの部屋では退出する際に違和感を覚えたため、今から緊張する必要はないのに身体が強張《こわば》る。扉のノブに伸ばす手が震えている。静かに扉を開けて、ゆっくりと入室する。

目の前に書斎の室内が現れるが、特に何も感じない。失望することなく温度自動記録計を検める。前の二部屋と同様に夜中に一度だけ温度が下がっている。音声自動録音テープレコーダーと動体検知カメラも同じである。もちろん黒綿土には何の痕跡も印されていない。

テープとフィルムを回収して部屋から出ようと振り返ったところで、はっとした。

この部屋は昨日と違う。

やはり違和感を覚えた。それも前の二つの部屋で感じたものと非常に似ている。いくら目を凝らして眺めても、その正体の見当がつかないのも同じである。

すべて不明なのに満足するという変な気持ちのまま一階へ下りる。いよいよ和室の仏壇を調べるときがきた。書斎とは違い急き立てながら引き戸を開ける。しかし和室に入ってからは自然と足取りが抑えられる。この部屋の雰囲気がそうさせるのか。

　黒綿土を撒いた側まで行き繁々と観察するが足跡など一つもない。三枚の写真を取り出して見比べるものの、仏壇という動かし難い証拠があるにも拘らず、とても同じ場所で撮ったとは思えない眺めである。

　足跡を捜すのは諦《あきら》めて仏壇の前に立つ。黒綿土を踏むことになるが仕方ない。それでも真横から足を伸ばして、なるべく痕跡を残さないように注意する。

　何処から調べようかと思っていると、仏壇の掛け軸の裏から非常に小さな白い三角形が覗いていることに気づき、はっと息を呑む。これは初日から存在していたのか。それとも二度目に入室するまでに何処からか現れたのか。もしくは写真に姿が写らない何かが夜中のうちに掛け軸の裏に隠したのか。

　ここまで近づいたからこそ見えた訳だが、もしかすると例の違和感の正体はこれではないか。最初はなかったのに二度目にはあった。その微妙な変化を実は筆者の両目が捉えていた。ただあまりにも微細だったため認識するまでに至らなかった。それでも違和感は残った。そんな風に考えると納得がいく。

　人間の五感は非常に優れていると同時に物凄く曖昧でもある。超常現象の解釈にしばしば後者が言及されるのも頷ける。だが今回は前者が威力を発揮したのかもしれない。

　期待に胸を膨《ふく》らませながら掛け軸の裏から覗く小さな白い三角形を指先で摘《つま》み、ゆっくりと引っ張り出して驚いた。

　それは一枚の写真だった。しかも居間の飾り棚の中にあった写真と同じような、この家の前で撮られた家族の集合写真だった。

でも、どうして仏壇の掛け軸の裏に。

訳が分からないながらも異様な思いに囚われていたが、その写真を見詰めているうちに居間のものとは大きく違う点に気づいた。

五人しか写っていない。

山峰家は六人家族である。居間の写真には六人がちゃんと揃っていた。誰が欠けているのかと見ると、祖母の晶子だと分かった。

亡くなったからか。

晶子の死亡後に撮った写真なら納得がいく。だがそんなものが仏壇の掛け軸の裏になぜ隠されていたのか。これが違和感の正体だとしたら一体どんな意味があるのか。

そう考えたところで他の二つの部屋も気になり出した。どちらでも似た違和感を覚えている。あれらも同じような変化が原因ではないのか。

和室を出て二階へ急ぐ。裕美の部屋に飛び込むと勉強机の前まで行き、その上に置かれた写真立てを手に取る。

四人しか写っていない。

やはりこの家の前で撮影された写真に晶子と裕美の姿がない。先程の写真は和室で見つけた。あそこは晶子の部屋である。そして彼女のいない写真があった。今度は裕美の部屋でやはり本人のいない写真を発見した。

半分は確かめたくないと感じながらも書斎に移る。机の前に来てもその気持ちは変わらない。

それでも写真立てに手を伸ばしたのは抑え難い好奇心からか。

三人しか写っていない。

この家の前で撮られた写真に見えるのは裕子と祥子の姉妹と、智明と裕子夫婦の長男の智朗だけである。父親の姿は何処にもない。

祖母の晶子、長女の裕美、父親の智明は立て続けに亡くなったのか。

一体どれくらいの期間を開けてなのか。

三枚の写真を見比べたところ母親と叔母にあまり変化は表れていないが、智朗の成長は確実に見て取れた。一枚目と三枚目を並べるとよく分かる。

一年に一人ずつ死んでいった。

ふっとそんな気がした。その瞬間サトオとの会話が蘇った。

この家でどんな事件が起きたのかと尋ねたとき、彼は殺人も自殺も事故死も否定した。病死には無反応だったが、実は彼も説明に困ったのではないか。

なぜなら山峰家の人たちは何らかの障《さわ》りのせいで死んだから。

この場合の「障り」とは言うまでもなく「呪い」や「祟《たた》り」によって齎《もたら》されたものである。誰か一人が禁忌を犯したため家族も巻き込まれたのか、山峰家そのものが何者かの呪詛《じゅそ》を受けたのか、何の手掛かりもないので分からないがそう考えると合点《がてん》がいく。

まさか。

一家が全滅した可能性もあるのではないかと気づいて、ぞわっと項《うなじ》が粟立《あわだ》った。

書斎で見つけた三枚目の写真に目を落とす。残った三人で次に狙われそうなのはどう見ても智朗だろう。

歳《とし》を取った晶子、病弱な感じの裕美、線の細い智明と、明らかに生命力が弱そうな順に死んでいっている。この法則を四人目に当て嵌《は》めた場合、健康そうな母親と叔母よりも覇気のない長男の方が圧倒的に不利なのは誰が見ても明らかである。

次に調査機器を設置するのは智朗の部屋か。

はっきりしているのなら夕方を待たずに今から取りかかっても問題ないはずである。超常現象は夜中にしか起こらないとは限らない。これまでにも同じ物件で時間帯を変更して調査したことは何度もある。

しばらく検討してみたが、やはりサトオの協力を得た方が良いと判断する。これまでの彼の助言が有効だったからこそ、このような結果が得られたのは間違いない。引き続き彼の力を借りるべきだろう。

今朝は思った以上に青い邸宅で時間を使ったらしく、町へ戻って写真店にフィルムを出したのは昼前だった。

「約束の時間と違うでしょ」

店主に不機嫌な顔と声で怒られる。

「これじゃ今日の夕方に間に合いませんよ」

無理もない苦情だったので明日で問題ないと伝えたのだが、

「取り敢えず受け取りに来てください」

ぶすっとした表情のまま愛想のない返事があった。×××家に頼まれた仕事を遅らせる訳にはいかない。店主の様子にはそんな感情が見え隠れしている気がした。

昼食を摂ってからテープを聴くが、予想通りノイズの他は何の物音も入っていない。このテープから足音らしきものが聞こえるのは、もっと時間が経ってからだろう。

日課となった本稿の執筆と覚え書き作りをする。ようやく調査に手応えを感じられたせいか筆の進み具合が良い。そうなると物事も前向きに考えられる。幽霊屋敷を調べるという行為自体はともすればマイナスの思考を齎《もたら》す場合がある。それに呑み込まれないためには強い精神力が求められる。そんな緊張感が少しでも緩和されるのは調査の結果が出たときだ。もちろん油断はできない。だが物件で起きた変化は決して見逃すべきではない。それが一つの契機《けいき》になるかもしれないからだ。

そろそろ青い邸宅で一晩を過ごす頃合いかな。

同じように調査機器を設置するにしても、その場に人間が居るか居ないかでは結果に大きな違いが出る。そういう例が少なくない。とはいえ居れば良いというものでは当然ない。大事なのはいつ何処で誰が立ち会うかである。

夕方までに和室で撮影した写真を何度も見直していると、何も写っていなかった残りの三枚にも足跡が現れ出した。ただし前の三枚とは逆に仏壇から離れて行く格好である。六枚を並べると「V」の字を逆様《さかさま》にした形で足跡が印されている。それは目に見えぬ何かが仏壇に向かってから戻って来たように見える。

この得体の知れぬ何かが仏壇の掛け軸の裏に一枚目の写真を置いたのか。

もしそうだとしたら裕美の部屋と書斎で撮った写真にもやがて足跡が出現するのかもしれな

い。両方の部屋で録音したテープにも例の黒綿土を踏む足音らしき軋みが聞こえるようになるのかもしれない。

それは何を訴えたがっているのか。

幽霊屋敷で起こる現象に意味を求めてもほとんどの場合は不明である。その原因の推察が不可能という訳ではないが、明確な解を得ることは非常に難しい。むしろナンセンスと言うべきだろうか。

この二日と同様に約束の時間よりも早くサトオを拾うと、今朝の出来事をすべて話す。筆者が下した写真の解釈には彼も賛同したが、次が智朗の部屋だという推理には微かに首を振られてしまった。

「弱い者から狙われたんじゃないの」

納得できずに訊くと、

「それは合ってる」

あっさりと認めたので驚いたが、それなら次はどう考えても智朗ではないか。

「母親と叔母は健康そうに見えたけど、実は持病を持ってたとか」

サトオが僅《わず》かに頷いた。だったら教えてくれても良いのにと不満を感じたものの、自分で答えを見つけることが大切なのだと反省する。彼が協力してくれなければ、どれもこれも単なる推量に終わっていただろう。どれほど助かっていることか。その事実をちゃんと認めなければならないと思う。

念のために青い邸宅では済んだ三部屋を除き、すべての空間でサトオの反応を確かめることにした。その結果、調査機器の設置は一階の洋室と決まる。叔母の祥子の部屋である。机もベッドもないため（クローゼットに蒲団が仕舞われている）複数の写真立てが載った洋箪笥が写るように動体検知カメラを据える。先にすべての写真を確認したところ、家の前で母親と長男の二人だけが写っているものはなかった。それが明日の朝までに出現するのだろうか。

音声自動録音テープレコーダーは部屋の中央に、温度自動記録計は四隅に置く。最後に黒綿土を満遍《まんべん》なく部屋中に撒いてから退出する。

これまでより早く作業が終わったので、サトオを送ったあとは散歩して時間を潰《つぶ》す。一昨日と昨日の時間より前に写真店へは行けない。現像ができていない心配がある。むしろ少し遅れる方が良いのではないか。それとも同じ時間に顔を出さないと店主は怒るだろうか。

そんな詰まらぬことを思いながら町の中を歩く。四六時中あの家について考えていては大変なので、時には頭を空っぽにする必要がある。

結局あまり遅れることなく写真店に行くと、普通に現像済みの紙焼きを渡された。かなり急いでやってくれたらしい。取り敢えずお礼を言ったが店主は無視している。×××家のために仕方なく無理をしたというところか。

予想通り何も写っていない。

その夜は早めに就寝する。明日の朝に大いなる期待を抱いて。

五日目

朝食を摂りながら裕美の部屋で撮った六枚の写真を改めて調べると、うち四枚にまで足跡が現れていた。ホテルの部屋に戻り今度はテープを聴くと、例の足音らしき軋みが聞こえた。そのうち書斎で回収した写真とテープにも同様の現象が起きるに違いない。

烏合邸に車を飛ばしながら期待と不安で胸が一杯になる。今から叔母の祥子の部屋で何を見つけることになるのか分かっているのに、どうして不安感も覚えるのか。

なぜなら幽霊屋敷では予想外の出来事に気をつけなければならないからだ。

それを筆者は貴重な体験から知っている。そのため予期不安に近い思いに囚われるのだろう。これほど因果な研究もない。

烏合邸の青い邸宅の前に車を停める。祥子の部屋に向かう間、なおも期待と不安を半々に感じる。通り抜けた玄関の三和土も居間も一階の廊下も、ほとんど素通りに近い。まったく何も目に入っていない。

祥子の部屋の扉を開ける。さっと室内を見回す。黒綿土には何の痕跡も印されていない。動体検知カメラと音声自動録音テープレコーダーと温度自動記録計は、これまでと同じ反応を示している。フィルムとテープを回収してから、ようやく洋箪笥の写真立てを一つずつ確認すると、すぐにお目当ての写真が見つかった。

二人しか写っていない。

山峰家の前に母親の裕子と長男の智朗が二人だけで佇《たたず》んでいる。持病を持っていたらしい祥子も死んだのだ。そして次は恐らく智朗だろう。

泊まりの調査をいつにするか。

今夜にでも智朗の部屋でと考えていたが、最後の一人になってからの方が良いかもしれない。

母親の裕子だけが残った場合、調査するのは寝室になるだろう。子供部屋よりも広いため寝泊まりの調査にも向いている。

ただ本当に家族全員が死んでしまったのか分からない以上、この判断はかなり難しい。もしも長男が最後の犠牲者で、母親は生き残ったのだとすれば、今夜はやはり智朗の部屋で過ごすべきである。

二人とも死ぬのであれば最後の一人に照準を絞りたい。今夜も明日の晩も両方ともと欲張るのは考えものだと肝に銘じる。こういう変化を試すのは一度だけと心得ておくべきなのだ。何事も新鮮さが肝要である。

尤《もっと》も死者は叔母の祥子で止まり、母親の裕子と智朗は助かるのであれば、最早《もはや》どうしようもない。手遅れだ。

だがそんなことはないだろう。もしそうならサトオが何か反応している筈《はず》である。無口で無愛想なのは間違いないが、これまでも肝心な点はちゃんと指摘してくれた。こちらが執拗に尋ねた面は確かにあるが、彼なりに協力してくれている。ここは彼の意見を聞くべきだろう。

町へ戻って写真店にフィルムを出し、ホテルの部屋でノイズしか録音されていないテープに耳を傾けてから、あとは本稿の執筆と覚え書き作りに励む。

約束の時間が近づくにつれ一刻も早くサトオに意見を求めたくなる。またしても早めに待ち合わせに着くが、ちゃんと彼は居てくれる。本当に心強い相方だ。

車の中で早速こちらの考えを伝える。しかし彼の返答は予想外のものだった。

「次は母親だよ」

「智朗じゃなくて」

　無言で頷くサトオに、戸惑いながらも少し声を荒らげてしまう。

「だって死を迎えるのは、弱い者からなんでしょ。健康的な裕子と覇気のない智朗では、どう見ても彼の方が先じゃない。それとも裕子は妹の祥子と同じで、見た目では分からない持病でもあるの」

　サトオが微かに首を振る。

「だったら、どうして」

　だが彼は黙ったままである。ただ車の進行方向をぼんやりと眺めているだけで、まったく口を開かない。

「ちゃんと説明してちょうだい」

　そう言った直後に、あっと声を上げそうになった。

「分かった。智朗が障りの元凶《げんきょう》なのね」

　思わず断定したが、相変わらずサトオは無反応である。それでもこの解釈には自信があった。そう考えると辻褄《つじつま》が合うからだ。

「だから彼は最後まで生き残る。家族が一人ずつ死んでいくのを見せられるために。そういう呪いじゃないの。よって次に死ぬのは母親なのね」

　と続けたところで問題の障りの原因が物凄く気になった。

「一体どんな禁忌を智朗は犯したの。いつ、何処で」

　しかし相変わらずサトオは僅《わず》かに首を振るだけである。

「肝心なことなのに、何の見当もつかないなんて」

つい非難するような口調になったが、ぽつりと彼の漏らした台詞に驚いた。

「彼も助からない」

「えっ」

家族全員の死に目に遭ったうえに、最後は彼自身も命を落としてしまうとは、どれほど恐ろしい祟りなのだろうか。

「それなら寝泊まりは今夜じゃなくて、明日の晩がいいわね」

もしかすると山峰家の最期《さいご》に立ち会うような体験ができるのではないか。正確には擬似《ぎじ》体験と言うべきだが、事件が起きた現場で調査を続けていると、そういう現象に出会うことが本当に偶《たま》にある。

ところがサトオはそこで、またしてもこちらが戸惑うような発言をした。

「今夜の方がいい」

「どうして」

「母親の死だけは、他の家族と違うから」

「どういう意味なの」

そこで車が烏合邸の敷地に入ったが、なおも彼に説明を求めた。だが口を閉じたまま少しも応えない。こうなると執拗に食い下がっても無理である。

「いつもの部屋決めだけ、念のためにしてくれる」

この願いには、あっさりサトオも頷いた。とはいえ真っ直ぐ二階の寝室まで行き、「ここ」

とばかりに扉の前で立ち止まったに過ぎない。

「やっぱり母親は寝室で亡くなったのね」

家族の中で自分の部屋がないのは裕子だけである。その事実を考えると彼女の死に場所が寝室というのは確かに納得できる。

寝室で写真立てが置かれているのはベッド横の小机の上だった。そこで二つのベッドとなるべく室内が入るように、動体検知カメラは出入口側の壁の隅に据える。音声自動録音テープレコーダーはベッド脇《わき》の小机の側に、温度自動記録計は二つのベッドの横とクローゼットの前と扉の近くに設置する。黒綿土はあとから撒くしかない。

サトオを送ってから、写真店に寄って現像された紙焼きを受け取り、今夜のための買い物を済ませる。ホテルの部屋に戻り、携帯食《けいたいしょく》や飲み物や懐中電灯の予備の電池などをリュックサックに詰める。寝袋は元から車に積んである。大袈裟《おおげさ》な準備は何一つない。子供が自宅の庭にテントを張って友達とキャンプをする準備よりもっと簡単かもしれない。

それから夕食と仮眠を充分に取ったあと、いよいよ夜中の烏合邸へと向かう。

車が町中を抜けると急に辺りの闇の濃さが増す。民家はあるのだが点在しているために纏《まと》まった明かりが一切ない。弱々しく瞬く街灯と共に、ぽつん、ぽつんと距離を置いて現れるだけである。その光景が堪らないほど淋《さび》しい。そんな間の抜けたような光源さえ極端に少なくなったところで、最後の民家の明かりが朧《おぼろ》に見えてくる。しかし近づいて通り過ぎる前に、ふっと消えてしまう。住人が就寝したからに過ぎないのに、恰《あたか》も何かの前兆《ぜんちょう》のように思えてならない。

これから一夜を過ごす青い邸宅で起きる変事の予兆ではないのか。

そう懼《おそ》れている自分がいる。どんな分野であれ研究者は常に冷静であらねばならない。如何《いか》なるときも客観的に物事に対応する姿勢が求められる。超心理学の場合は尚更である。その戒《いまし》めは重々に承知している。だが研究者も人間である以上、自然な感情を抑えることはできない。特に本能が覚える恐怖心は厄介《やっかい》である。それは研究者に危険を知らせながらも、近くに超常的な現象が存在する可能性を教えてくれているからだ。

誤解を招き兼ねない表現を敢えてすると、少しの恐ろしさも感じない幽霊屋敷の調査はほとんど失敗に終わると言っても間違いではない。

車が坂道に入ったところで、皓々《こうこう》たる月明かりに照らされた烏合邸が目に入る。月光を浴びてぬらぬらと鈍く輝《かがや》いている外観が、なぜか爬虫類《はちゅうるい》の皮膚《ひふ》のように映り、ぶるっと反射的に全身が震える。これまでに気味が悪いと感じたことはあっても、これほどの生理的な嫌悪感に見舞われたのは初めてである。

次の瞬間、烏合邸がこちらを見た。己に近づく車に乗った人間に気づき、ぎろっと巨大な目玉を向けた。もちろん実際に起きたことではない。あくまでも筆者の主観である。本来なら本稿に記すべきではない。しかし間違っていなかったと思う。そう確信している。

烏合邸が迫ってくるにつれ、どんどん周囲の空気が冷たくなっていくのが車に乗っていても分かる。それは敷地内に入っても続いた。徐行しながら巨大な家屋をぐるっと回る車を、烏合邸が見下ろしている。凝っと視線を注いでいる。

ところが青い邸宅の前に着いた途端《とたん》、ぴたっと感じなくなった。突然そっぽを向いたかのように、急に興味をなくして目を閉じたかの如く。

あとはこの家に任せたってこと。

車から降りて山峰家の前に立つと、そんな妄想が湧いてきた。

勿論《もちろん》すべては過度の想像力が齎《もたら》した気の迷いである。恐怖心を利用するのは良いが、それに呑まれては絶対にいけない。

五日目（夜）

リュックサックを背負ってから玄関の扉を開ける。

三和土の手前に月明かりが僅《わず》かに射し込むだけで、そこから先は真の闇である。懐中電灯を点けて光を奥へ走らせ、ようやく細長い三和土が浮かび上がる。だが後ろ手に扉を閉めてから数歩ほど入ったところで、いきなり足が止まる。

もしも今が調査の初日だったら、恐らくこれ以上は進めなかっただろう。それほど目の前の闇が恐ろしく感じられる。この先に何があるのかと想像するともういけない。すぐに踵《きびす》を返して帰りたくなる。辛うじて前進できたのは、日のあるうちに何度も訪れて屋内の様子を充分に知っていたからだ。

居間への扉を開けると、闇が広がったのが実感できる。かといって薄まった訳ではない。広い空間にみっしりと詰まっている。その中を掻《か》き分けるようにして歩く。三つ目の扉の先は一階の廊下だが、これまで以上の密度の闇が蟠《わだかま》っており、懐中電灯の光を易々《やすやす》と呑み込む。実際ここで急に明かりが弱まってしまう。電池切れでは決してない。廊下に巣食《すく》う闇が強過ぎて、人工の光では太刀《たち》打《う》ちできないのだ。ここに潜む闇には明らかに得体の知れなさがあった。それが肌で感じられるだけに怖い。二の腕には鳥肌が立ちっ放しである。

そのとき廊下の奥で二つの眼《まなこ》が光った。ぼうっと燃え上がる鬼火《おにび》のように瞬いている。

二の腕の鳥肌がたちまち全身にぞくぞくっと広がる。それでも震える右手に持つ懐中電灯で、前方の暗闇に浮かぶ二つの赫眼《あかまなこ》を照らそうとした途端《とたん》、突然ふっと消えてしまった。

初日と三日目に覚えた視線の正体はあれだったのか。

だとしたら人間ではない。かといって幽霊とも違う気がする。万一それに近くても何か別のものに変化した存在なのかもしれない。

一体あれは何だったのか。

今夜また現れるのだろうか。

そんなことを考えながら進んだため、階段の下に辿り着くまでが、どれほど長かったことか。今にも、ずっずっずっと和室の引き戸が開いて、ぬうっと死んだ晶子の顔が覗きそうな、ゆっくりと向かいの部屋の扉が開き、ゆらゆらっと死んだ祥子が姿を現しそうな、そういう幻想に囚われ続ける。

階段を駆け上がって逃げたいのを我慢して、慎重に一歩ずつ上がる。幽霊屋敷では恐怖のあまり突飛《とっぴ》な行動を取るのは絶対に禁物である。決してやってはならない。大きな事故に繋《つな》がる惧《おそ》れが充分にある。しかも場合によっては、そう仕向けられているかもしれないのだ。

何に、か。

当然ながら家に、である。

階段を上っている間に次なる妄想が頭を擡《もた》げる。踊り場を過ぎて二階の廊下を見上げたとき、そこから何かが見下ろしているのではないか。侵入者をぞっとする眼差しで凝視しているものがいるのではないか。そんな想像が振り払えない。

　敢えて恐怖心に打ち勝つために、踊り場から懐中電灯で二階を照らし、ほっとする。何もない。しかし今にも廊下の右手の壁から、ひょいと青白い顔が覗きそうに思える。それも床すれすれの位置から、有り得ない角度で現れるような気がしてしまう。

　そこから二階の廊下に出るまでが本当に恐ろしかった。階段を上り切って廊下の右手に何もいないと確かめるまで生きた心地がしなかった。

　寝室の扉を開けて入った途端、意外にも落ち着いた。表に面した窓から月明かりが射し込んでいたからだろう。それまでが暗闇にどっぷりと身を浸していただけに、見様によっては薄気味の悪い陰気な月光であっても、大いに歓迎したい気分だった。

　実際この月明かりは役に立った。設置済みの調査機器をチェックする、扉口からベッド横の小机まで黒綿土を撒く、筆者が夜を過ごす場所を見繕《みつくろ》う、といった作業を行なうためには懐中電灯の光だけでは心許ない。どれほど不吉に映る月光でも真っ暗よりは増しである。

　すべての準備を終えてからクローゼットの中に入る。そこに寝袋を広げて敷き、少しだけ扉を開けておく。あとは寝袋で暖を取りながら、懐中電灯を嚙《か》ました扉の隙間から室内を覗く。そうして超常現象が起きる瞬間を待つ。

　動体検知カメラがいきなり撮影を始め、音声自動録音テープレコーダーが突如として作動し、黒綿土を踏みながら歩く足音が突然聞こえてきたとき、上手くいけば何かを目撃できるかもしれない。そこまでの成果は期待できなくても、寝室で夜を過ごすことで得られるものが恐らくあるだろう。

こういう調査の場合、とにかく待ち時間がやたらと長い。ただし幽霊屋敷という場所の特殊性から緊張感が途切れずに、そのため退屈を感じる余裕は少しもない。よって居眠りをする心配も少ない利点はある。尤《もっと》もこの状況に耐えられずに、発作的に逃げ出してしまう研究者もいる。筆者にも苦い経験があるので偉《えら》そうなことは言えないが、解決策の一つとして研究課題に対する考察を挙げたい。頭を使うことで恐怖心から来る緊張を抑え、かつ長い待ち時間にも対応できるからだ。取り上げる課題は何でも良いが、やはり相応しいのはそのとき関わっている研究に関するものだろう。

現状の手掛かりだけでは相当な推測も交じるが、山峰家の人々に以下のような出来事が起きたのではないだろうか。

いつ、何処で、なぜかは不明だが、長男の智朗が禁忌を犯した。その結果、家族全員が障りに曝《さら》される羽目になり、心身が弱い者から順に死に始めた。それは一年に一人ずつだった。一階の和室で祖母の晶子が、同じく洋室で叔母の祥子が、二階の子供部屋で長女の裕美が、同じく書斎で父親の智明が、同じく寝室で母親の裕子が、そして最後に同じく子供部屋で長男の智朗が亡くなった。これらはサトオの言動から読み取ることができる。つまり智明を除けば全員がベッドで死んだと見做《みな》せるのではないか。ほぼ全員が病死のような状態だったとは考えられないか。とはいえ普通の病死ではない。あくまでも禁忌を犯したための呪い、祟り、障りと見るべきだろう。

この推理の裏付けとなるのがサトオの反応である。山峰家の人々の死に対して彼は、殺人と自殺と事故を否定したが、病死と自然死に関しては否定も肯定もしなかった。そのうえで「見ようによっては、殺されたと言えるのかもしれない」と発言している。一人の霊媒の言動のみに重きを置くのは危険だが、現状に鑑《かんが》みると致し方ない。その霊媒の協力が依頼者の好意によるものだという事実も考慮する必要があると記しておく。

以上の推測が正しかったとして、ここで問題となるのが母親の死である。サトオは「母親の死だけは、他の家族と違うから」と言っていた。あれはどういう意味なのか。

障りによる病死でないとしたら、母親は殺されたのか。

しかし誰に。

あと残っているのは智朗しかいない。彼が実の親を手にかけたのか。そういう事件は確かにあるが、彼には動機がないだろう。少なくとも現状では何も見つかっていない。むしろ家族が次々と死んでいく中で、なんとか母親と二人で生きたいと願ったはずではないか。

まったくの第三者が犯人だったとしたら。

ふと思いついた解釈に背筋がぞわっとした。この家で如何《いか》なる怪現象が起きようと、そこには山峰家の六人だけが関わっていると無意識に断じていた。しかし実はもう一人、未知の人物が絡んでいたのではないか。それまでは身を隠していたそいつが、残りが二人になるのを待って、いきなり姿を現したとは考えられないか。

いいや、あまりにも突飛過ぎる。

先の推測にも危うい部分はあるが、それほど大きくは外れていない。そういう確信があった。少なくとも状況証拠と呼べるものがあるからだろう。だが未知の人物の存在は単なる想像に過ぎない。他の家族とは違う母親の死を説明するために、言わば苦し紛れに下した解釈である。超心理学の研究では陥り易い過ちかもしれない。

このことは改めて肝に銘じたいと思ったところまでは覚えている。そこで不覚にも転寝《うたたね》をしたらしい。頭を使っている限り寝入らないと説いておきながら情けないが、どうやら眠ってしまったようである。

ところが、何かを切っ掛けに目が覚めた。それは間違いない。ただその何かが分からずに困惑していると、かしゃと物音が聞こえた。

動体検知カメラのシャッター音らしい。

何かが部屋の中にいる。

僅《わず》かに開けたクローゼットの扉の隙間から寝室を覗く。雲が出たのか入室時よりも月明かりは弱まっている。それでも辛うじて室内の様子は分かるので、扉口からベッド脇の小机へと撒いた黒綿土に沿って、ゆっくりと視線を移動させる。現像したばかりの写真には姿を現さず、時間と共に足跡だけを浮き上がらせる存在が、今この瞬間なら肉眼で捉えられるかもしれない。そんな淡《あわ》い期待を抱いて目を凝らす。だがいくら凝視しても何も見えない。扉口からベッド脇まで何の痕跡もない黒綿土が床の上に撒かれているだけである。

がっかりしたところでベッドの上の黒いものに気づいた。あそこに荷物を置いただろうか。そんな失敗を今更する筈《はず》がないと思った瞬間、それが動いた。

手前のベッドの上に何かが横たわっている。

しかも身動きしている。

動体検知カメラはあれに反応したのだろうか。だが一体あれは何なのか。他の部屋でも現れたのか。もぞもぞと蠢《うごめ》いているのはどうしてなのか。

うううううんんん……。

それが唸《うな》り声を上げ出した。陰に籠りながらも苦しそうな声を出しつつ、頻《しき》りにベッドの上でもがいている。

うううううんんんんん……。

なおも唸りながらも、むくっと黒いものが起き上がった。それは人影のように見えた。半身をベッドの上に起こしたような状態のまま、ぴたっと止まっている。

ぐぐぐぐっと首が回り出した。室内を見回しているような動きである。そのうちクローゼットに首が向けられ、隙間を通して正面から向き合う格好になる。まったく生きた心地がしない。これほどまともに怪異と向き合うのは初めてである。

幸い気づかれなかったようで、そのまま窓の方へと首が動き続ける。ほっと安堵したのも束の間、すうっと首が戻ってくる。そして再びクローゼットの隙間を凝視するように、ぴたっと首が止まる。

その間ずっと動体検知カメラのシャッター音が響いている。これまでの部屋では六枚しか撮られていない。だが寝室では既に十枚を超えている。

この首を回す黒いものがここにしか出現していない証拠ではないか。

今夜こうして寝室に泊まり込んだのは正解だった。だが単純には喜んでいられない。

ゆらゆらっと黒いものがベッドから起き上がり、ふらつきながらも床の上に立ったかと思うと、こちらへ向かって来たからだ。

たちまち強烈な戦慄《せんりつ》に見舞われ身体が固まる。今すぐクローゼットから出て、この部屋を逃げ出さなければと焦るのだが、ぴくりとも身体が動かない。

そうこうしている間にも黒いものはクローゼットを目指して進んで来る。扉に開けた隙間に向かって真っ直ぐ近づいて来る。ゆっくりと歩みながら。

そのとき脳裏に過去の様々な出来事が次々と浮かんでは消えていった。まるで走馬灯《そうまとう》のようにと思ったところで、自分は死ぬのかもしれないと気づいた。幽霊屋敷の調査に赴《おもむ》いた超心理学者が変死体で発見される。如何《いか》にも週刊誌が小躍《こおど》りしそうな事件である。そんなことで筆者の名前が有名になるのかと想像すると居た堪れなくなる。とても超心理学者冥利に尽きるとは言えない死に様だろう。

今や黒いものはクローゼットの目前まで迫っている。もう少ししたら扉が開かれてしまう。それとも影は隙間から侵入できるのか。いずれにせよ風前の灯火《ともしび》であることは間違いない。

こんな所で死ぬのか。

物凄い後悔の念に囚われていると、目の前の隙間が黒々と塗《ぬ》り潰された。黒いものがクローゼットの前に立ったのだ。

次の瞬間、すうっと隙間の黒いものが消え出した。上から下に向けて、すとんと落ちるように見えなくなった。クローゼットに入って来た訳ではない。その証拠にちょうど目の高さから下の隙間には、まだ黒いものが見えている。

相手が縮んだ隙に逃げよう。

そう思えた途端《とたん》、ようやく身体が言うことを利き始めた。そろそろと寝袋から出ようとして、恐ろしい可能性に気づきぞっとする。

黒いものは縮んだのではなく蹲《しゃが》んだのではないか。

目の前の隙間には黒いものの顔があって、黒々とした両の眼で真っ暗なクローゼットの中を覗いているのではないだろうか。

はぁ、はぁ。

そう考えるや否や黒いものの息遣いが聞こえ、その息吹が顔に当たっているような気がして、再びぞっとする。

きゅ、きゅきゅ。

そのとき妙な物音がした。それも目の前で軋《きし》んでいるような気配がある。

一体これは。

思わず身構えかけたが、すぐさま物音の正体を悟った。

少しずつ扉が開いている。

黒いものがクローゼットに入って来ようとしていた。

寝袋から出ようともがきつつ奥へと這《は》って逃げる。レールにかかっている衣服がばさばさっと落ちてくるが、それを払い除《の》けるように進む。正確にはクローゼットの奥ではなく窓側の隅になる。同じ逃げるなら寝室の扉側の方がまだ助かったかもしれない。どうして反対方向を選んだのか。悔やんでも悔やみ切れないが今更どうしようもない。

きぃぃぃ。

一際《ひときわ》大きく軋み音が響いて急に止むと、完全に開けられていない扉の隙間から、ぬっと黒いものがクローゼット内に入って来た。

逃げようにも閉まった左手の扉は内側から開かない。右も背後も壁である。

かさっ、ささささっ。

下に落ちた衣服の上を四《よ》つん這《ば》いのような格好で黒いものが蠢いている。クローゼットの中は真っ暗なのにそれの動きが物音で分かる。ほとんど目の前まで来ていることが、ひしひしと肌で感じられる。

咄嗟《とっさ》に両の目蓋《まぶた》を閉じる。開けていても何も映らないのに、そうせずにはいられない。もしも黒いものの顔をまともに見てしまったらと思うと堪らなく怖い。死ぬよりも精神をやられてしまうことの方が恐ろしい。

かさっ。

すぐ前で物音がした。途轍《とてつ》もなく忌まわしい空気を感じる。その悍《おぞ》ましい気配が、ぐうっと急に迫って来た。

とん、とん。

何処かで扉をノックする音が聞こえる。

かちゃと今度は扉が開く物音がして、誰かが寝室に入って来たのが分かった。

つい両目を開けてしまい、はっと身構える。黒いものの襲撃に怯えたが何も起こらない。それどころか目の前から消えていた。真っ暗で何も見えない状況は変わっていないが、クローゼット内にいないのは間違いない。

どうして。

その疑問を考える間もなく扉から入って来た何者かが気になり、そっと扉の隙間まで戻る。

先程よりも雲が出たのか月光の輝きは更に弱くなっている。

きしっ、きしっ。

それでも黒綿土を踏みながら歩いている人影が朧に見える。これが現れたからこそ黒いものは消えたのかもしれない。正に命の恩人である。

だが本当にそうだろうか。この新しい現象が安全だという保証は何もない。黒いものよりも危険でないとは言えないのではないか。

気持ちが大いに揺らいでいるうちに、人影はベッド脇の小机まで達するとそこで止まった。その片手が机の上に置かれた写真立てに伸びるのを見た途端《とたん》、すかさず懐中電灯を拾うと明かりを向けていた。

「どういうことなの」

そこに立っていたのはサトオだった。彼の右手には一枚の写真が握られている。恐らく智朗だけが写っている最後の写真だろう。

「なるほど、やっと分かったわ」

サトオは黙ったまま身動《みじろ》ぎ一つしない。相変わらずの反応である。

「私が調査機器を設置した部屋に、あなたは夜中に侵入して写真を一枚ずつ置いた。和室は掛け軸の裏だったけど、あとは写真立ての中身を入れ替えたのね。もちろん部屋に入ると同時に機器のスイッチを切った。それから黒綿土に少しずつ足跡を印しながら六枚の写真を自前のカメラで撮る。あとは階段室下の収納スペースにあった箒と塵取りで黒綿土を掻き集めて床の上に撒き直し、今度は私の動体検知カメラに手でも翳《かざ》して作動させる。音声自動録音テープレコーダーも同じようにする。温度自動記録計は氷でも使ったの。町の写真店で現像した何も写っていない写真と、あなたが偽装して撮った足跡の印されている写真を、私の隙を見て一枚ずつ摩《す》り替える。あなたなら充分にできたはずよ」

そこまで説明したものの、どうしても動機が分からない。

「でも一体どうして」

もっと分からなくて無気味なのは、一人ずつ減っていく家族写真である。

「その写真には一体どんな意味があるの。この家で起きた出来事は、恐らく私の推測通りでしょう。一年に一人ずつ家族が死んでいくので、写真の人数も減っていく。それは理解できるけど、誰が何のために、そんな写真を撮り続けたの」

サトオの右手に握られた写真を奪うように取ると、果たして智朗だけが写っている。

「この最後の写真を撮ったのは誰」

「最後じゃない」

ようやくサトオが口を開いた。

「どういう意味よ」

「まだ子供部屋が残ってる」

サトオが二階の奥へ顔を向けたので、懐中電灯の明かりを頼りに寝室から出ると、廊下を進んで智朗の部屋の扉を開け、真っ直ぐ彼の勉強机に足を向ける。それから該当する写真立てを取り上げたのだが、訳が分からずに固まってしまう。

写っているのは山峰家の家屋だけ。

この青い邸宅を正面から撮影した誰もいない写真だった。

「誰が何のために撮ったの」

最早これを撮影できる家族は一人も残っていないのに。

そのとき後ろから急にか細い声が聞こえた。

「母さんは僕のために死んだんだ」


五日目の夜中の体験を完全に振り返ることが未だできません。可能なところまで記しましたが、これ以降はまだ無理なようです。

取り敢えず本稿を第一の報告書として、この続きはもう少し時間をいただいてから取り組みたいと思います。

終章

一

　我々がのちに「青い邸宅　超心理学者の記録」と名づけた原稿を僕が読みはじめたのは、三《み》間坂秋蔵《まさかしゅうぞう》には申し訳ないが一月八日だった。せっかく速達で三日に受け取っておきながら、五日間も放置したことになる。とはいえ松の内《まつのうち》が過ぎるまでは、さすがに目を通す気にならなかった。僕が生まれ育った関西では松の内は十五日までなので、それを七日も早めたということで、彼には勘弁してもらいたいと思う。

　原稿を半分ほど読んだところで、彼からメールが届いた。新年の挨拶を含む前後の文章をカットして、以下に載せる。

　ところで「赤い医院　某女子大生の録音」のテープ起こしの件ですが、実はかなり難航しております。

　最初に依頼したのは、弊社と付き合いのあるフリーの女性ライターです。私も何度か仕事をしたことがあり、非常に信頼している方です。前回の頭三会《とうさんかい》の直後に依頼したところ、「年内には納《おさ》めます」と引き受けてもらえたのですが、翌日には「私には無理です」と断ってきました。理由を尋ねても言葉を濁《にご》すばかりで、はっきりとは言いません。ものすごく責任感のある方だったので、この掌《てのひら》を返したような態度には驚きました。

二人目は会社の先輩が懇意《こんい》にしている、同じくフリーの男性ライターに頼みました。今度は三日で「これはできない」とテープを返されました。訳を尋ねると「雑音が酷過ぎて、まともに聞き取れない」というのです。しかし先生も私も普通に視聴できました。念のためテープの数ヵ所をランダムに選んで再生したところ、ちゃんと聞こえます。特に問題は認められません。先輩に相談したところ、「嘘をついてるような気がする」と首を傾《かし》げていました。「そんなことする人じゃないんだけどな」と納得がいかない様子でした。

今は「時間がかかっても良いので」という条件つきで、弊社が定期的に仕事を委託《いたく》している編集プロダクションに任せています。


完全に曰《いわ》く因縁のあるテープと化しているらしい。こちらでテープ起こしをしなくて本当に良かったと心から思った。三間坂には改めて感謝したい。

彼のメールに返信してから、「青い邸宅　超心理学者の記録」の続きを読もうとして、ふと原稿を捲《めく》る手が止まった。

先の三つの記録も、それに目を通すことで怪異に見舞われた。「赤い医院　某女子大生の録音」はテープ起こしの仕事を依頼しただけで、どうやら先方に障《さわ》りを齎《もたら》しているらしい。となると四つ目の原稿も決して油断はできない。こうして読み続けることで、とんでもない災厄《さいやく》を招いてしまうのではないか。

　それでも止めなかったのは、原稿の内容に魅せられたからだろう。超心理学者の調査を最後まで見届けたい。そんな猟奇者の血が大いに騒いだせいである。

　気がつくと残りを一心に読み切っていた。かなり没入していた気がする。彼女の調査により青い邸宅だけでなく烏合邸《うごうてい》の一端が解明されるのではないか、という淡い期待は裏切られたが、残された記録だけでも非常に興味深かった。

　読了した旨《むね》を三間坂にメールで知らせようとして、とたんに怪異に対する心配がぶり返した。少なくとも読んでいる間は何もなかったが、今後もそうとは限らない。そこで彼に「何か障りがなかったか」と忘れずに尋ねた。実はあったのに予断を与えてはいけないと判断して、わざと隠しているのかもしれない。前科があるだけに、これは訊いておく必要がある。

　メールを送ると、その日の夕方に三間坂から電話がかかってきた。

「それが今のところ、何の怪異にも遭っていないんです」

　取り敢えず安堵できたところで、三日後に頭三会を開くことにした。場所は以前にも彼と行った新宿の割烹《かっぽう》である。

　その前日、僕が日課の散歩から戻ってくると、ちょうど犬の散歩に出ようとしていた近所のKに呼び止められた。顔を合わせれば挨拶くらいするが、立ち話をするような仲ではない。怪訝《けげん》に思ったが、用件を聞いて血の気が引いた。

　二日前の夕方、妙な女が拙宅を捜していたというのだ。

　どういうことかと尋ねると、Kが犬の散歩に出かけたところ、前から女が歩いてきた。そして擦れ違い様に、いきなり「この辺りに作家が住んでます。どの家か知りませんか」と尋ねられた。Kはすぐに僕を思い出したが、女が作家の名前を口にしないことが引っかかった。そこで「何という名字ですか」と訊いてみたが、「この辺りに作家が住んでます。どの家か知りませんか」と女がまったく同じ台詞《せりふ》を繰《く》り返《かえ》したので、なんだか気味悪くなって「知りません」と答えて逃げたらしい。

「どんな人でしたか」

僕の質問に、Kは眉間《みけん》に皺《しわ》を寄せて真剣に考えていたが、

「……瓢箪《ひょうたん》のような」

と呟いたかと思うと、ぷいっと急に犬を連れて立ち去ってしまった。関わり合いになるべきではないと、まるで遅蒔《おそま》きながら気づいたかのように。

瓢箪という言葉から洋梨を連想して、僕は「まさか」と信じられなかった。

川谷妻華《かわたにつまはる》……。

三間坂秋蔵の実家を訪ねてきた得体の知れぬ女。彼の伯母が会ったにも拘《かかわ》らず記憶に残っていない気味の悪い女。我々が烏合邸に関する記録に首を突っ込む切っ掛けを与えた謎の女。

それが拙宅の近所まで来たのだろうか。

滅多にかけない三間坂の携帯《けいたい》に、慌てて電話をする。留守録に切り替わったので、折り返し連絡が欲しいとだけ入れたところ、三十数分後にかかってきた。

「すみません。会議中だったもので、電話に出られませんでした。何かありましたか」

すぐさま心配そうに訊かれたのは、僕がメールではなく電話をしたのが珍しく、とっさに変

事の可能性を察したからだろう。

「仕事中に申し訳ない。実は——」

Ｋの話を伝えると、三間坂は絶句したようである。

「烏合邸の残された記録に、僕が関わっていることは——」

「もちろん私しか知りません。そもそも私が関与していることさえ、川谷妻華は知りようがないはずです。伯母から聞き出そうにも、最初の訪問から一度も連絡はないのですから。仮に伯母や祖母が再訪を受けていたとしても、私のことを安易に喋《しゃべ》るとは思えません」

「うん、そこは信用している。うちの近所まで来ているのに、こちらの名前も住所も知らないらしいのは、どう考えても可怪《おか》しいからな」

「誰かから先生の関与を教えられて、ではないってことですね」

「あの原稿を持っているせい……かな」

「すぐに弊社まで送り返して下さい」

「川谷妻華は生身の人間だろ。物《もの》の怪《け》ってわけじゃ……」

「仮にそうでも、大事を取るべきです」

「それに問題の女が、川谷妻華だという証拠はどこにもない」

「これが逆の立場だったら先生は、私に何と言われますか」

この一言が効いた。三間坂の忠告に素直に従うことにして、その日のうちに原稿を宅配便で河漢社《かかんしゃ》へ送った。

翌日は改めて新年の挨拶をして、河豚《ふぐ》の鰭酒《ひれざけ》で乾杯した。相手が他社の編集者なら、そこから今後の執筆予定の話になるのだが、もちろん彼の場合は違う。

「その後、例の女は現れていませんか」

「お蔭様で」

まず川谷妻華について議論しようとしたが、彼女に関する情報が一切ないため、どうしても実りのある会話にならない。そこで早々と「青い邸宅　超心理学者の記録」の話になった。

「早速ですが、サトオは何者だったんでしょう？」

「山峰《やまみね》家で最後に残った長男……としか思えないよな」

僕の返答に、三間坂は納得のいかない表情で、

「確かに年齢は合いそうですが、長男の名前は智朗でした。山峰という名字は仮名なので、実際はサトオだったのかと考えましたが、それなら筆者の超心理学者が気づいたはずです」

「うん。いきなり話は逸《そ》れるけど、その山峰という仮名は、かなり意味深長《しんちょう》じゃないか」

「依頼者の八真嶺《やまみね》と、音が同じだからですね。これは――」

「恐らく筆者の彼女が、確信犯的に選んだ仮名だと思う。そういう形で依頼者の名を、なんとか記録に残そうとしたんだろう」

先に断ったように八真嶺も、僕が考えた仮名である。少しややこしいが、それを超心理学者は漢字の変更だけで済ませたわけだ。

「サトオの件は、どうなります？」

「実は簡単に解決できるかもしれない」

三間坂が鞄に入れて持ってきた原稿を出してもらうと、僕は該当箇所を捜してから、そこを

彼に示しつつ説明した。

「学者が居間の飾り棚で、まず父親の智明が五歳のときの写真を見つける。そのときに裏書に『ともあき　五才』という裏書に気づく。この情報があったがために、家族写真の同じく裏書で全員の名前を目にしたとき、学者も我々も長男の名前を、つい『ともろう』もしくは『ともお』と読んでしまった。でも『智朗』と書いて『さとお』と読むこともできる」

「……そうなんですか」

三間坂は驚いたようだが、すぐに気を取り直して、

「つまり一人だけ生き残ったサトオが、とんでもない目的で買われてしまった元実家の調査に、八真嶺を介して立ち会ったということですか」

「いいや、きっと彼も死んでるんだよ」

「でも……」

「だからこそ智朗の部屋に、誰も写っていない山峰家の写真があったんじゃないか」

「つまり彼は……」

「人間ではなかったことになる」

黙ってしまった三間坂に、僕は原稿を読んでいて引っかかった点を指摘した。

「前の三つの記録を読む限り、物件の玄関には鍵がついていたことが分かる。それは青い邸宅も同じだ。にも拘らず学者が家に入ったとき、すでにサトオは居間にいた。どうやって彼は屋内に入ったんだろう」

「八真嶺から合鍵を渡されてたとか」

「サトオという人物が、学者に協力するために、八真嶺が手配した霊媒だという証拠が、そもそもどこにもない」

「それは本人が――」

「よく読むと彼は、何も認めていない。学者が勝手にそう考え、そう思い込んだに過ぎない。彼女が『あなた、×××さんが寄越してくれた霊媒でしょ』と尋ねたとき、むしろ彼は首を振っている。それを学者は『そんな力はないとばかりに』首を振ったと勘違いした」

「しかし、調査の手伝いをすることについて、サトオは否定していません」

「そうすることで、この家で何が起きたのか、学者に知って欲しかったのかもしれない」

「幽霊が現れる理由の一つとして、よく聞く話ではありますけど」

さすがの三間坂もまだ半信半疑の気持ちらしい。

「けど幽霊なら、どうして帰りの車に乗ったんですか」

「そのまま家に残るのは、あまりにも不自然だからだろう」

「町に入る手前で降りたのは、そこから戻るためだったと？」

この質問には僕も困った。

「幽霊は死んだ場所から離れられるのか。そもそも距離の影響を受けるのか。まったく分からない。ただ、そういう事例もないわけじゃない。いや、むしろ結構あるか」

「そうですね」

三間坂は認めながらも、さらに突っ込んできた。

「他にもサトオが人間じゃなかった、そんな状況証拠がありますか」

「学者が遠慮したからとはいえ、彼は荷物を一つも運んでいない。扉を開けて部屋に入ったと思《おぼ》しき以外の、物理的に力が必要な行為は、よく読むと何もしていないんだ」

「霊的な現象で、物が動く場合もあるようですが……」

「調査機器を運ぶほどの力が、幽霊にあるかどうかは疑問だけどな」

「確かに」

「学者が初日に家屋内を見て回ったとき、サトオが興味を示さなかったのは、よく知った自分の家だったからじゃないか」

三間坂は黙ったまま聞いている。

「家族がどういう順番で、どの部屋で死んでいったのか。それを知っていたのはサトオが霊媒だったせいではなく、彼自身の体験だったからとは考えられないかな」

「だとしたら母親の死は、どうなります？」

「他の家族とは違うと、サトオは言っている」

「やっぱり殺されたんでしょうか」

「そう解釈するだけの手掛かりが、この原稿にはない。それを逆に考えれば、殺人の可能性は考慮する必要がないってことにならないか」

「ちょっと意味が……」

「山峰家の家族の連続死について、調査中に情報を得る手立てが学者にはなかった。にも拘らずサトオの言動だけを手掛かりに、同家で何が起きたのか、学者は立派に推理している。もしも母親だけが殺されたのであれば、その事実まで学者はちゃんと暴いたのではないだろうか」

「なるほど」

一応は納得したようだが、当然それでは済まない。

「他の家族の死とは違う。かといって殺されたわけでもない。そうなると母親は、いったいなぜ死んだんでしょう？」

「山峰家に降りかかった死の災いの元凶は、サトオにあった。この学者の解釈は正しいと思う。つまり彼からすれば、『僕のせいで』家族は死んでいったと言えるわけだ。それなのに彼は、『僕のために』母親は死んだと口にした」

「サトオのために……」

「恐らく母親は、自ら命を絶ったんだよ」

「…………」

「一年に一人ずつ、家族が死んでいく。医者は役に立たない。宗教者に頼っても効果がない。そんな絶望的な状況の中、母親と長男の二人だけが残る。このときの母親の心理を忖度《そんたく》するとどうなる？」

「次は息子かもしれない……という恐怖で一杯でしょう」

「だからこそ自分が先に死んだ」

「それで死の連鎖《れんさ》が止まる保証など何もないのに？」

「でも次の死で、もしかすると止まるかもしれない。その可能性は決して零ではない」

「…………」

「たとえ自分の死が無駄になっても、その分だけ息子は長く生きていられる。そう母親は考えたんじゃないだろうか」

「だけど結局、息子も死んでしまった……」

三間坂の口調には、恐ろしさと哀しさの両方が感じられる。

「そして山峰家は、幽霊屋敷と化した」

「しかも八真嶺に買われて、烏合邸の一部になってしまった……」

「化けて出るわけだよ」

僕の物言いに、彼は首を傾げながら、

「寝室に黒い霊のようなものが現れたのは、母親の死だけが他の家族と違って、自殺だったからでしょうか」

「母親が自ら命を絶った状況を考えると、さぞ息子を案じたことだと思う。その想いがあとに残っても、別に不思議じゃないよ」

「でも、そうなるとサトオは……」

「母親の死を無駄にしないためにも、きっと彼は生きただろう。しかし結局、駄目だったんじゃないかな。自分のせいで家族は次々と死んでいった。そのうえ母親は我が身を犠牲にして、彼を救おうとした。だけどサトオも、とうとう……」

「母親とは別の意味で、そりゃ出ますか」

「この家で何が起きたのか知って欲しい。それが彼の願いだったような気がする」

その後はサトオを弔《とむら》うように、しばらく静かに酒を飲んだ。そうして互いの気持ちの整理がついた頃合いを見計らい、おもむろに僕は口を開いた。

「烏合邸に関する新たな記録は、まだ見つかりそうかな」

「うーん、どうでしょうね」

三間坂は判断がつき兼ねるといった表情で、

「あと二つや三つくらい、蔵から出てきそうにも思えるんですが……」

「八真嶺が記録者に求める条件を考えると、そんな人材は決して多くないだろう、という気もするからなぁ」

「そうなんです」

「ということは、ここで一度、やはり纏《まと》めるべきかもしれない」

「どういう意味ですか」

あからさまに警戒する彼に、僕は素直に答えた。

「四つの記録に、改めて目を通すんだよ」

「駄目です。危険過ぎます」

「通読するわけじゃない。流し読みで充分――」

「それでも四つの記録を、一ヵ所に集めることになります。一つずつでも怪異が起きたのに、四つも一緒にしたら……」

「オリジナルの記録は仕舞っておき、コピーを使用すればいい。これなら問題ないだろ」

「………」

三間坂は黙ったまま考えているようだったが、ふいに僕の顔を見詰めると、

「そこまで仰《おっしゃ》るからには、烏合邸そのものに対して何らかの解釈ができると、先生が睨まれ

ているからですか」

「いいや。残念ながら、そんな自信はない」

「けど、まったくないわけではありませんよね」

「……実は、少し引っかかっていることがある。それを確認するために、四つの記録を通読したいんだ。ただし熟読の必要はない。流し読みで事足りると思う」

　後半は自分でも嘘臭いと感じたが、やっぱり彼には通用しなかった。

「そんなこと言っても、いったん目を通し出したら、絶対に熟読するに決まってます」

「買い被《かぶ》り過ぎだろ」

「騙されませんよ」

「人聞きの悪い」

　というやり取りをしながらも、どうすれば少しでも安全に僕の提案を実現できるか、それを三間坂は検討しているらしい。

「では、こうしましょう」

　案の定すぐに、彼が一つの提案をしてきた。

「すべての記録をデータ化するんです。すでに『赤い医院』のテープ起こしは進めていますが、他の三つの記録もテキストのデータにしてしまう。それを四つともプリントアウトして、集めて読むわけです。これなら障りを避けられるかもしれません」

「うん、それでやってみよう」

　前著『どこの家にも怖いものはいる』と同様、今回の件も一冊の本に纏めるとしたら、いずれ全部の記録をテキストデータ化しなければならない。そこまで先を見据えて、三間坂は提案しているに違いない。

「もちろん外注は、すべて弊社から行ないます。それも四つとも、バラバラの業者に依頼するつもりです」

「その経費は、こちらに請求《せいきゅう》して欲しい」

先手を打って断ったところ、

「そうしていただけると助かります」

あっさりと彼は認めた。四つの記録をテキストデータ化するとなると、その料金も莫迦《ばか》にならない。そもそも会社の経費で落とそうと考えること自体が無謀である。

この作業には時間がかかると覚悟していたが、実に予想以上に難航した。結局、四つの記録のプリントアウトが揃ったのは、なんと半年後だった。

それまでの間、もちろん僕は普通に仕事をした。ただ一方で、烏合邸に関する調べ物も行なった。ほとんど手掛かりがないのは事実だが、僕なりのやり方で続けた。その結果、なんとも頭が混乱する結論に達しかけたのだが……。

四つの記録を再検討するまで、それは保留にせざるを得ないほど奇妙なものだった。

二

三間坂秋蔵から烏合邸の記録の件でメールが届いたのは、そろそろ梅雨《つゆ》に入ろうかという時期である。

そのころ僕は『十二の贄《にえ》 死相学探偵5』の執筆をいったん止めて、「ミステリマガジン」二〇一五年九月号の「特集・幻想と怪奇　乱歩輪舞ふたたび」用に『犯罪乱歩幻想』第四話「夢遊病者の手」を書きはじめようとしていた。長篇から短篇に移行するための、気分転換には到底ならないものの、時期的には良かったかもしれない。

ここまで時間がかかったのは、文字原稿のテキストデータ化とカセットのテープ起こし作業に、やはり何らかの障りが出たからではないか。そう三間坂は見ていた。依頼するとき先方に、「急ぎの仕事ではないので、ゆっくり時間をかけてもらって結構です」と言った手前、彼も特に督促《とくそく》はしなかったという。その結果、早い外注先で三ヵ月後、遅い所では五ヵ月以上もかかる羽目になってしまった。納品の際、「何かありましたか」と彼がさり気なく理由を尋ねたところ、どこも一様に「少し不具合がございまして……」と言葉を濁したらしい。だが具体的な説明をした担当者は、一人もいなかったという。

本当にもう一度、四つの記録を纏《まと》めて読まれるつもりですか。

そのため確認を求めるメール文を目にして、さすがに少し怯《ひる》んだ。しかし、それもわずかな間だった。彼に礼を述べる文章のあと、四つのテキストデータを送ってくれるようにと頼む返信メールを、すぐに僕は返した。

自宅で読む気は当然ながらさらさらない。このとき僕が考えていた場所は、日中の混雑していない電車内である。絶えず移動しながら読み続ければ、川谷妻華が訪ねてくる懼《おそ》れもない。この案は三間坂への返信にも加えておいた。

すると彼から、「電車内だと、万一のとき逃げ場がありません」というメールが届いた。心配のし過ぎだと思ったが、車内で彼女に遭遇したら……と想像すると、もう駄目だった。

他にどこか良い所はないか、と考えながら三間坂のメールを読んでいて驚いた。とんでもない場所を提案していたからだ。

ぜひ弊社の会議室をお使い下さい。

そこからは電話でやり取りをした。僕が一番気にしたのは、もちろん河漢社での三間坂秋蔵の立場である。これまでにも会社の外注先を使うなど、かなり好き勝手を彼はしてきている。私用ではないとはいえ、ほとんどそれに近いかもしれない。これ以上の無理は、彼の立場を悪くするのではないか。率直にそう訊くと、非常に意外な返答があった。

「直属の上司も、その上の役員も、先生の愛読者ですから」

「まさか。そんな都合の良い話があるか」

「これも私が入社以来、先生の作品を布教してきた賜物《たまもの》でしょう」

「そ、そうなのか」

半信半疑で尋ねたところ、

「もっとも編集部門の役員は、ホラーにもミステリにも興味がありませんけど」

ならば拙作の愛読者のはずがない。すっかり呆《あき》れてしまったが、次の台詞で納得できた。

「でも彼は大の猫好きなので、死相学探偵シリーズを勧めたところ、すっかり僕《ぼく》にゃんのファンになりました」

同シリーズの主人公である弦矢《つるや》俊一郎《しゅんいちろう》の相棒が、鯖虎《さばとら》猫の「僕」である。実際この猫のファンは多い。主人公よりも人気がある。

まったく何が役立つか分からない。本物の僕にゃんにも大いに感謝しなければ。

河漢社を訪問する当日、雨こそ降っていなかったが、朝から陰鬱な曇り空が一面に広がっていた。今にも降りそうなのに、一向に雨が落ちてこない。そんな空模様がまるで何かを連想させそうで、どうにも落ち着かない。電車に乗ってからも、なんだか居《い》た堪《たま》れなくて困った。これ以上は関わるなと、本能が警告しているのだろうか。

しかし、それも都内の某駅で降りて、河漢社を訪ねるころには消えていた。

受付で来意を告げると、「青山《あおやま》」という名札をつけた新入社員らしい初々《ういうい》しさの残る女性が内線電話をかけて、すぐに三間坂が現れた。

「空模様の悪いところ、わざわざご足労いただき、ありがとうございます」

彼が丁寧に礼を述べたので、いささか戸惑った。河漢社とは何の関係もない、こちらの勝手な我儘《わまま》を聞いてもらったのだ。お礼を言わなければならないのは、僕ではないか。

だが、すぐさま三間坂の狙いが読めた。その事実を知っているのは、彼を含めて恐らく三人だけなのだろう。他の社員には、あくまでも会社の用事で僕が訪れたと見せかけたいのだ。

無難な挨拶を返してから、三間坂と一緒にエレベータに向かいかけて、おやっと思った。彼が受付の青山に目配せするところを、偶然にも見てしまったからだ。

おいおい、付き合ってるのか。

それも四月に入社したばかりの新入社員と。

もちろん一向に構わないのだが、訪問者の前でそういう態度を取るのは、やはり不味《まず》いのではないか。相手が僕だから良いようなものの、堅物《かたぶつ》の著者だったらどうするのか。ここは老婆《ろうば》心《しん》ながら、ちょっと注意しておこうか。

——などと考えているうちに目的の階に着き、廊下を何度か曲がった先にある角部屋の小会議室に通された。

「ここなら静かです。今朝の時点で、隣の会議室の予約も入っていません」

「至れり尽くせりだな」

机の上には、すでに四つの記録のプリントアウトが積まれている。こうなると彼の恋愛《れんあい》事情など後回しである。

「オリジナルの原稿は？」

「実家の蔵に戻しました。もし川谷妻華が訪ねてきたら、そのまま渡せばいい……と言ってあるんですが」

事後承諾《しょうだく》の格好になったことを、三間坂は気にしているようだったので、

「うん、それが一番いいと思う。今回の件は、そもそも彼女からはじまったんだし、記録を渡してしまえば、もう付き纏《まと》われることもなくなるだろう」

「その代わり、本は出せないんじゃないですか」

「普通なら彼女に許可を取って——となるけど、それはないな」

「ですよね」

「その場合は諦めて、怪奇短篇のネタにでもするか」

「勿体《もったい》ないですね」

三間坂が自分の席の内線番号を伝えて仕事に戻ると、さっそく僕は「黒い部屋」のプリントアウトから目を通しはじめた。彼には流し読みをすると言い、実際そのつもりだったが、最初から熟読してしまった。

この環境に、きっと安心感があるからだろう。

これが自宅の仕事部屋なら、もっと緊張したに違いない。いつ何時あれが訪ねてくるかと怯《おび》えるあまり、プリントアウトされた記録の字面を、取り敢えず追うだけになっていた気がする。三間坂君には、本当に感謝だな。

記録に目を通しながらも、引っかかりを覚えた箇所には付箋《ふせん》をつけていく。「黒い部屋」を読み終えたところで、少し休憩《きゅうけい》する。

机の上の盆《ぼん》には、麦茶のペットボトル、アイスバケット、コップ、小包装の菓子が用意されていた。本当に至れり尽くせりで、ああいう内容の記録を読んでいるのに、どこかで安堵感を覚えている自分がいた。河漢社の会議室を提供してもらい、大正解だったと喜んだ。

ところが、そんな気持ちも「白い屋敷」「赤い医院」「青い邸宅」と続けて記録を再読していくうちに、次第に薄れ出した。むしろ逆に、ふつふつと不安感が頭を擡《もた》げてくる。いくら間に休憩を挟んでも、少しも気が休まらない。記録に目を通すことにより積もりに積もった澱《おり》のようなものが、ふと気づくと己の両肩に厚くずっしりと伸《の》しかかっている。そんな感覚に囚われた。

「なんか不味くないか」

突如として身の危険を感じたときである。

ばっと小会議室の扉が開いて、いきなり何者かが飛び込んできた。

「うっ」

とっさに椅子から立ち上がりかけて、そのまま固まる。

「大丈夫ですか」

目の前には三間坂の、かなり焦っている顔があった。

「……脅かすなよ」

ほっとして、どさっと椅子に座る。

「あれが来たのかと思った」

「すみません。ノックもせずに」

彼は謝りながらも、とんでもないことを口にした。

「けど本当に、どうやら来たようなんです」

「えっ？」

思わず項《うなじ》に、ぞくっとした寒気《さむけ》を覚える。

「先生が何のために来社されたのか、それを知っているのは私と上司、それに猫好きの役員の三人だけです。ただ受付の青山という社員には、たとえ誰が訪ねてきても、先生が来社されていることは教えないように、と頼んでおきました。そういう方は来ていらっしゃいませんと、否定するようにと」

「それが本当に、来た……のか」

こっくりと三間坂は頷いてから、

「たった今、青山から内線が入りました。それで急いで駆けつけたんです」

「彼女は、いったい何と……」

川谷妻華をはっきりと目にしたのか。それとも別の何かがやって来たのか。僕が気になったのは、まずそこだった。

「それが、やっぱり伯母や他の人たちと同じなんです」

「記憶に残っていない？」

「青山さん、内線では気丈に振る舞ってましたが、かなり怯えてる様子でした」

「可哀相《かわいそう》に」

彼女には心から同情したが、何があったのか知りたい気持ちのほうが、どうしても優先してしまう。

「それで、彼女は何と言ってるんだ？」

「五十くらいのずんぐりした女性が受付の前に立って、『うちを調べてる作家がいるはずだ』と言ったそうです。青山は『うち』と耳にしたとき、すぐに『家』のことだと察しましたが、もちろん意味は分かりません。ただ私が注意をお願いしたのが、この人だと理解はできたので、『少しお待ち下さい』と受付の入退出名簿を調べる振りをしてから、『ただ今、弊社に来社されている著者の方は、お一人もおられません』と答えたようです」

「大したものだな」

「それでも女は、受付の前に立っている。警備員を呼ぶべきかと青山が迷っていると、別の来訪者がありました。そっちに気を取られている隙に、女はいなくなっていたそうです。社内に侵入できたとは思えないが、念のため私に連絡したようです。そして女の容貌を説明しようとして、自分がほとんど覚えていないことに、彼女はショックを受けたらしく……」

「無理もない。あとからフォローしておいたほうがいいな」

「はい、そうします。そんな内線があったので、もしやと思って駆けつけたんですが——」

「お蔭様で、こっちまでは来てないよ」

「良かった」

溜息《ためいき》と共に三間坂は椅子に座ると、恐ろしそうに呟いた。

「まさか本当に弊社まで来るとは……」

「でも君が万全を期してくれていたから、こっちは助かった」

「いえ私も、もしやと思っただけで……」

彼が謙遜《けんそん》しかけたときである。
プ、プ、プッ。
小会議室の電話の内線が鳴り、思わず互いに顔を見合わせた。

「……はい」

少し躊躇《ためら》ってから三間坂が出たものの、黙って相手の話を聞いていたと思ったら、

「……分かりました。ありがとう」

それだけ言って切ってしまった。

「仕事に戻るなら——」

遠慮せずにと言いかけて、彼の表情に気づいて口を閉じると、

「まだ、いるみたいです」

信じられない知らせを聞かされた。

「青山が私の席に内線をかけて、それが転送されてきたんですが、たった今、一階のロビーをうろつく女が視界に入ったそうです。でも慌てて見ても、誰もいない」

「ええっ」

「しかし彼女の視界には、しっかりと入っていた？」

「そのようです。相変わらず容姿も服装も分かりませんが、受付で応対したのと同じ女が、ロビーを徘徊《はいかい》しているのは絶対に間違いないと、青山は言っています。しかも――」

まじまじと三間坂は、僕を見詰めながら、

「先程よりもエレベータと階段のほうに、その女が近づいている気がする……と」

三

三間坂に座るようにと、僕は手振りで示してから、

「怪異的な現象は、その正体を暴くことで、しばしば消えることがある」

「けど、この場合は……」

彼が途方に暮れた顔をしたので、僕も頷きながら、

「うん、相手は川谷妻華らしいと分かっているうえに、彼女に関する情報が、それ以外は何一つない」

「お手上げじゃないですか」

「だったら当人が知りたがっている、その対象の正体を暴けばどうだろう」

「はっ？」

「烏合邸だよ」

「烏合邸の正体って……そんなもの、あるんですか」

驚き半分、疑い半分の顔である。

「もちろん、あくまでも僕の推理というか、むしろ妄想に近いけど」

「でも先生、その推理というか妄想は、この四つの記録を読み返して得たものでしょ。そこで引っかかった手掛かりを基に、組み立てられた推理ではないのですか」

急に気負い込み出した三間坂を、そんなに期待されては困るとばかりに、僕はあえて抑えるような口調で、

「手掛かりと言っても、どれも状況証拠に過ぎない。組み立てたというと聞こえは良いが、砂上の楼閣《ろうかく》より脆《もろ》い代物《しろもの》じゃないかな」

「とにかく聞かせて下さい」

いったん揚《あ》がった彼の意気は、少々のことでは下がらないらしい。

「烏合邸とは、いったい何なんですか」

ほとんど机の上に身を乗り出すようにして、こちらを凝視している。

「その正体は？」

「家だよ」

「はぁ？」

三間坂が素《す》っ頓狂《とんきょう》な声を上げた。

「正しくは、住まいと言うべきかな」

「いえ、あの……」

彼はしどろもどろになりながらも、

「いかに曰《いわ》くのある建物の集合体で、かつ無茶苦茶に継《つ》ぎ接《は》ぎされたものとはいえ、烏合邸が住家であることは、まず間違いないと思うのですが……」

「けど君は、それを人間の住まいとは認めてないだろ」

僕の正気を疑うような眼差《まなざ》しである。

「……ええ、まぁ」

「日記の親子も、幡杜明楽《はたもりあきら》も、女子大生も、超心理学者も、まったく同じ意味で、烏合邸が住まいだとは、これっぽっちも考えていなかったと思う」

「それは、そうでしょう」

「しかし烏合邸は、最初から住まいとして建てられた」

「ほ、本当ですか」

強く突っ込んでくる三間坂に、僕はやんわりと応えた。

「だから推理ではなく、妄想なんだよ」

「それでも結構です。先生のお考えを聞かせて下さい」

僕は四つのプリントアウトを指差しながら、

「記録者たちが一様に記している現象に、家に見られている……という感覚があるだろ」

「日記の親子の子供まで、そう感じていますね」

「それは本当に、家そのものに見られていたんだと、僕も思う。だけど家ではない存在が、住人や調査者や研究者を、密《ひそ》かに凝《じ》っと窺っていたときも、実はあったんじゃないだろうか」

「それって……」

彼は口にするのを躊躇《ためら》うかのように、

「烏合邸に棲んでいた真の住人……って意味ですか」

僕は頷くと、プリントアウトにつけた付箋の箇所を捲《めく》りつつ、

「日記の中で母親が、『昨夜、寝ているとき、ふっと目が覚めました。たった今まで何かがいて、じっと私たちを窺った』ように思えてならない。『気のせいにしては、変に実感がありました』と書いている。幡杜明楽は夜中に厠へ入ったとき、屋内をうろつく何かの気配を感じて、『あの白い人影か。一時はそう思っていたが、どうも違う様な気がする。恐らく別の何か』だとしたうえで、『無論そんな風に考える根拠は何一つない。敢えて言えば、それの発する気配の差だろうか。いずれも忌まわしい存在だが、根本の部分で異なっている気がした』と記している。そして超心理学者は、廊下の奥から自分を見詰める、鬼火《おにび》のように輝く二つの目を目撃した。これは壁に覗き穴が開いていて、そのとき裏側に誰かがいたと考えられないだろうか。そいつが明かりをうっかり消し忘れてしまい、その光を穴越しに、超心理学者が見たのではないだろうか」

「壁の向こうに誰かがいた……ってことですか」

「日記の母親は、その誰かが『すっと壁に消えたように思えてなりませんでした』と、その壁とは『居間と接しているほうではない側』だと、わざわざ書いている。幡杜明楽は『玄関から出て行ったというより、恰《あたか》も土間の西側の壁に吸い込まれて消えた様に感じられた』印象を持っている。そこに超心理学者が体験した、廊下の奥の壁を加えると、どうなる?」

「黒い部屋の寝室で居間と接していない壁、白い屋敷の土間の西側の壁、青い邸宅の一階の廊下の奥の壁……。そうか、すべて烏合邸の内側に面してるんですね」

「烏合邸には表も裏もない。なぜなら一周しても、どこも玄関ばかりだからだ。では、その中心は、いったいどうなっていたのか」

「曰《いわ》くのある家屋に囲まれて、まったく別の一軒の家が、すっぽりと嵌《は》まりこんでいた……。その家からは、烏合邸のすべての家屋内に、隠し扉を通って移動できた……」

「その家に棲んでいた者こそ、烏合邸の真の住人だった」

「……それは、いったい誰です?」

　恐る恐る彼が尋ねる。

「あくまでも想像だけど、烏合邸の普請に関して大工に自分の要望を伝えたらしい、あの嬬花《じゅか》じゃないかな」

「……なるほど」

　少しは予想していたのか、あまり驚いた様子はない。

「八真嶺の注文だけでなく嬬花の要望もあって、現場は余計に混乱している。そんな事情が大工の手紙から読み取れると、君の伯母さんは言っていた」

「それは彼女が、自分の住まいに対する注文をつけたから……ですか」

「うん。そう考えると辻褄《つじつま》が合う」

「でも、どうして……」

三間坂は疑問を口にしかけたが、すぐに呆れながらも怯えた表情で、

「やはり何かの実験ですか。それも呪術《じゅじゅつ》的な……」

「多分そうだろう」

「もちろん内容までは分かりませんよね」

「これも妄想に近い推理が、実はあるんだが……」

彼はびっくりしたらしく、

「ど、どんな推理ですか」

「日記の母親はその人物のことを、『妙にずんぐりした人』と書いている。幡杜明楽は屋内をうろつく者について、『忍び足なのに、妙に重たい足音』だとしている」

「太っていた？」

「そして赤い医院を探索した女子大生は、診察室の診察台に横たわる、まるで妊婦のような人影を目にしている」

「えっ、まさか……」

「嬬花は君が推測していたように女性で、しかも妊娠していたんじゃないだろうか。烏合邸に於ける実験とは、そういう環境の家で彼女のような能力を持った女性が出産した場合、どんな子供が生まれるのか、それを試すためだったとしたら……」

こんな推理はとても受け入れられない、という顔を三間坂はしている。だが僕の次の一言で、彼の表情が変わった。

「そのとき生まれた子供こそ、川谷妻華じゃないかな」

いったん口籠ってから、三間坂が尋ねた。

「……父親は？」

「さすがに分からないけど、八真嶺なのかもしれない」

「もちろん証拠はありませんよね」

僕は首を縦に振ったあとで、

「こじつけめいた推理ならできるけどな」

「それで結構です」

と言う彼の眼差しは、かなり真剣である。

「川谷妻華が偽名ではないか、という考えがあっただろ」

「はい。先生も私も疑っていました」

「八真嶺の『八真』を山脈の『山』とし、『嶺』はそのまま山の『頂』としたうえで、それぞれの反対語を考えると、『川』と『谷』にならないか」

「川谷という名字は、父親から取られたわけですか」

「嬬花の『嬬』には、『妻』という意味がある。そして『花』と同じ読みの漢字に、華麗の『華』がある」

「妻華という名前は、母親から取られた……。でも方法が、まったく逆じゃありませんか」

「これが事実だとすると、彼女の母親に対する想いと、父親に覚える感情が、非常によく理解できる気がしないか」

「川谷妻華に対して伯母が覚えた、まるで自分の過去を調べるために、烏合邸を訪ねたがっているみたいだった……という印象は、かなり的確だったわけですね」

「受付の青山さんに、『うちを調べてる作家がいるはずだ』と言った『うち』とは、文字通り彼女の家を指していたんじゃないか」

「それにしても彼女は、もう現存していない可能性の高い烏合邸の場所を突き止めて、いったい何がしたいんでしょう?」

「母親と同じこと……かな」

三間坂は一瞬、きょとんとした顔を見せた。それから急に、驚愕の表情を浮かべると、

「そ、そんな……」

「誰もが川谷妻華に対して、洋梨のような、瓢簞のような、ずんぐりした、という印象を持っている」

「なぜなら妊娠しているから……。けど彼女の年齢を考えると――」

「高齢出産は、別に珍しくないだろ。それに彼女の妊娠が、我々が知るそれと同じだとは限らないじゃないか」

彼は気味悪そうに眉を顰《ひそ》めると、

「仮に残っていたとしても、烏合邸の廃墟ですよね。最も考えられるのは、ただの荒れた野山に返っている状態です。そんな場所で本当に……」

「やっぱり妄想推理かな」

「…………」

しばらく二人とも黙ってしまったが、はっと気づいたように三間坂は立ち上がると、受付に電話をかけた。

「青山によると、ロビーから女の姿は消えてるそうです」

受話器を戻しながら報告する彼に、僕は思わず返した。

「こっちに向かってるから……じゃないよな」

二人で慌てて廊下を覗いたが、特に怪しい気配はない。

「もう少しでお昼です。外へ出ましょう」

それでも三間坂は用心したのか、こちらを昼食に誘ってきた。

「うん、それがいい」

帰り支度をしながらも僕は、ずっと気になっていたことを、いきなりで申し訳なかったが、ここで彼に告げた。

「もしかすると烏合邸なんて建物は、この世に存在していなかったのかもしれないな」

四

落ち着いて話ができることを優先して、三間坂が選んだのは河漢社からすこし離れた〈言《こと》の葉《は》〉という喫茶店だった。

「烏合邸が存在していなかったとは、どういう意味ですか」

お互いがランチの注文を終えるや否や、すぐに彼が突っ込んできた。

「ところで――」

しかし僕は、わざと質問で返した。

「静岡の沼津《ぬまづ》に建てられていた屑屋《くずや》城や、福岡《ふくおか》の那珂川《なかがわ》沿いに聳《そび》えていた女神《めがみ》の塔《とう》を、君は知ってるかな」

「いいえ、存じません」

それでも怒らずに律儀に答えるのが、三間坂秋蔵である。

「どちらも『男の城』造りに魅せられたと思しき男性が、廃品を集めて建てた代物なんだ。もちろん現存していないし、ネット上でいくら捜しても資料は出てこない」

「先生がお知りになったのは、建築関係の文献ですか」

「うん。何が言いたいかというと、どれほど秘密にしたところで、烏合邸のような建築物が本当に実在していたら、必ず誰かが記録に残したのではないか、という疑問だよ」

「それは、そうかもしれませんが……」

「二笑亭《にしょうてい》のように一冊の本にならないまでも、建築学関係の物好きな学者の一人が、どこかで一度くらいは取り上げたと思う。そういう奇っ怪な建築物に惹かれる研究者は、いつの時代にも必ずいるからな」

彼は少し考える素振りを見せつつ、

「廃品で造られた家でも記録が残ってるのに、烏合邸ほどの物件で何の資料も現存していないのは、あまりにも不自然ではないか。そういうことですね」

一応は合点《がてん》がいった風に応えたが、

「でも先生、我々が目を通した四つの記録が、現に残ってるじゃないですか」

わざわざ喫茶店まで持ってきて、今はテーブルに置いてある四つのプリントアウトを、三間坂は見やった。

「確かに。これらの記録は、もちろん幻でも何でもない」

いったん僕は肯定しつつも、

「だけど、この四つの記録は、日記帳と大学ノートと原稿用紙に記された手書きの文字と、カセットテープに吹き込まれた音声に過ぎない。これら以外の証拠は、今のところ何も見つかっていない」

「大工の手紙もあります」

「便箋に書かれた文字がね」

「私の祖父の手紙が――」

「確かにあるけど、何の証拠にもならない。なぜならお祖父さんは手紙で、烏合邸に関する照会を、八真嶺にしたに過ぎないからだ」

「…………」

「継ぎ接ぎ住宅の普請に関する書類や図版も、烏合邸は本当に建っていたと証言する人も、異形の建物を撮影した写真や映像も、まったく何もない。烏合邸の実在を訴えているのは、実は手書きの文字と音声だけなんだ」

「………」

「その文字の記録の中にも、実は一つ大きな矛盾があったことに、ついさっき僕は気づいた」

「何ですか」

「白い屋敷の玄関は東向きで、建物の北側には庭に面していたと思われる廊下があった。だからこそ作家志望者の青年は、玄関に白い影が立ち塞がったとき、この北の廊下から表へ逃げた。でも変じゃないか。屋敷の左右、つまり南北は隣家と接していて、とても通れたはずがない状況を考えると」

「青い邸宅の和室のように、きっと縁側があって、そのため隙間ができていて――」

「と仮定しても駄目だよ。玄関の北側には客間があったんだから。廊下の外に隙間が存在していても、客間が邪魔して表へ出られたはずがないんだ」

「………」

「君からの連絡を待っている間、僕は該当する年代に起きた事件の記録を、とにかく片っ端から読み漁るようにした。その結果、四つの記録から我々が想起したような惨劇と、かなり似ている出来事を発見することができた」

「H家殺人事件のように……」

「つまりH家殺人事件は、『白い屋敷』の記録を捏造《ねつぞう》するための、そのネタだった可能性が出てきたわけだ」

「しかし、川谷妻華が存在するのは……」

そこへランチが運ばれてきたので、二人とも口を閉ざした。

「まずは食べよう」

そのまま話を進めたがる三間坂を宥《なだ》めて、昼食を摂る。そうしなければ一口も食べられなかったに違いない。

食後の珈琲が来たところで、ようやく僕は話を戻した。

「彼女の存在については、正直に言うと、よく分からない」

「はじまりは川谷妻華でした。彼女が大工の手紙を持ってきたからこそ、烏合邸の記録を探す羽目になり、それに関わった者が怪異に遭い出した。彼女の目的は、自分の過去を調べること。その真意が、先生の推理通りで仮になくても、彼女の存在までは否定できません。現に私の伯母をはじめ、複数の人が会ってるのですから」

「本当に会ってるのかな」

「だって……」

「誰もが口を揃えて、ほとんど容姿を覚えていない……と言ってるじゃないか」

「確かにそうですが、誰かに会ったことは確かです」

「そこまで曖昧《あいまい》で得体の知れぬ存在に、烏合邸の実在を証明する大役を、果たして負わせられるだろうか」

三間坂は気持ちを落ち着かせるように、珈琲を一口だけ飲んだあと、

「いったい何が起きてるんでしょうか」

僕も珈琲を飲んだものの、力なく首を振ることしかできなかった。

「……分からない」

「他に記録がないか、もっと蔵の中を探しますか。この状況を打破するには、それしかないかもしれません」

　僕は再び首を振ると、

「もし新たな記録が見つかっても、そこに具体的な情報が記されているとは、とても思えない。むしろ五つ目の記録に触れることで、さらなる怪異に曝《さら》されるのが落ちじゃないかな」

「では、どうしたら……」

「四つの記録を、小説として発表しようと思う」

　彼はまじまじと、僕を見詰めながら、

「私も最初は、そう考えていました。けれど、不味くないですか」

「読者にも障りが出るかもしれない……と？」

「はい、その心配があります」

「だけどそれ以上に読者から、烏合邸に関する情報が寄せられるかもしれない。『どこの家にも怖いものはいる』でも、少しだけだったが反響があったからな」

「しかし、あれは実在する家だったでしょ」

「ところが読者の中には、すべて創作だと思った人もいたらしい。あの本で僕が行なった推理の拠り所が、実在する呉秀三《くれしゅうぞう》・樫田五郎《かしだごろう》『精神病者私宅監置ノ実況及ビ其統計的観察』（創造出版）と、『東京医学会雑誌』第三十二巻・第十号から第十三号（東京医学会）の記述だった、という事実にも拘らずに」

「さすがに読者も、そこまでは確かめないでしょう」

「うん。あくまでも娯楽《ごらく》として、あの小説を読んだだけだからな。それが正しいというのも変だけど、あの手の本を読む基本的な姿勢だよ」

　と言いつつも僕は身を乗り出しながら、

「それなのに反響があった。あの本で取り上げた家について、『ひょっとしたら、自分が知っているあの家ではないか』という連絡が、本当にわずかだが版元《はんもと》に届いた」

「読者からの情報で、役立ったものはあるんですか」

「いいや、残念ながら……」

　僕は認めながらも、三間坂を説得するために続けた。

「だからといって鳥合邸の件も、同じ轍《てつ》を踏むとは限らない。人の印象に残るという意味では、『どこの家にも怖いものはいる』で取り上げた五つの家よりも、絶対に鳥合邸のほうに分があるからな」

「この件の書籍化は、確かに一つの手ではありますけど……」

　その後もしばらく話し合った結果、取り敢えず年内は様子を見ることにした。もしかすると川谷妻華から連絡があるかもしれない。その場合は四つの記録のプリントアウトを渡して、僕は本件の小説化を諦めるつもりだった。

　だが、彼女が三間坂家を訪ねてくることはなく、また僕や三間坂の周辺に現れる気配もないままに、新しい年を迎えた。

　とはいえ僕にも先々の執筆予定があり、すぐには取りかかれない。ようやく着手できたのは、その年の十一月になってからである。

明けて今年の二月下旬、烏合邸に纏《まつ》わる四つの記録に、序章と幕間と終章を加えた『わざと忌み家を建てて棲む』の原稿がすべて揃った。その間、特に可怪しな目には遭っていない。

あとは本稿を中央公論新社の担当編集者に渡して、他の本と同じ通常の編集作業を進め、一冊の書籍にするだけである。その過程で僕や編集者や校閲《こうえつ》者など、とにかく本書に関わった人たちが、何らかの怪異に見舞われるのかどうか、まったく見当もつかない。

無事に刊行されますように。そう願うだけである。

もし今、あなたが本書を読まれているのなら、少なくとも『わざと忌み家を建てて棲む』は刊行されたわけだ。それまでに何があったかは別にして……。

ここからは読者の問題になるのかもしれない。

烏合邸に関することで、何でも結構ですのでご存じの情報がありましたら、中央公論新社の編集部宛にご連絡をいただきたい。

本書を読んだがために、こんな目に遭ってしまった……という体験談でも、もちろん一向に構いません。

追記

脱稿後に原稿枚数を確認したところ、『どこの家にも怖いものはいる』と完全に同じ五百七十一枚だった。もちろん単なる偶然に過ぎないが、こういう一致はどうにも気持ちが悪い。そこで無理に加筆をして、本文の頁数まで一緒にならないように調整した。

参考文献

池田弥三郎『日本の幽霊』（中央公論社／一九五九）
成智英雄『警視庁捜査秘録シリーズ　犯罪捜査記録』全五巻［1集 痴情篇　2集 兇悪篇　3集 猟奇篇　4集 女性愛欲篇　5集 怪奇篇］（創人社／一九六三）
牧田茂『海の民俗学　民俗民芸双書11』（岩崎美術社／一九六六）
毛綱毅曠『七福招来の建築術　造り、棲み、壊すよろこび』（光文社／一九八八）
式場隆三郎、赤瀬川原平、岸武臣、藤森照信、式場隆成『二笑亭綺譚　五〇年目の再訪記』（求龍堂／一九八九）
ジョン・ベロフ『超心理学史　ルネッサンスの魔術から転生研究までの四〇〇年』（日本教文社／一九九八）
シャーリイ・ジャクスン『たたり』（創元推理文庫／一九九九）
吉田桂二『間取り百年　生活の知恵に学ぶ』（彰国社／二〇〇四）
谷口基『怪談異譚　怨念の近代』（水声社／二〇〇九）
デボラ・ブラム『幽霊を捕まえようとした科学者たち』（文春文庫／二〇一〇）
ピーター・アンダーウッド『英国幽霊案内』（メディアファクトリー／二〇一〇）
河合祥一郎編『幽霊学入門』（新書館／二〇一〇）
石川幹人『超心理学　封印された超常現象の科学』（紀伊國屋書店／二〇一二）
石川清『元報道記者が見た昭和事件史』（洋泉社／二〇一五）

高岡弘幸『幽霊　近世都市が生み出した化物』（吉川弘文館／二〇一六）
ロジャー・クラーク『幽霊とは何か　五百年の歴史から探るその正体』（国書刊行会／二〇一六）
『新青年』研究会「『新青年』趣味 XVII」（密林社／二〇一六）

解説――烏合邸　事故物件住みます芸人の妄想

松原タニシ

僕は事故物件に住むことを生業《なりわい》としている芸人です。テレビシリーズ『北野誠《きたのまこと》のおまえら行くな。』でいわくつき事故物件に実際に住んでレポートすることを任命され、それから数々の事故物件を渡り住んできました。いわば、八真嶺《やまみね》に依頼されたシングルマザー・作家志望者と至極《しごく》近い立場であり、女子大生・超心理学者と極めて酷似《こくじ》した検証を行なってきた人間が僕なわけです。

だからこそ、この作品の解説を依頼してもらえたことに深く感謝すると同時に、慎重《しんちょう》にならざるを得ない責任感が生じ、恐縮《きょうしゅく》しております。

まずシリーズ前作『どこの家にも怖いものはいる』を拝読し、三津田信三《みつだしんぞう》氏と三間坂秋蔵《みまさかしゅうぞう》氏の怪異に対する「次々と推理を提示してはそれを自ら否定《ひてい》していく」姿勢にひどく共感を覚えました。

そうなのです。推理して、否定して、推理して、否定して、怪異の候補《こうほ》をしらみつぶしに検証していく。それでも何かのせいにできないものが、怪異であると。そうしてやっと「常現象」を超える現実「超常現象」を認めた上で、怪異の類似性・共通点などからその要因・本質を探る。これこそが「合理主義者でも心霊主義者でもない」中立な立場からの客観性を重視した検証なのだと思うのです。

僕には霊感《れいかん》があるわけでもなく、だからといって心霊を全否定しようとも思いません。霊感がない自分に起こる不可解な現象こそ、誰にでも起こり得る可能性がある「怪異」であり、そういう意味ではやはり『どこの家にも怖いものはいる』のです。

さて、『わざと忌《い》み家《や》を建てて棲《す》む』ですが、こんなとんでもない企画がこの世にあっていいものでしょうか。できるだけ陰惨《いんさん》な、凄惨《せいさん》な過去を持つ事故物件を移築して合体させる。しかも元々忌み地とされている土地に。こんなもの、いわくの総合商社か、はたまた全打順いわくつき四番打者の事故物件球団か。ワクワクしないわけがない。

もちろん、僕が思うことはただ一つ。「僕が実際にこの烏合邸《うごうてい》に住んだらどうなるだろう」ということです。

あ、ここから先はネタバレを含みます。本文をまだお読みになっていない方はご注意下さい。なお、すでに烏合邸の内見をお済みの方は、この先の規制線を越えてお進み下さい。

立入禁止　立入禁止　立入禁止　立入禁止　立入禁止　立入禁止　立入禁止　立入禁止

まずは黒い部屋。

そもそもこの烏合邸に住める人の条件というのが「普段は幽霊の存在など信じていないが、そういう場に我が身を置く機会があって、そこで何か不思議な目に遭ったときに、もしかすると……と怯えるくらいの感性の持ち主」であり、かつ「少しは筆の立つ人」ではないかと、三津田氏と三間坂氏は推察しています。

この二つの条件に関しては、事故物件で生活をして、ありのままの体験と感想を舞台上で語り、本に書き留めた僕自身、一応クリアしてるのではないかと思うのです。

しかしこの「黒い部屋」に関しては、さらにもう二つの条件「何の疑問も抱かずに住める人」と「親子である」というものをクリアせねばなりません。

残念ながら僕は、さすがに疑問は抱いてしまいますし、子供もいないので一人です。まあ「親子である」は初めから無理なのでこの際この条件は除外するとして、黒い部屋に住んだ親子のような、初めから焼《や》け焦《こ》げた状態の部屋を、焼け焦げていないと錯覚《さっかく》し続ける能力なんて、僕には到底ありません。

ですが、検証のためにこの部屋に住み続けることはできると思います。自慢《じまん》ではないですが、かつて事故物件を敢えてリフォームせず、前住人が亡くなったそのままの状態で一年間過ごした経験がありますし、心霊スポットや廃墟《はいきょ》で一夜を過ごすことも僕にとっては日常茶飯事《さはんじ》です。なので、煤《すす》が付こうが、虫が入ろうが、雨漏《あまも》りが起ころうが、住めない物件では決してありません。

あ、そういえば僕には「みゆき」という赤ちゃん人形がいました。事故物件に住み始めてから七年間苦楽を共にしてきた相棒《あいぼう》のような存在です。元々は松竹《しょうちく》芸能の養成所に置かれていた小道具の一つなのですが、「舞台上で表情が変わる」だとか「目が合うと夜中に枕元《まくらもと》に現れる」といった被害報告があり、いわくつきの人形として虐《しいた》げられていたのを僕が引き取って一緒に事故物件に住まわせたのです。彼女はもはや僕にとって「娘」と言っても過言ではないでしょう。まあ家主である八真嶺がどう受け取るか次第ですが。

とりあえず、この「ある母と子」のような逸材《いつざい》が現れず、他に入居希望者も現れずで、八真嶺が妥協《だきょう》して僕を受け入れてくれたと仮定して進めます。

黒い部屋で起こる明らかな怪異、「変な臭い」「髪の毛を引っ張られる」「妙な物音」「何かがいる気配」「聞こえてくる泣き声」「急に枯《か》れる花」といった現象は、今まで住んだ事故物件でも似たような経験をしてきました。なので、〝あるある〟なのかもしれません。あと「電気が消えているのに明るい部屋」も、番組のロケで訪れた某関東の事故物件で体験したのを記憶しております。ですが「夢に見る見知らぬ娘の存在」と「夢で息子がミイラになる」のように、事故物件でその部屋の記憶と関連する夢を見たことが僕にはありませんので、おそらく期待はできないでしょう。

期待できるのは、みゆきの変化ですね。

自分が外出する際に「ペット見守りカメラ」を部屋に設置して、遠隔《えんかく》で部屋の様子とみゆきの変化をスマホで観察できる状態にしておく。カメラは三六〇度首を回転できるものと、部屋全体を広角で監視できるものを用意します。もちろん常時録画をしておきます。もし、みゆきの髪の毛が引っ張られたりハゲ上がったりすればその様子を記録に収めることができますし、元々その部屋にいた「娘」がみゆきの中に入り込むことがあれば、みゆきは動き出す可能性もあります。これはメディアを揺るがす凄い映像になることでしょう。ただ、そこに映っているのがみゆきを虐待《ぎゃくたい》する僕自身でなければよいのですが……。

さて、この部屋で最も恐ろしいのは「異変を伝えようとする者の死」と「家に取り込まれる」こと。母親が日記の後半、現実と幻覚が錯乱状態に陥っていたように、僕も初めて住んだ事故物件では「オーブはいいやつ」だとか「ラップ音が出迎えてくれる」といった、周囲からは「お前大丈夫か？」と心配される言動をとるようになっていました。幸い社会生活に支障《ししょう》をきたすほどではなかったのですが、当時は明らかに「異常」ではあったかもしれません。問題は、この異常に気づいた人たちが死んでしまうおそれがあること。周りに迷惑をかけてしまうという点において、僕はドロップアウトせざるを得なくなるかもしれません。


次に白い屋敷。

この屋敷に住んだ幡杜明楽《はたもりあきら》は作家志望の青年。実家には帰れないというのもあるが、誰にも邪魔されずに小説を書くために屋敷を借りたといいます。これはいわゆる自主的な「カンヅメ」。しかも事故物件に籠《こ》もっての。これはまさに、遅筆《ちひつ》ゆえに締切を遅らせてしまう僕自身が、幡杜明楽よりも真っ先にやらなければいけない案件です。

この屋敷での主な怪異は三つ。「三和土《たたき》に立つ白い人影」「蠢《うごめ》く黒い影」「藁舟《わらぶね》の上で増える藁人形」。

白い人影と黒い影は是非ともこの目で拝見したいと思うのですが、もしかするとこの怪異を起こすには藁舟と一家惨殺疑惑が必要条件なのかもしれません。そう考えると、僕ができることはといえば、いつかの心霊スポット探索《たんさく》で行った一家心中の噂のある廃墟の、そこで拾った規制線のテープの切れ端を、舟に見立てて置いておくことくらいでしょうか。あとは「七」という数字にこだわるのであれば、僕がかつて住んでいた事故物件の前で拾った七体のマネキンの首（おそらく近所の美容師専門学校がカットの練習台に使ったものを棄てただけだと思われるが）を屋敷に持ち込み、その首が「規制線テープ舟」の上を一日一体ずつ乗り込んでいったなら面白いなぁなんて想像します。果たして白と黒の影は現れてくれるのでしょうか……。

続いて赤い医院。

この物件は建築学部の女子大生が録音したテープにしか情報がありません。そして「住む」のではなく「レポートする」のが彼女の役目であり、さながらYouTuberの心霊スポット探索や廃墟探索のようでもあります。僕も実際にそういった現場に行き、生中継や収録を行うことがあるので、彼女の恐怖心と臨場感がひしひしと伝わりました。

ただここには霊的に何かがというよりも、おそらく物理的に何かがいるのでしょう。心霊スポット探索で細心の注意を払わなければならないのは、霊よりも人間です。敢《あ》えて人が近寄らない場所にいるということは、それなりの理由があるはず。だからこそ、彼らに遭遇してしまうと、危害を加えられる可能性が非常に高いのです。

しかし、解せないのはこの「聞くと障りが起きる録音テープ」です。このテープ自体が怪異を生むということは、女子大生が見たものは人間ではないということになるのでしょうか。だとしたら、この世ならざる者にこんなにも物理的に追い詰められてしまう恐怖とは、人間によるそれよりも遥《はる》かに恐ろしいことかもしれません。最も謎に満ちた物件です。もし住めるなら、スタンガンと熊除《くまよ》けスプレーを一応持っていこうと思います。でも嫌だなぁ、確実に誰かが襲ってくるという場所は。

そして青い邸宅。

超心理学者が行った検証、これはまさに僕が事故物件住みます生活でやってきた作業そのものだといえます。あとは、サトオに会えるかどうかですね。もし会えたなら、普通に接しようと思います。優しくもせず、無下《むげ》にも扱わず。僕には彼を救うことも癒《いや》すこともできませんので。まあそこそこ仲良くなれたら、それはそれで楽しそうです。

本来、本当の怪異に答えなど見つからない。推測をいかに真実に近づけるか、しかできないのです。いや、その真実すら、初めから無かったものかもしれないのですから。

でも、これだけは確実に言えます。

よくわからないことは、ある。

それだけは本当に、あります。だから烏合邸も……。

（まつばら・たにし　芸人）

『わざと忌み家を建てて棲む』二〇一七年七月　中央公論新社

中公文庫

わざと忌《い》み家《や》を建《た》てて棲《す》む

2020年 6 月25日　初版発行

著　者　三津田信三《みつだしんぞう》

発行者　松 田 陽 三

発行所　中央公論新社

〒100-8152　東京都千代田区大手町1-7-1

電話　販売 03-5299-1730　編集 03-5299-1890

URL http://www.chuko.co.jp/

ＤＴＰ　ハンズ・ミケ

印　刷　三晃印刷

製　本　小泉製本

Published by CHUOKORON-SHINSHA, INC.

Printed in Japan　ISBN978-4-12-206902-2 C1193

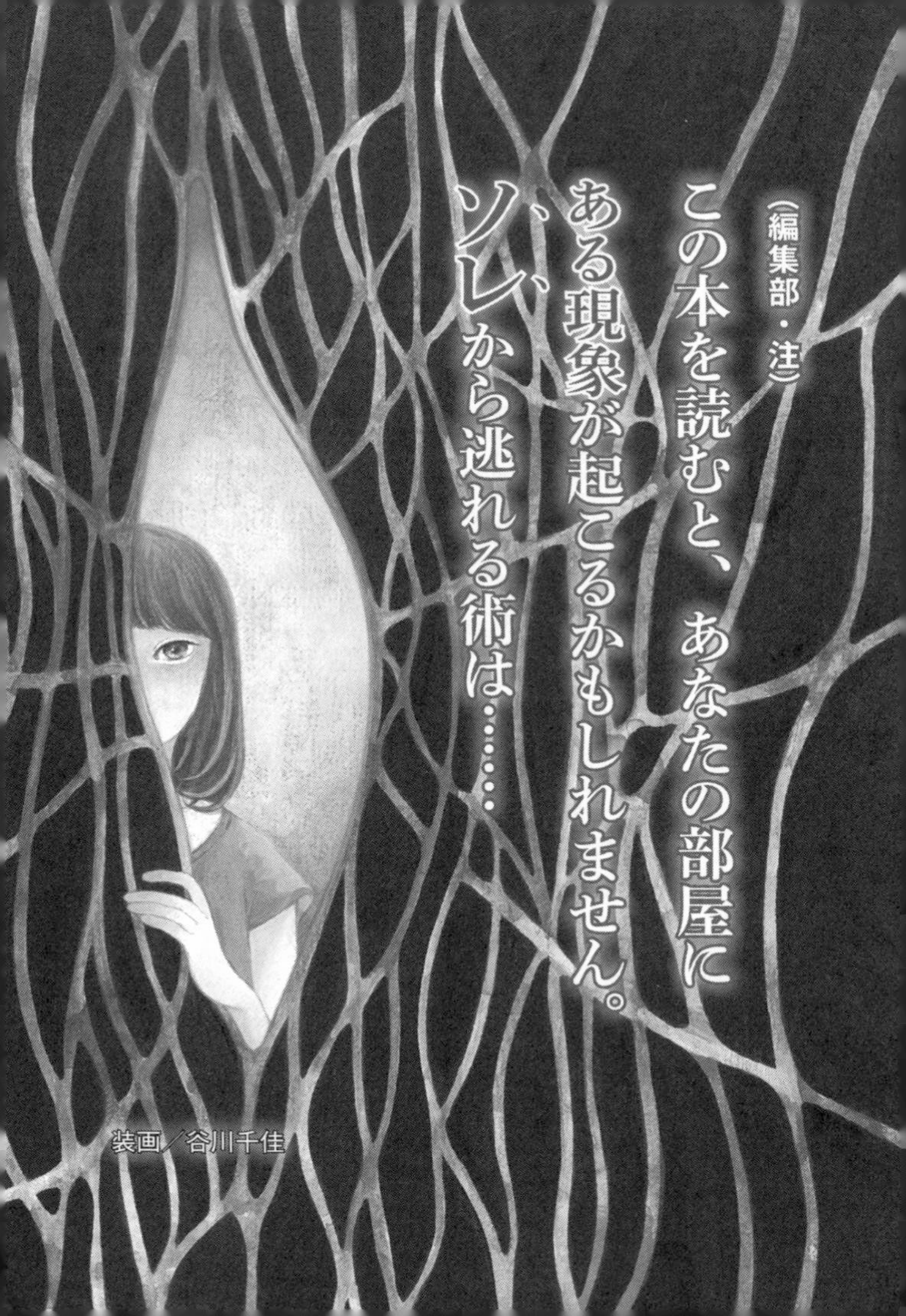
（編集部・注）
この本を読むと、あなたの部屋に
ある現象が起こるかもしれません。
ソレから逃れる術は……

装画／谷川千佳

大人気第二作！
イラスト／鈴木康士
宮沢龍生
DEAMON SEEKERS《デーモンシーカーズ》 2
壊れたラジオを聞く老女
田舎の屋敷で不可思議なモノに遭遇した理理花は、その後、普通の日常を取り戻していた。そんな彼女の平穏は、顔だけが取り柄の傲岸不遜で忌々しい男・草月の登場で終わりを遂げる。彼は失踪した理理花の父親の記録を見せろと、家に押しかけてきたのだ。だが時を同じくして、理理花の家に別の侵入者が。それはなんと、怪力を駆使する老婆で――!?
中公文庫

中公文庫

異なる色の月

DEAMON SEEKERS3

Tatsuki Miyazawa

宮沢龍生

三津田信三氏
推薦!!　「忌まわしい怪異のオンパレード！」

失踪した民俗学者の父を探す舞浜理理花は《公務員》と名乗る謎の組織に狙われる。彼女と目的を同じくする青年・草月も、最近頻発する失踪事件の原因が、理理花の父が記した『異なる色の月に関する伝承』に潜んでいると予想し、書籍の行方を追う。結果、この国に住まう禍々しい神の存在が浮かんできた。対応策はあるのか?

イラスト／鈴木康士